区域文化研究丛书

潮汕新文学论稿

CHAOSHAN
XINWENXUE LUNGAO

黄景忠 著

暨南大学出版社
JINAN UNIVERSITY PRESS

中国·广州

图书在版编目（CIP）数据

潮汕新文学论稿/黄景忠著 . —广州：暨南大学出版社，2017. 1
（区域文化研究丛书）
ISBN 978 - 7 - 5668 - 2001 - 3

Ⅰ. ①潮…　Ⅱ. ①黄…　Ⅲ. ①地方文学—文学研究—潮汕地区　Ⅳ. ①I209. 965. 2

中国版本图书馆 CIP 数据核字（2016）第 281295 号

潮汕新文学论稿
CHAOSHAN XINWENXUE LUNGAO
著　者：黄景忠

出 版 人：徐义雄
责任编辑：武艳飞
责任校对：刘雨婷
责任印制：汤慧君　周一丹

出版发行：暨南大学出版社（510630）
电　　话：总编室（8620）85221601
　　　　　营销部（8620）85225284　85228291　85228292（邮购）
传　　真：（8620）85221583（办公室）　85223774（营销部）
网　　址：http://www.jnupress.com　http://press.jnu.edu.cn
排　　版：广州市天河星辰文化发展部照排中心
印　　刷：湛江日报社印刷厂
开　　本：787mm×1092mm　1/16
印　　张：11. 75
字　　数：235 千
版　　次：2017 年 1 月第 1 版
印　　次：2017 年 1 月第 1 次
定　　价：33. 00 元

（暨大版图书如有印装质量问题，请与出版社总编室联系调换）

目录
CONTENTS

潮汕新文学的发展过程及其艺术特征　/1

潮汕新文学团体及刊物　/9

洪灵菲论　/14

杨邨人研究三题　/25

钟敬文早期的散文创作　/37

丘东平战争小说论　/44

王杏元论　/53

土地·船·花　秦牧的散文世界　/61

秦牧散文的文体特征　/68

雷铎战争小说创作论　/74

郭启宏剧作论　/80

李前忠小说创作论　/85

潮汕新时期长篇小说创作评论　/91

　　郭启宏《潮人》：一部富于地方风味的力作　/92

　　陈海阳《途中》：社会剖析小说的继承与发展　/94

　　陈跃子《针路图》：历史嬗变的家族化叙事　/99

　　林继宗"魂系潮人"：奔流的生命长河　/105

　　陈继平《埠魂》：寻找红头船故乡史诗般的岁月　/114

潮汕新时期散文创作评论　/117

　　郭启宏：理性和感性的兼具相融　/118

　　李英群：智慧风趣的闲话散文　/121

　　黄国钦：仁者的散文　/123

　　林桢武：生存本真的诗意探询　/129

　　邱喜桂：山川胜迹的文化感悟　/131

　　黄少青：中年人平和温婉的言说　/134

　　魏清潮：借景抒情散文的新变奏　/137

潮汕新时期小说创作五家合评 /141

　　陈跃子：具有鲜明地域特色的小说创作 /142

　　陈继平：书写小人物的荒诞人生 /145

　　陈宏生：寻求生活的简约表达 /148

　　林昂：感伤而又唯美的叙事 /150

　　陈海阳：人性的挖掘与探询 /152

潮汕新时期诗歌创作评论 /157

　　黄潮龙：行走在大地上的诗人 /158

　　杜伟民：具有哲学气质的诗人 /165

　　蔡小敏：诗意地聆听和探寻 /169

附　录 /173

　　重新面对一代大师　秦牧散文座谈会 /174

　　文学是对生活的一种反抗：在汕头青年文学座谈会上的发言 /179

再版后记 /183

后　记 /185

潮汕新文学的发展过程及其艺术特征

这里所指的潮汕新文学史，包含了从 1917 年新文化运动至今的近一个世纪的文学发展进程。作为 20 世纪中国文学的组成部分，潮汕现代文学是无法游离于中国现代文学总趋势的，但是，潮汕又是一个有独特文化氛围的地区，在这片文化土壤上生长起来的潮汕文学，自然会有自己演进的轨迹及艺术格局。本文即站在 20 世纪中国文学的大背景上，厘清潮汕文学的发展过程并揭示其独特的艺术特征。

一

按照以文学发展为依据并参照历史发展的文学史分期原则，考虑到潮汕文学的实际情况，我们把最近一个世纪的潮汕新文学划分为三个时期。

（一）"五四"文学革命至革命文学时期（1917—1942）

这个时期，潮汕新文学完成了从文学革命到革命文学的转换。中国的新文学，是在 1917 年以反封建思想为主旨的新文化运动和 1919 年的反帝爱国运动的催生下诞生的。这两场运动的性质并不相同，前者是一场思想启蒙运动，后者是一场政治革命。与此相联系，"五四"文坛也出现了两种文学潮流：为人的精神解放的文学和为政治服务的文学，特别是以鲁迅为代表的为精神启蒙的文学，几乎统率了新文学第一个十年，并耸立了后来者难以逾越的高峰。而为政治服务的文学，是在新文学的第二个十年，才随着革命形势的变化，迅猛发展起来的。但在潮汕，情形稍有不同。当新文化运动在北京兴起的时候，潮汕知识界便迅速做出反应。1917 年 12 月，旨在"宣传新文化，介绍新思想，建立新社会，创造新生活"的"潮州青年图书社"在潮州成立，有力地推动了潮汕新文化运动的发展。1923 年，在许美勋的倡议下，由丘玉麟、洪灵菲、戴平万、冯瘦菊等人组成了潮汕最早的新文学团体——火焰社。其后，诸如潮州金中的晨光社，汕头宕石的彩虹社等文学社团及各种小型文学刊物如雨后春笋，推动了文学革命的演进：新诗、白话小说、杂文等新文学创作呈现勃勃生机，反封建礼教、追求个性解放成了流行一时的主题。其中也出现了一些较优秀的作品，比如冯铿空灵隽永的抒情小诗《深意》一百首等。但总的来说，这一时期的文学创作还不够成熟，还没有形成一支稳定的创作队伍，未能给潮汕现代文学史留下丰碑式的作品。潮汕新文学第一个十年的贡献主要在于，哺育了冯铿、洪灵菲、戴平万这些作家，他们在新文学第二个十年的小说创作，不仅为潮汕现代文学史，也为中国现代文学史，写下了辉煌的一页。

冯铿、洪灵菲、戴平万是在 20 世纪 20 年代后期才进入创作的高峰状态的。当时，中国社会政治革命又一次蓬勃发展起来，政治运动代替思想启蒙成为社会主潮——事实上，每一次重大的思想运动都必然导致政治变革。顺应着中国政治革命的需要，在新文学第一个十年中所萌发的为政治革命服务的文学也几乎取代启蒙文学而占据了这个时期文坛的主流。冯、洪、戴几位作家在"五四"时期的创作本来是属启蒙文学的范畴，这个时候也汇入为政治服务的文学主潮之中：揭露国民党的反动统治，表现革命斗争，描写工农和革命者的形象成了他们作品的主题。这种创作的转变是非常自然的：一方面，他们已经意识到单纯立足于思想的启蒙难以挽救中国，另一方面，他们也已经投身到革命的洪流中去，并且后来都成为"左联"的成员，文学自然成了他们参与革命的武器。但是，因为他们是由文化启蒙转入政治革命的，能够清楚地认识到中国的社会政治革命与"五四"思想革命的有机联系，因此，尽管他们的革命文学也有概念化的毛病，但毕竟不同于当时一些标语口号式的作品：他们的大多数作品，比如冯铿的长篇《最后的出路》、中篇《重新起来》，洪灵菲的长篇三部曲《流亡》《前线》《转变》，表现的多是小资产阶级出身的知识分子，由追求个性解放而走上革命道路的历程。在这些小说中，我们看到这些知识分子都是在个性追求碰壁之后才走上革命道路的，我们看到这些刚刚走上革命道路的青年知识分子的软弱、无力、苦闷、彷徨以及在苦闷、彷徨中的挣扎和追求；我们看到这些知识分子如何带着青春期的天真和幼稚参加革命，又如何在革命中渐渐走向成熟。有论者认为这种描写表现了小资产阶级的情调，其实，只有深刻地意识到中国政治革命的特定的思想启蒙背景才能这样描写，也只有这样描写才是真实、准确的。冯、洪、戴后期的创作转向表现工农兵的觉醒和斗争，在题材上有所突破，审美价值反而削弱了，这是耐人寻味的。但不管如何，他们的小说，连同加入左翼电影运动行列、编导了《都市的早晨》《渔光曲》的蔡楚生的电影创作，都为中国早期的无产阶级文学做出巨大贡献，也为潮汕现代文学建构了第一座高峰。

抗战爆发后，民族矛盾空前激化，文学的革命性、政治性得到更进一步的强化。这个时期的潮汕文坛有两种值得提及的文学现象：一是话剧活动的蓬勃兴起。为了宣传抗日，潮汕知识分子纷纷组织剧团下乡。1936 年 10 月，潮安率先成立"奴隶剧社"，之后，惠来成立"银河剧社"，普宁和揭阳的"青抗会"也组织了话剧团，有力地推动了潮汕抗日活动的开展。二是以秦牧、蔡楚生为首的一批作家流亡到桂林，在艰苦的环境中创作了大量反帝爱国作品。其中，秦牧的讽刺性杂文，碧野的报告文学及小说，林山和萧野富于鼓动性、战斗性的诗篇具有较大的影响。抗战文学继承了大革命时期革命文学的精神，但与当时的文学相比较，这个时期的文学已滤去了革命文学的个人色彩，与现实的关系更为密切，内容也更为大众化了。不过也因为其过强的功利性和目的性，抗战文学少有较高艺术价值的作品。

总的来说，潮汕这个时期的文学是在"五四"精神哺育下生长并发展起来的，它是与整个中国社会的政治变动紧密联系在一起的。而代表这一时期文学的最高水准的是冯铿、洪灵菲、戴平万的小说创作。

（二）沿着工农兵方向前进的革命文艺（1942—1976）

1942 年 5 月，中共中央在延安邀集文艺工作者举行座谈会，毛泽东发表了著名的《在延安文艺座谈会上的讲话》（以下简称《讲话》），在《讲话》中，毛泽东提出文艺必须坚持为政治服务和为工农兵服务的方向，并要求作家必须深入生活，改造思想，写出具有中国作风、中国气派的人民群众喜闻乐见的作品。《讲话》的发表，揭开了中国文艺运动的新篇章。解放区的文艺创作，就是在毛泽东《讲话》精神的指导下进行的。甚至连国统区的文艺运动，也深受《讲话》的影响。新中国成立后，在第一次文代会上，党确立了将毛泽东文艺思想作为全国文艺工作的指导思想，《讲话》的影响也就更为深远了。

潮汕的文艺运动、文艺创作，也是继承了《讲话》精神的指导的。在 20 世纪 40 年代，文学创作上比较活跃的有两支队伍：一支是由奔赴延安的潮汕青年作家构成。包括林山、陈波儿、马冰山、吴南生等，其中尤以林山、陈波儿的创作成果最为丰硕。林山 1937 年到延安参加革命，《讲话》之后，他在苏北根据地从事敌后诗歌创作，写作了大量的街头诗和朗诵诗，这些诗，有的尖锐地讽刺、揭露日寇，有的热情歌颂党和人民，语言通俗，节奏明快，很有鼓动性，深受群众喜爱，后来结集为《新的土地》。陈波儿二十世纪二三十年代即在上海从事左翼戏剧活动。1938 年赴延安，在延安聆听了毛泽东的《讲话》，深受启发，后与姚仲明合作，编导了话剧《同志，你走错了路!》，反映了抗战时期党内王明路线和毛泽东路线的斗争，反响强烈。这个时期另一支创作队伍是活跃在潮汕、香港一带的方言文学创作者，包括薛汕、黄雨、曾应之、陈显鑫、沈吟、陈北等。1947年，中华全国文学界协会粤港分会在香港响应《讲话》，提出"文艺大众化"的口号，展开方言文学活动。分会还为此设立了民间文艺研究部，薛汕、黄雨、丹木、萧野等潮汕作家还是研究部负责人，他们大都身体力行，写了不少方言作品，较有影响的有薛汕的方言小说《和尚舍》，黄雨的方言叙事诗《潮州有个许阿标》。在潮汕敌占区，宣传革命、暴露现实的大众方言诗也很有影响，其中首先须提及的是曾应之。曾应之抗日战争及解放战争期间在潮汕从事党的宣传文化工作。在潮安的《路报》及汕头市《星华日报》副刊《流星》上发表了大量大众方言诗，其中有《鸟鼠做官》《死罪敢当饿罪唔敢当》《壮丁》《征》等，揭露和抨击了反动统治的腐败和罪恶，尖锐地讽刺了统治者的卑劣行径。这些诗，连同陈显鑫的《老爷歌》、沈吟等人的诗，后来被洪令瑞编成潮州方言大众诗集《老爷歌》在香港出版。

1949年7月，第一次全国文代会召开，中国的新文学从此进入了一个新的阶段，即当代文学的发展阶段。这次文代会确立了将毛泽东的文艺思想作为全国文艺工作的指导思想：现在回过头来看中国的当代文学，特别是"十七年"文学，它的成就，的确是在《讲话》的精神指导下获得的。从这个角度去看，这个阶段的文学与20世纪40年代特别是解放区的文学，有着本质性的联系。和全国文坛一样，潮汕文坛也是坚持了毛泽东的文艺为政治服务、为工农兵服务的方向，而且由于当时直接领导潮汕文艺运动的吴南生和林山，他们早在延安时期就已经接受了毛泽东的文艺思想，也已经获得了丰富的实践经验，因此，《讲话》的精神在潮汕得到了深入的贯彻，并取得了很大的成效。最突出的成绩是培养了一支强壮的工农出身的创作队伍。1951年8月，潮汕第一次文代会召开，即提出"普及第一，生根第一"的为工农兵服务的文艺方针。接着，旨在扶持工农兵作者的《工农兵》创刊。各地文化馆下乡帮助农民组织文艺创作组，并定期或不定期地开办文艺创作培训班。在这种氛围之中，一大批工农作者迅速成长，并且成为后来潮汕文坛的骨干力量，较突出的有：饶平的王杏元，20世纪60年代初出版了风靡近半个中国的长篇小说《绿竹村风云》；揭阳的李昌松，在《诗刊》《广东文艺》等刊物发表许多民歌体诗歌，被誉为"农民诗人"；此外，还有王细级、林松阳、曾庆雍、吴阿六、李前忠、黄德林等。他们的创作，多是歌颂新社会、新生活，反映各种政治运动，形式上深受民间文学影响，通俗质朴，给文坛增添了清新的气息。在50年代初期，知识分子出身的作家也很活跃，像丹木、沈吟、林紫等，可惜他们后来或被错划为右派，或被打成"胡风分子"。和全国文坛一样，二十世纪五六十年代各种政治运动和反胡风、反右派、"文化大革命"等对潮汕文坛造成了很大冲击。特别是"文革"时期，整个潮汕文坛基本处于停顿状态。

这个时期还要提及的是两位旅外作家秦牧和碧野。他们的散文创作，既奠定了他们在中国当代文学史上的重要位置，同时，也代表着这个时期潮汕文坛的最高成就。

在几十年的风风雨雨中，《讲话》始终掌握着文艺运动的方向。政治化、大众化因此成了这个阶段文学的突出特征。应该说，在《讲话》精神的指引下，文艺领域取得了很大的成绩。但也应看到，强调文学为政治服务，在战争时期是必要的，而在和平时期，必然抑制文学的百花齐放，使文学呈现单一化的局面——这正是这个阶段文学的最大缺陷。

（三）新时期文学（1976 年至今）

粉碎"四人帮"后，潮汕文学创作出现崭新的局面。首先要提及的是散文创作。老一代作家像秦牧、碧野在这期间仍不断有作品问世。而中年作家蔡常维、陈安先、陈焕展、黄廷杰等则以他们独特的艺术风格和丰厚的创作成果建构了岭南散文重要之一脉。后起之秀黄国钦、陈放和曾鄯近年也努力追求，并显示了较强的潜力。可以说，散文是本时期创作队伍最整齐也是最为繁荣的文体。在小说方面，本土的创作力量相对来说较弱，王杏元、李前忠这些 20 世纪 50 年代从农村走出来的作家仍是支撑门面的主力。倒是聚居广州的一批青年作家较为活跃，如雷铎、廖琪、高小莉等，他们有的已成为广东小说创作的主力。诗歌创作上，郭光豹在广东诗坛占据着重要的位置，中年诗人颜烈等人的诗也显示了较高的水准。值得注意的还有汕头的"绿州"和后来的"现代人诗社"的一群青年诗人，他们的诗作深受朦胧派的影响，表露出勇于探索的锐气。戏剧创作上，驻京的郭启宏被誉为戏曲界"三驾马车"之一。另外，长期是潮汕文坛弱项的文学批评在本时期也得到很大的发展，饶芃子、陈平原、郭小东、陈剑晖等已构成一支强劲的批评队伍，他们有的已成为具有全国性影响的评论家。

新时期文学是在二十世纪七八十年代思想解放运动的背景下发展起来的，与思想解放相联系，文学开始突破了以往非常稳固的历史模式。全国文坛是这样，潮汕文学也是这样：与前一个阶段相比，尽管还有不少作家（特别是本土作家）固守文学为政治服务的观念，尽管这种为政治的文学还占据着主流的位置，但毕竟已有一些作家突破了长期以来专一的政治视角，转向开阔的社会人生视角：比如黄廷杰、颜烈后期的创作就是由表现政治转而探索人生；比如郭启宏的戏剧、黄国钦的散文就较注重文化意蕴的挖掘。另外，长期固守着现实主义创作方法的单一局面也被打破了，"现代人诗社"的诗人们采取的就是象征、隐喻等现代主义的表现手法。文学开始出现多元化趋势，进入了一个新的时期。

但是，假如把这个时期的潮汕文学放在整个中国新时期的文坛去考察，我们可以发现潮汕文学已是滞后于新时期文学的发展。这主要是因为潮汕一直处于半封闭的状态：从1976年到现在，中国新时期文坛经历了"伤痕文学""反思文学""改革文学""寻根文学""新写实主义""后现代派文学"等文学思潮，但所有这些都难以波及潮汕文坛。在短短的十几年间，新时期文坛承受了"意识流""黑色幽默""魔幻现实主义""超现实主义"等西方现代、后现代主义文学的冲击和影响，但这些冲击和影响并没有波及潮汕文坛。应该说，在第一、第二个时期，潮汕文学或是扮演了弄潮儿的角色，或是基本上与全国文坛同步，而在新时期，尽管如上面所说已突破了原有的模式，但与整个中国文学比较起来，明显是滞后了。这是耐人寻味的。

二

在将近一个世纪的文学发展演变过程中，在整个中国新文学的大背景中，潮汕现代文学显现了独特的风貌和神韵。

从以上对于潮汕近百年文学发展过程的回顾中，我们可以看到，和整个中国新文学发展过程相比较，潮汕新文学缺乏启蒙文学的发展阶段，哺育潮汕新文学的，是革命文学。所以，潮汕文学具有鲜明的政治色彩，就在所难免了。作家们关注的是社会的政治变动，几乎现代史上每一次重大的政治运动，都在文学中得到了反映，甚至许多作品直接切进政治命题，许多作家在赶写配合运动、政策、中心任务的作品。可以毫不夸张地说，一部潮汕现代文学史，也是一部中国现代社会政治运动的编年史。本来，注目社会运动，投身并表现社会重大政治变革，是中国现代文学的特点，但潮汕文学在这方面表现得格外突出。比如"五四"文学至抗战文学时期，中国新文学的成分是很复杂的：有以鲁迅为代表的为人的精神解放的启蒙文学，有以茅盾为代表的为政治的文学，也有以周作人、林语堂等人为代表的为艺术而艺术的文学，但在潮汕，虽然也经历了新文化运动，但正如上面所说的，启蒙的文学却始终没有形成气候，至于周作人等人闲适的美文，在潮汕更是很少见到。再比如粉碎"四人帮"后，新时期文学很快便脱离了为政治服务的轨道，呈现出多元化的创作局面。但在潮汕，许多的作家事实上还在沿着以往的思维轨迹惯性滑动。这是值得注意的一种文学现象。我们认为，这种现象与潮汕独特的文化氛围有关。潮汕文化是以中原汉文化为主体的，潮汕人向来以儒家思想为正统，许多"潮学"研究者都有这样的共识。特别是唐宋以来，尊儒重礼之风更盛，所谓"海滨邹鲁是潮阳"指的正是这样的事实。近代以来，儒家思想多次受到剧烈的冲击，但这种冲击往往很少波及潮汕：在地理位置上，潮汕偏于一隅，而且有相对独立的自然环境和语言环境，基本上处于一种半封闭状态。正是由于这种儒学精神的熏陶，潮汕作家大都具有强烈的入世精神和社会责任感，以文学作为工具去参与公共管理、干预现实就成为他们自觉不自觉的选择。这种选择使潮汕文学站立在坚实的生活土壤之上，但也局限了作家们的视野，且使文学难以具有超越生活的形而上的品质。

与上一个特点相联系的是潮汕文学的大众化倾向。因为强调文学的政治性，文学的教化、宣传作用也自然受到了重视。我们觉得，潮汕的许多作家在进行创作时，都自觉不自觉地显示出一种面向大众的姿态。这首先从各种文体的叙述方式上可以看出来。比如，诗歌和散文向来被认为是作家表现自我的抒情性文体，但在潮汕，诗文大都是写实的且带着倾向大众的意向：二十世纪三四十年代很流行的林山、萧野等人创作的街头诗，曾应之、黄雨等人创作的方言诗，五六十年代流行的李昌松、吴阿六等人创作的民歌体新诗，那种质朴浅显的语言，可唱可诵的形式，就是很通俗的诗体。散文也一样，潮汕的散文大多不是抒情的，而是碧野式的写实的且带着浓烈通讯报道气息的文体。至于秦牧的散文，则非常重视知识性、趣味性，这已透露出倾向大众的意识，而更绝妙的是其表现方式的，不是刘白羽式的直抒胸臆，不是杨朔式的借景写情，而是在谈天说地、道古论今中揭示哲理——这种面向大众的"讲古"式的叙述方式也被潮汕小说较为普遍地采用。潮汕小说很重视情节，且少描写挖掘，往往是以"讲古"的口吻叙述，王杏元的小说就典型地体现了这一点。大众化的另一个表现是潮汕的纯文学深受俗文化的影响：许多作家在作品中大量引入潮汕方言，如洪灵菲、林山、薛汕乃至新时期的李英群、廖琪等20世纪50年代成长起来的农民作家就更为典型；许多作家的创作深受民间文学，如潮州歌册、潮州歌谣等的影响。这种影响有形式上的，如李昌松的诗，其实就是民间歌谣的变体；也有深入到思维方式的，比如王杏元的小说，剥开政治斗争的外壳，就是善与恶的二元对立，也就是说，他是以民间朴素的善恶观去观照生活的。另外，也有不少作家注重对地方民俗风情的描写，比如廖琪、李前忠的小说，陈放、黄国钦的散文等。地方民俗风情的描写，使大众读来有一种亲切感。潮汕文学这种大众化的倾向，在20世纪20年代就已存在，40年代《在延安文艺座谈会上的讲话》发表后，这种倾向得到进一步的强化。

创作方法的单一化，是潮汕现代文学的又一特点。在中国20世纪的文学史中，有两个东西方文化交流较为活跃的时期，即"五四"文学和新时期文学。这两个时期都形成各种文学流派、创作方法纷呈并举的局面。但在潮汕，这种局面并没有形成。在"五四"时期，只有洪灵菲的作品稍带有浪漫主义的色彩，其余作家，包括冯铿、戴平万、蔡楚生等，都是革命现实主义或批判现实主义。新时期也一样，尽管文学已突破固有模式，开始有一些作家尝试现代主义的表现方法，但现实主义仍主宰着文坛。至于潮汕文学的第二个发展阶段，更是现实主义一统天下的局面。因此，近一个世纪的潮汕文学史，现实主义成了贯穿始终的几乎是唯一的创作方法。这与潮汕相对封闭的文化氛围不无关系。而且，潮汕作家之所以始终不渝地坚执现实主义的旗帜，在很大程度上是因为这种创作方法刚好契合了潮汕的人文精神：现实主义首先是对生活的一种精神态度，一种直面现实人生的精神态度，这种精神态度与儒家入世务实的人生观有某种内在的联系。

精巧的艺术格局，是潮汕文学的特有风貌。潮汕人有一种突出的文化气质——精巧。这在潮汕许多风物习俗中体现最为充分：比如精巧的潮绣、雕刻，独具风味的小吃，程序繁细的工夫茶等。这种文化气质反映到文学中来，就是潮汕文学大体上体现出的精巧的艺术格局：诗歌、散文这类篇幅短小的文体在潮汕很发达，而且贡献了诸如秦牧、碧野这样的著名作家。而小说，特别是长篇小说则很不景气，近一个世纪的文学史，鸿篇巨制寥寥无几。"五四"之后，洪灵菲著有《流亡》等，但比起同类作品，如茅盾的《子夜》、蒋光慈的《田野的风》，显见缺乏一种恢宏的气度，缺乏一种对于生活整体把握的眼光。20世纪60年代王杏元著有长篇《绿竹村风云》，但比起当时同类题材的柳青的《创业史》、周立波的《山乡巨变》，显见缺乏后者对于农村社会现实的深广概括力和史诗的风度。至于新时期，虽然新人辈出，整个文坛呈现生机勃勃的气象，但终究未能贡献出具有全国影响的大作家。精巧性一方面有利于对作品进行精雕细刻，另一方面也束缚了作家的思维和视野，使潮汕不能为中国新文学贡献更多的大作品、大作家，即使是像那些为数不多的大作家，如秦牧、蔡楚生等，也大都是冲出本土之后才卓有建树。这样一种现象是颇耐人寻味的。

综上，我们粗疏地梳理了潮汕现代文学的发展线索并描述了其特有的风貌。作为中国现代文学的组成部分，它的演进轨迹与中国现代文学大致是相同的，但又有独特之处。很难说潮汕文学在中国的现代文学史占据着显著的位置，但它毕竟折射出不少重要的文学现象。但是由于种种原因，潮汕文学在新中国成立后出版的各种中国现代文学史或广东文学史书中，并没有获得应有的位置，因此，深入地研究潮汕文学，不仅有利于研究潮汕文化，也是对岭南文学、中国现代文学研究的丰富和拓展。

（本文载《韩山师范学院学报》1997年第3期）

潮汕新文学团体及刊物

"五四"新文化运动和文学革命，是我国新文学史的开端。在"五四"新文化运动和文学革命的推动下，潮汕新文学史揭开了新的一页。

"五四"新文化运动一开始，潮汕青年立即响应。1917年12月，"潮州青年图书社"成立，该社以"宣传新文化，介绍新思想，建立新社会，创造新生活"为口号，在开元寺内设立了"新刊贩卖部"，向群众销售各种宣传新知识、新思想的进步书刊，包括《新青年》《新潮》等杂志和《独秀文存》《胡适文存》等书籍。另外，潮安金山中学和汕头商业学校等学校的学生和进步青年纷纷组织话剧队、宣传队、讲演团深入市民和农村中宣传新思想、新文化。新文化运动的蓬勃开展催生了新文学。1922年创办于汕头的《大岭东日报》的副刊《新文化》就是专门发表新文学作品的，《新文化》可以说是潮汕新文学的摇篮。1923年1月，许美勋在《新文化》发表了《和潮汕学界磋商组织文学团体书》，之后，蔡心觉发表了《组织文学团体的商榷》，响应了许美勋的倡议。不久，潮汕第一个新文学团体火焰社成立，这标志着潮汕新文学建设的开始。此后，潮汕新文学团体及刊物如雨后春笋，蓬勃生长。这些文学团体和文学刊物，承载、推动了潮汕新文学发生、发展的历程。下面我们将潮汕文坛较有代表性的新文学团体及刊物择要介绍。

一、新文学团体

（1）火焰社。火焰社是潮汕新文学史上成立最早，影响和贡献最大，也最具代表性的文学团体。该团体成立于1923年秋，成员多为热爱新文学的中学师生、大学生和新闻记者。主要成员有许美勋、冯瘦菊、蔡心觉、丘云麟、詹昭清、洪灵菲、戴平万、陈亦修等53人，分布在潮汕各县及京、津、沪、宁、汉、穗，甚至是南洋和印度。团体刊物定名为《火焰周刊》，设在《大岭东日报》副刊《新文化》上。社员每年聚会一次，平时通过刊物写作、交流、讨论。火焰社培养了潮汕新文学的第一代作家，其中的一些骨干如洪灵菲、戴平万后来成为全国闻名的左翼作家。另一位潮汕新文学作家——曾被誉为"中国新诞生的最出色的和最有希望的女作家"冯铿虽然不是火焰社成员，但因为她的哥哥冯瘦菊是火焰社的创办者之一，她也经常参加该团体的活动，并在《火焰周刊》上发表作品，所以，冯铿的成长也是和火焰社的影响分不开的。火焰社的成立，标志着潮汕新文学进入了创建阶段。

除了火焰社，"五四"时期潮汕新文学团体还有汕头宕石中学的彩虹社，澄海的蓓蕾社，潮安的晨光社等，但这些新文学社团存在的时间较短，影响也较小。

（2）密林文艺研究社。该团体是大革命时期潮汕一个进步的青年文艺组织。1925年秋，澄海蓬鸥中学毕业生林祖荫、袁琼等在"五四"运动和大革命洪流的影响下组织学友会，定期在一起讨论时政，交流知识。1927年，学友会改名为"春笋文艺社"，同时出版内部油印刊物《春笋》。1929年，林祖荫在上海艺术大学读书时，深受当时正方兴未艾的无产阶级革命文学思想的影响，于1930年1月将春笋文艺社改名为"密林文艺研究社"。该社以团结进步青年，学习和研究革命文艺，传播新文化、新思想为宗旨，不定期出版《密林》刊物，社员到后来发展至二十多人。20世纪30年代初，该团体实际上成为共产党的外围组织，一些骨干成员的革命活动暴露后，骨干分子蔡健夫、林祖荫、袁琼等人先后被捕，该团体被迫中止活动。密林文艺研究社对潮汕革命文学的发展起到一定的推动作用。

（3）官硕、鹳巢、七区农民创作组。新中国成立之后，潮汕掀起群众性文艺创作热潮，先后出现了不少农民创作组，其中影响较大的有：

官硕农民创作组。20世纪50年代初，揭阳县土改工作团发现官硕乡青年农民李昌松善写民歌，便热情给予鼓励、辅导，后来李昌松在《团结报》发表民歌体长诗《农民泪》，官硕乡农民深受鼓舞，随后成立了官硕农民通讯组，后改称"文艺组"。该文艺组开始由李昌松、李作辉、李振昌、陈作恭等八人组成，后来发展到数十人。该创作组几位骨干成员后来成为揭阳乃至潮汕地区文学创作的主力，李昌松更是成为在广东省颇有影响的"农民诗人"。

鹳巢农民创作组的前身是潮安县鹳巢乡黑板报编委会。20世纪50年代初，该乡热爱文艺的农民青年在土改工作队协助下成立黑板报编委会，在乡中办起十多块黑板报，定期三天出版一次。这一活动锻炼了热爱文艺的农民青年的写作能力。1954年，在黑板报编委会基础上成立了创作组，骨干成员有李北鹏、李前忠、李前锡、李咸等。其中，李前忠后来成为潮汕地区较有影响力的小说作家。

七区农民创作组成立于1954年春。创作组成员由潮安彩塘一些热爱文艺的农民青年组成。主要成员有曾老鱼、许日田、曾庆雍等，其中尤以曾庆雍创作成绩最为突出。曾庆雍于1956年参加全国青年文学作者会议，后又由广东省作协推荐参加中国作协文学研究所第三期讲习班。他创作的《陈秋富当选人民代表》被收入中国青年出版社1956年出版的《全国青年文学创作选辑》。

20世纪50年代潮汕文坛较为活跃的群众性文艺社团组织还有汕头市工人文学创作组，潮安的庵埠、磷溪，揭阳的棉树、锡西等农民创作组。这些社团组织培养了一大批工人、农民作家，使二十世纪五六十年代的潮汕文坛呈现出生机勃发的局面。这时期潮汕的群众文艺创作在广东乃至全国都有一定的影响力，这和这些社团组织是分不开的。

二、潮汕新文学刊物

新中国成立前，潮汕的新文学创作是非官方的、民间的，甚至是处于地下状态的，其文学发表园地主要散见于报纸副刊和地下油印刊物；新中国成立后的文学创作被纳入统一的机制和组织之中，文学的园地主要是文学期刊。

（1）《火焰周刊》是火焰社刊物，附刊于汕头《大岭东日报》的副刊《新文化》上。由火焰社创始人许美勋和冯瘦菊轮流主编，一共出版了一百多期。发表的都是新文学作品，包括短篇小说、诗歌、散文、随笔、独幕剧、评论等，还曾编过"俄国19世纪作家作品评价"和"苏俄新进作家高尔基"等专辑。《火焰周刊》培养了潮汕新文学的第一代作家，左联作家洪灵菲、戴平万、冯铿都曾在这里发表新文学作品，他们就是从这里走上文学创作道路的。

（2）《岭东民国日报》是第一次国共合作时期的进步报刊。1925年11月，东征军进入汕头后，周恩来指示李春涛、张亦文接管当时的反动报纸《平报》，后改名为《岭东民国日报》，并于1926年1月20日正式发行。《岭东民国日报》在副刊设"文艺"版，由许美勋主编。"文艺"版的出发点是"鼓舞青年研究学问及从事著作之兴趣"（《岭东民国日报》1926年12月30日）。该刊一方面发表潮汕文学青年的新文学作品，其中最值得提及的是冯铿在该刊所发表的约100首总题为"深意"的"冰心体"抒情诗，诗作短小且清新、空灵，冯铿的名字遂为潮汕文坛所瞩目；另一方面还摘登和评介了沈雁冰、谢冰心、郁达夫等进步作家的文章和译作，包括郁达夫后来很有影响力的《文学与革命》。1927年2月25日，《岭东民国日报》被国民党右派接收。虽然该刊只出版了104天，但它对催生潮汕文坛的革命文学产生了很大的影响。

（3）《路报》是抗日战争胜利之后，中共潮安县工委在潮安城办的一份公开报纸。《路报》于1946年5月出版，总编辑为曾应之。《路报》设副刊《新旅程》，专发大众诗歌（方言诗）、散文、杂文、民间故事等新文学作品，该刊发表的曾应之的《老鼠做官》《饿民自叹》《死罪敢当、饿罪唔敢当》及方未全的《老爷歌》等潮汕方言诗在当时的潮汕比较流行，产生了较大影响。该刊对促进潮汕新文学走大众化、通俗化的道路起到一定的推动作用。

（4）《工农兵》是潮汕文联主办的一份地方性通俗文艺刊物。该刊为32开本，月刊，1950年创刊，1960年终刊，共出版152期。该刊的创始人为当时汕头市委宣传部长兼潮汕文联主席林山。林山亲自担任《工农兵》主编，他制定了"地方化、通俗化、群众化"的编辑方针，确立了"普及为主、生根第一"的指导思想，发动城乡工农业余作者，创作群众喜闻乐见的文艺作品，如潮州歌册、小潮剧、快板、故事，也包括新诗和小说、散文等。《工农兵》办刊十年，扶掖了一大批工农兵业余作者，这些业余作者后来都成为潮汕文坛的骨干力量，例如揭阳的李昌松、李作辉，潮安的曾庆雍、吴阿六，饶平的王杏元，汕头的连裕斌等，王杏元后来的一篇有全国影响力的长篇小说《绿竹村风云》即是在该刊发表的《绿竹村的斗争》的基础上改编而成。林山和《工农兵》杂志为推动新中国成立后潮汕文艺的繁荣做出了不可磨灭的贡献。

（5）《韩江水》系《汕头日报》文艺副刊，创刊于1958年7月。办刊宗旨为培养和扶掖地方作者。从创刊至今，除了"文革"十年停刊，已办刊47周年。1960年《工农兵》终刊，《韩江水》在很长时间内几乎成了潮汕文坛唯一的文艺园地。1993年6月吴勤生主编《韩江入海流》（广东人民出版社出版），该书即挑选了从1958年7月至1993年4月在《韩江水》发表的较有代表性的文学作品。《韩江水》在培养地方文学作者及推动新中国成立后的潮汕文学创作方面有着特殊的贡献，该刊也是潮汕当代文学发展的一个缩影。

（6）《汕头文艺》是由汕头地区文联主办的综合性文艺刊物。16开本，双月刊，1981年元旦创刊。李福光、林文烈先后担任该刊主编。刊物以繁荣本地区文艺创作，培养文学作者为宗旨。除小说、散文、诗歌外，刊物还辟有回忆录、风情录、潮汕人物志、潮汕风采等栏目。1988年更名为"潮声"。

（7）《潮声》是由汕头市文联主办的综合性文艺刊物。双月刊。该刊继承原《汕头文艺》繁荣本地区文艺创作，培养文学作者的宗旨，但更强调潮味、特区味、侨味，地方色彩更为浓厚。1999年开始由爱国华侨陈伟南先生出资在该刊设立"伟南文学奖"。该奖立足潮汕，面向全国，是粤东最有影响力的文学奖项，对繁荣本地区文学创作起到一定的推动作用。

（8）《榕江》是由原揭阳县文化馆主办，1951年1月创刊，始名为《榕江文艺》，1971—1973年12月改名为《工农兵文艺》，1974年改名为《榕江》，16开本，季刊。该刊以扶掖本地文艺作者，繁荣地方文学创作为宗旨，栏目有

"小说""散文""诗歌""文学评价""杂文""进贤门访古""影视剧坛"等。该刊对培养本地区业余文艺作者，繁荣揭阳文化起到积极的推动作用。

（9）《韩江》是由原潮安县文联于1980年春创办的文学期刊。1984年春，该刊与潮州市文联主办的《潮州文联》合并为《韩江》文学季刊，由潮州市文联主办。《韩江》以发表本地业余作者的作品为主，同时也发表外地一些知名作家的作品。《韩江》为潮州培养了一批作家，现在活跃在潮州文坛的一批作家，如丘陶亮、蔡泽民、陈放、黄国钦、曾绰、林汉秋、林桢武等，他们的成长和《韩江》的培育是分不开的。

（10）《绿洲》属于油印民间诗歌刊物，于1979年9月创刊。创办者包括冰峻、凡斯、杜国光、紫扬、阿凹等，刊物不定期编印，一直持续十多年时间，在该刊周围形成了一个诗歌群体。他们有大致相同的艺术取向，即诗歌内容上有浓厚的启蒙主义倾向，在艺术表现上倾向于象征主义，注重直觉、意象、暗示与整体寓意。这些诗歌创作者后来成为潮汕诗坛的主力军。《绿洲》类似于朦胧诗派的《今天》，它的出现打破了现实主义一统潮汕文坛的格局，开创了潮汕诗歌中现代主义的表现路径。

参考文献

[1] 许美勋：《瑰丽的海滩贝壳》，《汕头文艺》1988年第1期。

[2] 周艾黎：《〈工农兵〉10年》，《汕头日报》，1988年2月8日。

[3] 杜桂芬、杜星：《左翼文化运动中的潮人》，香港：艺苑出版社2001年版。

[4] 吴勤生：《韩江入海流》，广州：广东人民出版社1993年版。

[5]《潮州市文化志》编写组编：《潮州市文化志》（内部资料），1989年。

[6] 汕头市地方志编委会：《汕头市志》，广州：新华出版社1999年版。

[7] 潮汕百科全书编辑委员会编：《潮汕百科全书》，北京：中国大百科全书出版社1994年版。

洪灵菲论

　　1930 年 3 月 2 日，中国左翼作家联盟在上海宣告成立。参与发起者五十余人当中，就有潮汕籍作家洪灵菲、戴平万、冯铿、林伯修、许峨五人。① 如果再算上一个后来名声不甚好的杨邨人，无疑，在 20 世纪 20 年代末 30 年代初的中国文坛上，曾经活跃过一支引人注目的潮汕作家劲旅。

　　为适应时代潮流和群众的需要，热情倡导无产阶级革命文学，积极介绍马克思主义基本理论，洪灵菲与蒋光慈、钱杏邨、孟超等，于 1928 年 1 月 1 日在上海组建太阳社，创办《太阳》月刊。此刊与成仿吾、郭沫若等主持的《创造》月刊，以及刚从日本回国的创造社新成员李初梨、冯乃超、彭康等主持的创造社后期重要理论刊物《文化批判》，在社会上产生了广泛的影响。同年 3 月，徐志摩、胡适、梁实秋等主持的《新月》月刊创刊，宣传为了维护"健康"和"尊严"的"独立"的创作原则，公开与无产阶级革命文学对立，这标志着现代文学史进入一个新的历史时期——"第二个十年"（1928—1937），或称为"左联时期"。

　　1927 年，蒋介石在上海发起"四·一二"反革命政变，疯狂追捕和屠杀共产党和革命群众，中国革命转入低潮时期。社会、历史的巨大变动，触动了中国社会城乡的每一处角落，引起了各阶层人民命运和思想感情等的巨大变化。从中国革命的进程来看，已由"五四"时期的思想启蒙革命，转向这一时期以土地革命为中心的社会政治革命。如果说"五四"是个性解放的时代，那么此时就进入了社会解放的时代。而文学也相应地由对个人价值、人生意义等的关注和思考转向对社会性质、前途等的思考和探求，也即由"五四"的思想启蒙文学转变为无产阶级革命文学。正是在这种历史背景下，一

---

　　① 丁景唐：《关于参加中国左翼作家联盟成立大会的盟员名单》，中国社会科学院文学研究所编：《左联回忆录（下册）》，北京：中国社会科学出版社 1982 年版，第 814－815 页。

大批有志于革命的文化新人"加盟"文学队伍。他们来自社会各阶层，经过"五四"时期革命的浓厚熏陶，怀着满腔热情投身于革命，探求个人和社会的出路，在反革命政变的残酷镇压下他们没有被吓倒，反而更加坚定了革命信念，从社会革命的具体实践中转而投身文学，拿起笔杆子，"怒向刀丛觅小诗"。这其中，就包括了洪灵菲等五位潮汕青年作家。

洪灵菲等五位潮汕青年作家，其社会经历、思想感情等基本相似，都是从政治革命直接走向文学的新一代作家。在 20 世纪 20 年代末，他们与其后加入左联的其他绝大多数作家达成了共识：文学应该成为无产阶级的"最高的政治斗争的一翼"（鲁迅《文坛的掌故》）。因此，他们虽然迫于形势，走出群众斗争漩涡的中心，但他们"在文学事业上找着了他们的斗争的门路"（周扬《〈马克思主义与文艺〉序言》），以文学为武器，继续他们的革命斗争。所以，他们不仅是大革命失败后继续革命的优秀分子，更是最先倡导无产阶级文学的发起人。

在 20 世纪 20 年代末开始的无产阶级革命文学运动中，洪灵菲等在努力从事文学创作，为无产阶级革命斗争奉献了一大批重要的文学作品的同时，还同左联其他作家一样，积极参加马克思主义文艺理论的新建设，参与开展文艺大众化运动，以及对现实主义创作方法的探讨和提倡。在这些方面，他们都做出了相当重要的贡献，并在当时产生了不小的影响，从而在文学史上确立了一定的地位。

一

有关洪灵菲的生平史实，我们主要根据的是孟超、秦静、许美勋和鲍昌等人的几篇文章。[1] 洪灵菲，原名洪伦修，乳名洪树森，曾用笔名洪素佛、李铁郎、林曼青、林荫南等。1902 年生于广东省潮安县江东区的洪砂乡，[2] 在兄妹五人中排行第三，家境贫困。其父洪舜巨是落第秀才，先当私塾教师，后来改业行医，为人严正耿直，生性好善，却对子女非常严厉。其母虽系农家女，却粗识文字，性情温和，能吃苦耐劳。洪灵菲成年以后工作勤奋，待人接物诚恳真挚，体贴入微，又能舍己为人，生性豪放爽快，不计较个人得失。因为家庭人口多，生计艰难，洪灵菲从四五岁起就开始干耙猪屎、拾蔗

① 孟超：《我所知道的灵菲》、秦静：《忆洪灵菲烈士》，洪灵菲：《洪灵菲选集》，北京：人民文学出版社 1982 年版。许荑勋：《早陨的明星——忆洪灵菲》，汕头市政协文史资料研究委员会等编：《汕头地方文化艺术史资料汇编》，1982 年版，第 26 页。鲍昌：《在中国"今天和明天之交"的无产阶级作家——洪灵菲》，《中国现代文学研究丛刊（第一辑）》，北京：北京出版社 1979 年版，第 213 页。

② 陈贤茂：《洪灵菲传》，转引自赵遐秋、曾庆瑞：《中国现代小说史（下册）》，北京：中国人民大学出版社 1985 年版，第 11 页。

渣、放鸡、打柴一类的农活，经常受到富家子弟的白眼和侮辱，这样，贫与富阶级间的不平等思想，在他的幼小心灵中已插下了根，播下了种。

洪灵菲九岁入乡村小学读书，十三岁到潮州城南小学插班，1918 年，他十六岁时考进潮安县金山中学。"五四"运动发生，洪灵菲同其他爱国进步学生一样深受陶冶，在校组织了学生救国活动，接触了《新青年》《共产党宣言》等书刊。中学毕业后，他于 1922 年到广州广东大学（中山大学前身）读书。1923 年秋，许美勋在汕头发起组织潮汕最早的文学团体"火焰社"（广东最早的文学团体之一），洪灵菲是主要社员之一，经常有新诗和散文在《火焰周刊》上发表。据他自己所说，他的处女作小说《一个小人物死前的哀鸣》在《香港日报》发表，署名为洪素佛，[①] 可惜现在已找不到了。

洪灵菲于 1926 年毕业，是郁达夫在广东大学执教时最喜爱的高材生。在学生生涯里，他崇拜李白、白居易、雪莱、拜伦等浪漫主义诗人，醉心于文艺的学习和练笔，这为他日后的文学创作打下了坚实的基础。

洪灵菲在大学读书时，正值第一次国共两党合作，当时广州的革命形势十分高涨，他开始参加学生运动，并在 1924 年参加了国民党左派组织，随即又参加了共产党。毕业后他没有离开广州，而成了职业革命者，以共产党员的身份，在国民党海外事务部门工作，一直到 1927 年广州"四·一五"反革命政变发生之前。

广州"四·一五"反革命政变发生，以蒋介石为首的国民党反革命武装疯狂屠杀共产党人和革命志士，洪灵菲也在被通缉之列。在革命群众的帮助下，洪灵菲开始流亡。在数个月内，他从广州到香港，再回到汕头，然后是新加坡、暹罗、汕头，最后于 1927 年冬来到上海。他在香港被拘捕，在新加坡栈房挨过饿，在湄南河上漂流……备尝辛酸苦楚的这些经历都反映在了他的自传体长篇小说《流亡》里。

洪灵菲到上海后，即恢复党的组织关系，任中共上海闸北区委书记，继续从事党的秘密工作，同时也开始了他一生中最辛勤的写作生活，这是他流星般的生年里最灿烂的时期。

在这期间，他先与蒋光慈、钱杏邨、孟超等组织了"太阳社"，主编《太阳》月刊，创办春野书店；于 1928 年 4 月 15 日出版代表作《流亡》；又于同年 5 月 20 日与杜国庠（笔名林伯修）、戴平万等组织"我们社"，主编《我们》月刊，创办晓山书店，可惜月刊只出了三期。孟超在回忆过去的文章中，曾说洪灵菲是他们这部分人中"最勤奋最辛劳的一个"。的确，洪灵菲绝大部分作品都是在 1927 年冬到 1929 年底两年左右的时间内写成的。其中，印成单行本的，就有长篇三部曲《流亡》《前线》《转变》，以及短篇集《明朝》

---

① 秦静：《忆洪灵菲烈士》，洪灵菲：《洪灵菲选集》，北京：人民文学出版社 1982 年版，第 1 页。

《气力出卖者》《家信》《长征》《归家》等，还有一批新诗和文艺论文散见于《我们》《太阳》《大众文艺》《拓荒者》《海风周报》《文艺讲座》等杂志，洪灵菲的辛勤笔耕，为无产阶级文学事业贡献了一百多万字的作品。蒋光慈在当时就曾称赞他是"新兴文学中的特出者"①。

1930 年以后，洪灵菲写的东西不多了。1930 年 1 月上海左翼作家联盟成立，洪灵菲是参与创建的主要成员，并被选为七常委之一（其他六位为鲁迅、沈端先、冯乃超、钱杏邨、田汉、郑伯奇）。1931 年"九·一八"事变后成立的中国反帝大同盟，以及 1932 年成立的中国左翼文化总同盟，他都是主要领导人之一。因为沉重的党务工作压在他的肩上，所以这一时期他只翻译了高尔基的《我的童年》《沉郁》、陀思妥耶夫斯基的《赌徒》、法国巴比塞的《不可屈伏的》等小说，以及写了长篇《家信》、中篇《大海》、短篇《路上》《在洪流中》等小说。但这少数几篇作品，却是他创作新阶段的标志。

1933 年春，党中央把他调往北平，让他以作家的身份进行党的工作，他一面进行工作，一面又开始新的写作生涯，着手写作长篇《童年》。然而仅仅写完三章，就在同年的 7 月 26 日，不幸被捕了。在监狱中，洪灵菲表现出共产党人的钢铁意志，面对敌人的威逼利诱，他没有吐露半句党的机密。他被捕后，据说宋庆龄先生和日本反帝大同盟以及其他进步人士，都曾发出电报，向国民党当局提出抗议。洪灵菲的岳父、潮州知识界知名人士秦昌伟，还特地筹集巨款，希望赎他出狱，然而得到的回答是，"此人死不悔悟，毫无回头之意，赎不得"。后终被送上绞死过李大钊烈士的绞架，洪灵菲英勇就义，终年只有 32 岁。

纵观洪灵菲的一生，我们完全同意已故当代著名作家、评论家鲍昌先生所说的，洪灵菲"是个革命者——作家。他首先是个革命者，其次才是个作家"。

二

上面说到，洪灵菲在他那短暂的文学生涯里，写出了为数众多的文学作品，他所有的作品，都有一个共同点，就是以他本人的生活际遇和真实感受为题材，真切地表现了大变动时代的社会生活和小资产阶级的思想转变历程，从而具有很强的时代性和代表性。其主要作品，特别是他的代表作《流亡》，更是集中地反映了"四·一二"政变前后中国社会政治形势的剧变，在我们今天看来，无疑极富于历史感。

《流亡》的开头就颇为吸引人。晚上十点，天下着丝丝微雨，在一所傍寺的乡村颓老的古屋里，一对流亡的恋人："那男的是个瘦长身材，广额，隆

---

① 蒋光慈：《异邦与故国》，上海：现代书局 1930 年版。

鼻，目光炯炯有神。又是英伟，又是清瘦，年约二十三四岁的样子。那女的约莫十八九岁，穿着一身女学生制服，剪发，身材俊俏，面部秀润，面颊像玫瑰花色一样，眼媚，唇怯。"怀着一种害羞而又欢喜的富于诗意的心理结婚了。在满城戒严，满城屠杀的白色恐怖下，这对恋人暂时把外面险恶的政治形势撇在一边，尽情享受新婚带来的快乐。小说的开头就蒙上一层浓厚的浪漫色彩。而小说所写的男主人公和故事情节，基本就是洪灵菲本人的经历。

从 1926 年到 1927 年，蒋介石的反革命面目逐渐暴露，到 1927 年 4 月 12 日公开叛变后，在全国各大城市实行"清党"，大肆屠杀和逮捕共产党员和革命群众，许多革命者不得不流亡或暂时转入地下。《流亡》的故事就是发生在广州发动"四·一五"政变前后的社会政治背景下的。

主人公沈之菲，平日持论颇激烈，和那些专拍资本家、大劣绅、新军阀马屁的人，双方意见有很大的分歧，这次发生政变，旧势力占了上风，对新派施行大屠杀，他被视为危险人物，在必捕之列。这些背景交代，影射了1926 年到 1927 年国民党公开叛变革命的情形。因此他开始流亡，短短数月，到过香港、暹罗和新加坡，到处奔波流浪，没有同情和鼓励，唯有监禁、通缉、驱逐和唾骂，而家人又不理解他。他几乎陷入困境，心情十分悲观。但通过流亡生活，他更了解了人生的意义，坚定了革命的决心，明白了那时社会的黑暗和丑恶，人与人之间的不平等。这使他认识到，要消灭这种社会现象，非要经过流血的大革命，彻底变革社会不可。所以到最后，他悄悄离开家庭，又走上流亡的征途，"去为着人类寻找永远的光明"。

这部小说出版后，在当时文坛上立即引起不小的轰动，甚至风行东南亚，洪灵菲的名字不胫而走。这不仅在于，作品真实地反映了在革命低潮中革命青年由各种苦闷、消沉转而反抗的情况，对那种黑暗的政治和腐朽的社会，对反动统治者对于革命的残酷镇压，和对革命人民的虐杀，作了无情的揭露；而且还在于作品所运用的创作方法，迎合了当时刚刚流行起来的一种创作和欣赏倾向，这就是"革命 + 恋爱"，或者说是"革命的浪漫谛克（罗曼蒂克）"的倾向。

为什么会在那个特定时期里出现这种倾向，其原因在赵遐秋和曾庆瑞《中国现代小说史》中被很好地论述①。总的原因不外有二：一是有不少参加革命的小资产阶级知识分子，一方面身负革命与恋爱的矛盾纠葛，另一方面又受到无产阶级革命文学口号的感召，从而把这些经历和复杂情感带进作品中；二是潜在地受到传统文化中才子佳人题材的影响，为了投合一般读者的这种审美趣味。在当时，具有这种倾向的作品极多，创作风气盛极一时。较

---

① 赵遐秋、曾庆瑞：《中国现代小说史（下册）》，北京：中国人民大学出版社 1984 年版，第 99－100 页。

著名的有庐隐的《风欺雪虐》《曼丽》、蒋光慈的《冲出云围的月亮》、阳翰笙的《地泉》、胡也频的《到莫斯科去》《光明在我们的前面》等。而洪灵菲的《流亡》《转变》以及《前线》等小说，可以说是这种倾向的代表作品。

有人称《流亡》是自传体小说，这是有一定道理的。因为小说里的情节和情调，基本与洪灵菲本人的经历和心态相仿。例如他的恋爱经历，他在中学时曾与一位女同学发生恋情，但因社会习惯势力的不允许而告吹，这给他带来了不小的心灵创伤；他读大二时，被迫遵从父母之命与一位农家姑娘结婚，这桩没有爱情基础的包办婚姻，让他深感人生的绝望和痛苦。后来，他在革命的引路人许苏魂的鼓励下，才找到自己心目中理想的革命伴侣秦静。小说中的沈之菲和黄曼曼，就是以他和秦静为原型的。

革命和恋爱会不会发生冲突呢？小说中的沈之菲认为"革命和恋爱都是生命之火的燃烧材料"，他说，"人之必需恋爱，正如必需吃饭一样。因为恋爱和吃饭这两件大事，都被资本制度弄坏了，使得大家不能安心恋爱和安心吃饭，所以需要革命！"并且把他的爱人黄曼曼比作自己革命的"力的发动机""精神的兴奋剂""黑暗里的月亮"，期望得到他的曼妹的鞭策和鼓励。可见，在沈之菲看来，革命和恋爱是并行不悖的。但是总的说来，沈之菲还是认为，革命第一，恋爱第二。他说，"为革命而恋爱，不以恋爱牺牲革命"，因为唯有革命，才是他们唯一的、光明的出路。这种对革命的看法既带有小资产阶级思想情感倾向，同时又是很朴素的，可以说是真实地反映出作为小资产阶级的洪灵菲对革命的理解，也代表了当时大多数这类青年的心理倾向。在今天看来，这种心态都是可以理解的。

《流亡》三部曲的第二部《前线》（1928年5月，上海晓山书店）和第三部《转变》（1928年9月，上海亚东图书馆）的主人公，同沈之菲所走的是一样的路。

《前线》所写的是在《流亡》之前的国共合作时期，主人公霍之远，在国民党党部工作，又是共产党员。他一方面为革命奔忙，另一方面在情场上角逐，有老婆孩子在乡间，却与林病卿相爱，又和妓女张金娇厮混，还与有了恋人并已同居的林妙婵热恋，在私生活上颇为出格。这正显示了他作为小资产阶级知识分子情感的劣根性。不过，在反动派大屠杀的危急关头，他又能挺身而出，销毁文件，保护党的利益和同志的安全，牺牲自己，成了英雄。

《转变》所写的则是在《前线》之前的"五四"落潮到北伐战争之间。主人公李初燕，是一个从城里回乡间复习功课的备考中学生，他与寡居在家的二嫂秦雪卿相爱，回到城里读书又与同学之妹张丽云相恋，然而，父亲要他与一个素不相识的村姑结婚。爱情的失意使他觉得家庭无温暖，社会太冷酷，非把这个不合理的社会制度推倒不可，经过一番苦闷、怨愤和抗争，最后在日益高涨的工农运动中，离家出走，走向革命。

洪灵菲这三部长篇，都以中国革命的重大事件为题材或背景，努力表现出革命斗争的主题，其中包括从"五四"落潮到"五卅"运动、北伐战争、国共合作、省港大罢工、"四·一五"政变。在一定程度上带有史诗性质，无疑，这些作品在现代文学史上具有独特的地位。

这三部小说的风格一脉相承，都是"革命＋恋爱"的套路，虽然情况有所不同。总的来说，这种"恋爱＋革命"的世界观，在内心和行动上所造成的种种矛盾，都是时代的真实反映，我们今天不必过于苛求和指责。相反，洪所描写的这些人物最终都从沉沦中挣扎出来，走向革命，革命终于战胜沉沦，这是洪灵菲特有的主题。毫无疑问，这些小说对那个时代有志于革命的青年起着一种多么大的支持和鼓励，作品所表现的主题，起码不是那些资产阶级个人主义者为情爱而放弃革命，牺牲革命，甚至出卖革命。而这类情况在当时却是屡见不鲜的。

首先，从艺术上而言，《流亡》三部曲总的来说是成功的。阿英在当时评论《流亡》时就指出过："洪灵菲有一种力量，就是只要你把他的书读下去一章两章，那你就要非一气读完不可。"并认为，"在现代文坛上，是不可多得的"①。也许因为洪灵菲具有诗人气质的缘故，深受浪漫主义作品的影响，他在作品中直抒胸臆，爱憎分明，自我表现强烈，虽然缺乏含蓄，但具有极强的艺术感染力，颇能打动读者的心。其次，其作品中的心理描写相当出色。如《流亡》中他常常通过书信、内心独白来描写人物的内心世界，还善于用自然风景的色彩、变化来反映人物心理的细微活动。如沈之菲太平洋的远渡和湄南河的放筏，人物的一腔豪气，景色的辽阔壮丽，就构成了一幅诗情浓烈的图画。而《前线》在这个方面更加突出，它"把一个小资产阶级者从事革命的心理过程解剖得很为透彻"②，在内容上虽不如《流亡》充实开阔，在艺术上却是最成功的一部。

因为作者本人的生活阅历、世界观的成熟程度以及创作时间的匆促（如三部曲的出版，从1928年1月到9月一共只用了八个月时间），洪灵菲的小说也存在着不少缺陷。如未能很好地塑造典型环境中的典型人物，在三部曲里，洪灵菲都没有塑造令人难忘的人物典型；没有把转变中的主人公安排在适当的正面革命斗争实践中，着力表现革命政党和工农大众对他们的教育。除了沈之菲处理得较好一些外，其他人物的思想转变，都显得缺乏足够的说服力；作品的议论过多，常常用作家的主观介绍代替情节的发展和人物性格的成长；爱情描写过多，如《流亡》中的沈之菲和黄曼曼，在大难临头之际依然柔情如蜜，气氛显得颇不协调；而《前线》和《转变》，对乱伦和玩弄

① 岛田：《"流亡"批评》，《我们》月刊1928年第3期，第83－121页。
② 1928年《我们》月刊"编后"。

异性津津乐道，甚至把缠绵的男女私情和肉欲渲染得过分了，这些都是不能不指出的缺点。

当然，洪灵菲的三部曲都写于1928年底之前，那时候，井冈山革命根据地创立不久，中国工农红军还是"星星之火"，新的革命时代气息，以及更进步的文艺思想还未深刻地影响到他的创作心态，存在这方面或那方面的缺陷也是在所难免的。

三

对于以上所说的缺点，洪灵菲本人也意识到了，所以在1929年后出版的小说，如短篇集《归家》（1929年8月，上海现代书局）、长篇《家信》和中篇《大海》等作品里，从主题到人物都有很大的改变。如作品主人公已从小资产阶级知识分子换成了工人、农民和革命者，主题则从革命战胜沉沦变成了集中暴露时代的黑暗和正面表现工农大众的革命斗争。这就是当时由蒋光慈、钱杏邨、洪灵菲等人正在大力倡导的普罗文学（"普罗"是英语 Proletarian 的音译，是无产阶级的意思）的样本作品。

短篇集《归家》包括六个短篇，其中《在木筏上》《在俱乐部里》写流落异国他乡的下层劳动人民的苦难生活；《归家》写农民石禄叔欠地主的租谷被毒打，再加上生活困苦而"过番"，结果落魄地回到家中，引起妻子怨恨的酸楚境遇；日记体小说《路上》直接描写北伐战争中女战士唱着"英他拿逊南儿"投入战斗的生活，歌颂"我"和其他战士坚决、勇敢的革命精神，批判不能吃苦，抱着享乐的心理参加革命的知识分子，正面描写革命战争生活，歌颂革命，作为小说的倾向无疑是正确的，在当时的小说创作中具有开创性意义。但是，这篇小说从艺术上说是失败的。从人物塑造上说，"我"是小说的主人公，有着坚定的革命性，但没有个性，没有生气，除了"革命"就是"战斗"，显得形象性不足；另外，作品里出现一些干巴巴的说教，如"我"对楚兰和对一些不耐苦的小资产阶级分子的批判，对他们的弱根性却揭示不够，显得空泛无力。这些缺陷与洪灵菲本人没有这方面的生活经验和情绪积累有关，也与他的对普罗文学的理解偏差有关。如他在论文《普罗列塔利亚小说论》中就认为无产阶级的一个特性是它的集团的力量，主张在文学作品中应主要写群像。①

写得较好的是《在洪流中》，农协会员阿进，在大革命失败后逃回家，因洪水漫村，剿乡的官兵进不来，母亲劝他不要出去革命了，要他在家中"安

---

① 洪灵菲：《普罗列塔利亚小说论》，冯乃超等：《文艺讲座（第一册）》，上海：神州国光社1930年版。

安静静过了一生"。儿子听着从远处传来的反动派剿乡的枪声，开导母亲，说明穷人唯一的出路是革命，即使躲在家里，总会被地主发现，抓去砍头的。他对母亲说："坐在家里是比到战场上去还要危险的。"母亲终于想通了，支持儿子出去革命。作品有较生动的细节描写，人物思想转变自然，其故事十分接近当时潮汕地区的历史真实，具有一种崇高悲壮的美。作为普罗文学的范本之一，曾被选入蒋光慈编选的《中国新兴文学短篇创作选》第一集《失业以后》。

书信体长篇小说《家信》发表于蒋光慈主编的《拓荒者》第一卷第一、二期（1930年1月），后来又作为"拓荒丛书"之一出版单行本。小说通过闹革命的儿子与母亲的往复通信，揭示了唯有革命，穷苦人才能有出路这一与《在洪流中》相同的主题。小说的开头，由于母亲对革命的不理解，骂儿子长英为"魔鬼""无灵性的禽兽""鬼革命家"，说人家"革命"升官发财，衣锦还乡，光宗耀祖，而儿子的"革法"不仅自己要送命，而且也牵累家庭，要儿子及早回家。作为革命者，长英回信耐心开导母亲，说明革命的道理。最后，母亲虽未完全了解儿子的思想，但已不像以前那样看待儿子的革命事业了，只是从一个做母亲的心理出发，要儿子为了父母的缘故"应该珍重生命"。小说反映了"四·一二"政变到南昌起义和秋收起义这一段时间的历史背景。小说里的母亲深受旧时代思想观念的愚弄奴役，逆来顺受，显得愚昧落后，但她又有一片深沉伟大的母爱，让人在哀其不幸怒其不争的同时，又深受感动。而儿子在安慰母亲的同时，又表示了"为着大多数人幸福的缘故"愿意流血牺牲，相信："终归有一天，由我们的生命和尸体筑成的桥梁，可以达到我们的理想的、美丽的社会去。"小说的人物思想性格复杂，真实感人，但常常以议论代替叙述，影响了作品的可读性。

发表于《拓荒者》第一卷第二、三期（1930年2月）的中篇小说《大海》，则是从正面描写广东潮汕地区的农民革命。这部作品在题材和主题方面都比他以前的作品进了一步。作品分为上、下两部。上部写三个农民锦成叔、裕喜叔和鸡卵兄，他们性格各异，但境遇相同，都是受尽地主阶级的剥削，过着不能忍受的痛苦生活。在生活的重压下，他们靠酗酒、打老婆来排遣苦恼。最后三人自发地团结起来，对地主进行了报复性的反抗，他们烧毁了清闲爷的屋舍，推倒了他的围墙，然后逃往南洋。下部写随着大革命的高潮到来，农村发生了翻天覆地的变化，在苏维埃的领导下，农民自觉地组织起来，建立了自己的政权。这三个农民从海外回来，"开始感觉到大地上的春天的力量"。从不了解革命逐渐转变为拥护新政权，鸡卵兄甚至"成为一个真正的波尔塞维克"。和广大农民一样，他们第一次过上了主人翁的自由生活，农村不再沉默了，农民革命的情绪，就像大海一样，在"翻腾着，咆哮着，叫喊着了"。小说的基调与蒋光慈的《咆哮的土地》相似，显得粗犷奔放。

　　作品最深刻的地方是，作者有意采用了对比的方法，以上、下两部一些典型情节作对比，倾向性非常明显地向读者说明，农民们个别的报复性行动是行不通的，只有从个人的自发斗争上升到有组织的斗争，才是工农阶级斗争正确的出路。作品还着力描写了新的人物面貌。如锦成叔的儿子阿九，从小就受苦，受社会的压迫，但在参加了革命后，成为一个老练的指挥员。又如过去经常饱尝丈夫拳头的锦成叔的老婆也完全变了，她很神气地掀起衣袖，卷起裤脚，露出许多在战场上得来的伤痕给丈夫看，她已经成长为一位新型的妇女了。作品通过一些细节描写，形象地说明了被压迫人们的旧生活已经迅速改变，崭新的生活已经形成。

　　这篇小说的重要意义在于，它与蒋光慈《咆哮的土地》和阳翰笙《地泉》一样，显示了当时无产阶级革命文学创作题材的转变和拓展，即努力反映农村生活，歌颂土地革命，描写武装斗争。这篇小说，具体来说是正面反映了毛泽东所领导的农民革命运动，这对当时的文学创作来说，的确是"一种新的倾向，和一种新的努力"（洪灵菲《流亡》自序）。在洪灵菲 1930 年以后的作品中，其中一个最显著的特点就是，基本是以革命斗争作为基本红线来描写，试图积极表现工人和农民的觉悟。在这一方面，他和蒋光慈等人一起，一直走在无产阶级文学创作的前沿，是初期无产阶级革命文学的代表作家之一。

　　洪灵菲在短短三年多的时间里，写出了为数不少的有影响的作品，奠定了他在左联作家群中的重要地位。当时，革命文学运动的方向和创作方法都没有得到彻底解决，还只是在摸索、讨论和初步实践的阶段，洪灵菲的作品正产生在这样一个时期，也就具有先行者的重要意义。洪灵菲说过这样的话：无产阶级文学的特性是"唯物的、集团的、战斗的、大众的，它歌咏着自身的英勇的斗争，唤醒自身阶级里面的大众。它暴露敌对阶级的罪恶，表扬自身阶级的伟大的精神"①。可以看出，他的创作实践也正是朝这个方向努力的。由于洪灵菲有一定的农村生活经验和革命斗争的实际经验，因此在作品中表现革命的题材和知识分子、工农大众生活时，有很多情节描写真切动人。他的作品在深刻地暴露黑暗社会人吃人制度这一实质的同时，还经常满腔热情地歌颂新生活，流露出对新生活的无限热爱和向往，从而具有感人肺腑的艺术力量。而基于上述的种种原因，洪灵菲的作品存在着不少缺点，如感情有余，形象不足，有概念化、图解化的毛病，一些工农形象夹杂了知识分子的心理和性格，显得有些失真，一些描写过于庸俗等。有些作品结构较为松散，也是可以理解的，因为，在 20 世纪 20 年代末的文坛上，这些并非洪灵菲所

---

　　① 洪灵菲：《普罗列塔利亚小说论》，冯乃超等：《文艺讲座（第一册）》，上海：神州国光社1930 年版。

独有，而是时代和阅历所导致的。如果他不是过早牺牲在敌人的屠刀下，在他的新作品里这些缺陷是完全可以克服，从而产生更多更好的作品出来。

（本文载《韩山师范学院学报》1996 年第 1 期）

杨邨人研究三题

在现代文学史上，杨邨人是饱受争议的一位作家。他 1925 年加入中国共产党，即使在左翼作家中也是较早入党的。他是太阳社及《太阳》月刊的主要创建人之一，是第一个党领导下的戏剧组织"左翼戏剧家联盟"的首任党团书记，在革命文学运动的组织和推动上曾起到积极的作用；他在二十世纪二三十年代的文学创作，虽然稍显稚嫩，但毕竟为初期的革命文学"提供了部分书写规范"①。但是，之后的"脱党"以及与鲁迅的论战使他背上"背叛革命""变节"等罪名，1955 年在肃反运动中更是因此而自杀。新中国成立后的现代文学史叙述中，杨邨人要么是被有意无意地忽略，要么是以一种负面形象出现。所以在今天，重新从历史中打捞起这个人物，客观、公正地评价这个人物及其在左翼文学中所发挥的作用，我认为是有必要的。

一、革命与"背叛革命"

先谈杨邨人的"革命"。

杨邨人，谱名启源，号望甦，1901 年 6 月 8 日出生于广东潮安县庵埠镇一个破落的工商地主家庭。1916 年，杨邨人在家乡小学毕业后进入英国传教士在汕头创办的华英中学读书，1918 年，他因父亲生意失败肄业。"五四"运动爆发后，一方面受到继母的思想启蒙（杨的继母陈新宇思想开明，曾在潮汕早期的共产党员许甦魂的影响下走上革命道路，后在大革命中牺牲），另一方面受"五四"运动的影响，杨邨人开始萌发进步思想。他加入家乡的爱国同志会，办平民学校，写文章抨击旧制度和旧思想，成为一个思想激进的青年。1922 年，杨邨人就读武昌高等师范学校。其时武昌正处在大革命的风

---

① 赵新顺：《太阳社研究》，北京：中国社会科学出版社 2010 年版，第 193 页。

暴中，工农的觉醒和革命运动的开展，对杨邨人产生巨大的影响。在校期间他积极参与共产党领导的学生运动，并于1925年在该校的党支部书记李守章的介绍下加入中国共产党。1926年毕业后，由党组织介绍回家乡广东，先后任广东省立第一中学和第二中学教导主任，并秘密指导青年学生的革命活动。1927年，"四·一二"反革命政变爆发，杨邨人受国民党通缉，逃亡到武汉，由党组织安排担任全国总工会宣传部编辑科干事，与钱杏邨、孟超是同事。钱杏邨与杨邨人所景仰的革命诗人蒋光慈是朋友，他们几个常在一起谈革命和文学，并谋划着开一间专门出版革命文学作品的杂志社或书店。后汪精卫在武汉背叛革命，他们先后奔赴上海。1927年12月，由杨邨人命名的他与蒋光慈、钱杏邨、孟超合股开办的春野书店在上海创办了。1928年，四人筹办的《太阳》文艺月刊创刊，之后，由于"受创造社的袭击"，"感觉着非有联合战线的队伍不足以迎敌"，① 由是成立了太阳社。从此时开始至1932年，杨邨人为左翼文艺运动做了大量的工作。

第一，杨邨人介绍了一批潮籍作家加入"太阳社"及左翼文艺队伍。据杨邨人在《太阳社与蒋光慈》中的自述，潮汕籍的洪灵菲、戴平万和林伯修（杜国庠）就是经他介绍加入太阳社的。② 后来，他们三人不但成为太阳社，而且成为左联的骨干力量。洪灵菲、戴平万均是左联的筹备人（洪还是左联七常委之一），是左联时期重要的小说作家。林伯修后来任"中国社会科学家联盟"党团书记，在普罗文学的理论建设及马克思主义哲学的传播方面做出了重要的贡献。1929年，杨邨人的同乡陈波儿考入上海艺术大学，杨邨人引导她参加进步青年学生组织的革命活动，后又介绍她加入上海的进步艺术团体艺术剧社，③ 陈波儿进入剧社后迅速成长为左翼剧坛明星。

第二，杨邨人是太阳社文学杂志及丛书的主要编辑者之一。1928年元旦，《太阳》文艺月刊创刊，该刊前后共出版了7期，太阳社宣扬革命文学主张的《关于革命文学》（蒋光慈）、《论新旧作家与革命文学》（蒋光慈）、《死去了的阿Q时代》（钱杏邨）等，以及太阳社同仁这一阶段的重要作品如蒋光慈的《罪人》、戴平万的《小丰》、洪灵菲的《货车上》等都先后在该刊发表。1928年6月，春野书店被查封，《太阳》月刊被迫停刊。10月，改名为"时代文艺"，出版一期后又停刊。之后，太阳社又先后创办了《海风周报》（1929年1月）和《新流月报》（1929年3月）。前者为报纸，主要刊发理论研究和文艺批评的文章，一共出版17期；后者主要刊发小说，出版4期。这些刊物，《太阳》月刊的主编是蒋光慈，但实际担负编辑工作的是杨邨人和钱杏邨，④ 其

---

① 杨邨人：《太阳社与蒋光慈》，《现代》1933年第三卷第4－6期，第470－477页。
② 杨邨人：《太阳社与蒋光慈》，《现代》1933年第三卷第4－6期，第470－477页。
③ 谢锦树、刘庆华：《左联潮州六杰》，北京：作家出版社2011年版，第83－84页。
④ 刘小清：《杨邨人："革命场中的一位小贩"》，《文史博览》2008年第11期，第35－37页。

他几种刊物，杨邨人也参与了策划和编辑工作。尤其要提及的是对办杂志有浓厚兴趣的杨邨人在《太阳》停刊后还自办了《新星》，虽然仅出版了 1 期，但其中有潘汉年的《警告胡适之》，钱杏邨的《关于沅君创作的考察》等，特别还刊出《苏维埃联盟十一年》《苏维埃联邦的教育》等反映苏联政治文化状况的作品，深受广大进步读者的欢迎。除了出版杂志，太阳社还出版"太阳小丛书"，包括钱杏邨的《革命的故事》、杨邨人的《战线上》、蒋光慈的《罪人》、王艺钟的《玫瑰花》等。这些杂志和丛书刊登的革命文学作品所呈现的新气象对当时的文学界产生了强大的冲击力。而这其中，作为主要编辑者的杨邨人自然是功不可没的。

第三，杨邨人对早期左翼戏剧运动的兴起和发展具有积极的推动作用。1929 年秋，上海艺术剧社成立，这是共产党领导的第一个话剧团体，也是第一个提出"普罗列塔利亚戏剧"（无产阶级戏剧）口号的话剧团体。杨邨人是该团体的发起人之一，任组织部负责人并担负教务工作。剧社开办戏剧讲习班，组织公演和到工厂、学校巡演。据杨邨人在《上海剧坛史料》[①] 中记载，第一次公演选择了表现"无产阶级的那一种非人的和斗争的生活为题材"的德国米尔顿的《碳坑夫》，表现"革命与恋爱的关系"的罗曼·罗兰的《爱与死的角逐》以及"暴露资产阶级对无产阶级的欺诈凶残"的克莱辛的《梁上君子》，公演不但在观众中引起热烈反响，而且多个国家的媒体也作了相关报道。艺术剧社的戏剧活动"有力地促进了进步的戏剧工作者的团结及左转，为左翼戏剧运动的兴起和发展做出了不可磨灭的贡献"[②]。1931 年 1 月，为了加强党对戏剧工作的领导，中国左翼戏剧家联盟成立了，剧联设立党团，杨邨人任书记。在杨邨人任剧联负责人期间，剧联将主要精力放在"移动演剧"上，即发动各剧社到工人、学生中，组织群众性的戏剧活动，左翼戏剧运动因此得以蓬勃发展。特别是"九·一八"事变，剧联组织各地剧社创作、演出抗日剧本，在宣传抗日方面发挥了很大的作用，把大众化戏剧运动推向了高潮。剧联所确立的大众化戏剧方向后来成为左翼戏剧运动的方向，应该说，杨邨人在其中有不可抹杀的功绩。

至于杨邨人在文学创作上的贡献，在后面将专门分析，这里不再赘述。

再说杨邨人的"背叛革命"。

1932 年 2 月，杨邨人主动要求到湘鄂西苏区工作。9 月，根据地失守，他逃往武汉。1933 年 2 月，杨在《读书杂志》上发表了《离开政党生活的战壕》，宣布脱离中国共产党。紧接着，又在《现代》发表《揭起小资产阶级革命文学之旗》，声称"我们是小资产阶级的作家，我们也就来作拥护着目前

---

① 杨邨人：《上海剧坛史料》，《现代》1933 年第四卷第 1 期。
② 黄会林：《中国现代话剧文学史略》，合肥：安徽教育出版社 1990 年版，第 125 页。

小资产阶级的小市民和农民群众的利益而斗争"。①

杨邨人为何宣布"脱党"？在《离开政党生活的战壕》中他其实已经讲得很清楚。其一，党的领导人所推行的左倾路线让杨邨人的信仰动摇，并对革命的前途悲观起来。这其中对杨邨人刺激较大的是蒋光慈之死与苏区的肃反。1930 年左联党组织推行李立三"盲动主义"路线，让手无寸铁的作家上街搞"飞行宣传"，许多盟员因此被捕。蒋光慈因生病且对这类行为有看法未能和其他人一样行动而受批评，即"自动用书面向党提出退出"。支部不但开除蒋的党籍，且在报上登文"攻击"蒋，杨认为，"光慈之死，种因在此"。蒋光慈是杨邨人的偶像，一想起这件事，杨便"心头有如刀刺"。在苏区，杨邨人又亲历以夏曦为书记的湘鄂西中央分局积极推行王明的"左"倾机会主义路线造成的恶果，"捕禁了一两千干部分子"。所有这些都动摇了杨的信仰。其二，杨也坦白了他作为一个小资产阶级的软弱，不能承受革命的磨难。"在受敌军包围而东迁西徙的逃难生活中，一听到敌人的枪声和看到敌机在头上抛炸弹的时候，我的腿儿跑酸走不得，……我感觉到自己不配做一名战士。"②对于杨邨人的"脱党"，从当时乃至到现在的基本看法是背叛革命。比如姚辛的《左联史》对杨邨人的界定就是"背叛革命背叛党"。③ 房向东在他的《鲁迅与他的论敌》则用"中途变节"去描述杨的脱党，④ 变节当然也是背叛。但是从杨邨人当时及后来的诸多言行来看，杨并没有背叛革命。

"我并非一个战士/我只是一个作家！/还我自由，将我流剩了的热血/灌溉在革命的文学之花！"这是杨邨人在《离开政党生活的战壕》结尾的自白。在《揭起小资产阶级革命文学之旗》中，他又说，"我们只认识着除了无产阶级仅是领导着革命，并非包办着革命；……小资产阶级的小市民和农民是最大多数的革命群众"，"我们是小资产阶级的作家，我们也就来作拥护着目前小资产阶级的小市民和农民群众的利益而斗争"。⑤ 很显然，杨邨人虽然脱党，但他只是不想做一个职业的革命家，他并不想离开革命阵营，他还想利用自己的笔为革命而努力。

最能看清楚杨邨人思想状况的是他此后发表的一些记叙苏区生活的纪实性的散文和小说，其中并没有曲意攻击苏区的文字，相反，我们看到的多是苏区的新生活、新气象。1935 年发表的《赤区妇女杂谈》⑥，通过记叙作者亲历的苏区男女结婚和离婚的事例，澄清了外界关于赤区"共产""公妻"的

---

① 杨邨人：《揭起小资产阶级革命文学之旗》，《现代》1933 年第二卷第 4 期。
② 引自李富根、刘洪主编：《恩怨录·鲁迅和他的论敌文选》，北京：今日中国出版社 1996 年版，第 909－910 页。
③ 姚辛：《左联史》，北京：光明日报出版社 2006 年版，第 181 页。
④ 房向东：《鲁迅与他的论敌》，上海：上海书店出版社 2007 年版，第 257 页。
⑤ 杨邨人：《揭起小资产阶级革命文学之旗》，《现代》1933 年第二卷第 4 期。
⑥ 杨邨人：《赤区妇女杂谈》，《绸缪》月刊 1935 年第二卷第 2 期。

谣言。尤其离婚的片段描写"一个受新潮流洗礼的妇女",敢于向丈夫争取到社会工作的权利,让人看到苏区妇女地位的提高。《赤区归来记(二)》① 记叙了共产党的交通员金桂参加革命的故事。金桂的父亲租种地主的五亩田,因水灾交不起地租,父亲受毒打暴病而死,金桂愤而参加农民协会。后来金桂和她的丈夫都当了交通员,她已是两个孩子的母亲,却还学起文化来。这显然也是一个传达苏区正能量的故事。也有论者批评《赤区归来记(三)》把苏区描写得一片荒凉,在作品中作者确实写到他们到达萍坊时,"到处是没有门扇的店房,到处是一些破屋断墙",但后来已作了交代,"去年大水,人都外出逃荒了"②。这应该是客观的描写,并不能说明作者的思想倾向。杨邨人还发表了一篇纪实小说《修堤》,回忆"我"在苏区参加生产劳动的劳累而又愉快的经历,小说的结尾,作者感叹:"现在回忆起来,令人神往!"③上述的这些例证,完全可以说明脱党后的杨邨人,并没有背叛革命。

倒是常常受到杨邨人攻击的鲁迅,在对杨邨人脱党这件事情上,有相对客观的认识。在《答杨邨人先生公开信的公开信》中,他写道:"我以为先生虽是革命场中的一位小贩,却不是奸商。我所谓奸商者,一种是国共合作时代的阔人,那时颂苏联,赞共产,无所不至,一到'清党'时候,就用共产青年,共产嫌疑青年的血来洗自己的手,……一种是革命的骁将,杀土豪,倒劣绅,激烈得很,一有蹉跌,便称为'弃邪归正',骂'土匪',杀'同人'……"④"革命场中的一位小贩"随后便成为贴在杨邨人身上的一块标签。这标签很生动,但不能说贴得准确。应该说,杨当初参加共产党,倡导无产阶级文学,主动申请去苏区,并非怀着"小贩"的投机心理,而是出于对党和革命的信仰。但是,"小贩"的标签,同时也表明鲁迅不认为杨脱党就是一种背叛或变节的行为。

所以,杨邨人是一个有进步倾向却因性格的脆弱而思想容易动摇的小资产阶级知识分子,"脱党"说明他的思想的动摇和退缩,但不能由此断定他是革命的背叛者,更不能因为他思想的动摇和退缩就抹杀他对于左翼文艺运动的贡献。

二、杨邨人与鲁迅的论战

杨邨人另一遭文坛非议的是他与鲁迅的论战。

---

① 杨邨人:《赤区归来记(二)》,《社会月报》1934年第一卷第2期。
② 杨邨人:《赤区归来记(三)》,《社会月报》1934年第一卷第3期。
③ 杨邨人:《修堤》,《现代》1934年第五卷第2期。
④ 引自李富根、刘洪主编:《恩怨录·鲁迅和他的论敌文选》,北京:今日中国出版社1996年版,第924页。

论战缘起于杨邨人1930年发表在自己所办的《白话小报》上的《鲁迅大开汤饼会》，杨邨人在文中用讥讽的口吻记叙他参加的鲁迅的一次聚会，"这时恰巧鲁迅大师领到当今国民教育部大学院的奖赏，于是汤饼会便开成了，……到会的来宾，都是海上闻人，鸿儒硕士，大小文学家呢"。杨邨人还拿郁达夫未满周岁的儿子做文章，说会上有人争着捧承鲁迅的儿子"将来一定是一个龙儿"①，这引起郁达夫对1928年夭折的名字叫"龙儿"的儿子的伤感。

如果单独读这篇文章，任何人都会错愕于杨邨人何以用如此尖酸刻薄的语调攻击鲁迅？也有一些论者指出杨邨人的这篇文章"全系虚构"②。但仔细考查，杨的文章并非完全"虚构"。所谓"汤饼会"，其实是指1930年9月25日左联为鲁迅举办的五十岁祝寿会。其时左联虽已成立，但原太阳社、创造社部分成员与鲁迅的矛盾仍然存在，而在党组织看来，鲁迅是一面大旗，左联的盟员要团结在鲁迅的周围。这次祝寿会，就是有意安排的用以促进左联内部团结的聚会。那些早先与鲁迅发生论战的盟员参加这样的聚会，恐怕多半是服从组织的安排，而内心仍对鲁迅不服气，就如夏衍后来所回忆的："我们在组织上服从了党的意见，与鲁迅实行了联合，并以他为'左联'的领导人，但在思想上显然与鲁迅还是有差距的。"③ 这不服气，一方面是觉得鲁迅已"老"了，他的思想与文学创作已然落伍了，此前钱杏邨的《死去了的阿Q时代》表达的正是这种观点，杨邨人也是持这一观点的；另一方面是认为鲁迅"世故"，甚而与当政者妥协。比如，1927年6月，国民党组建中华民国大学院，鲁迅被聘为大学院撰述员，月薪300大洋。这是发生在国民党"清党"之后，思想激进的自认为是无产阶级作家的青年自然有看法，杨邨人说鲁迅"领到当今国民教育部大学院的奖赏"指的应该是这一回事。

所以，杨邨人的这篇文章，其实是太阳社为树立无产阶级文学与鲁迅论战的余波，而对于杨邨人的几乎是肆无忌惮的攻击，鲁迅并没有立即予以回应。后来在《答杨邨人先生公开信的公开信》中，鲁迅袒露了不回击的心迹："革命者为达目的，可用任何手段的话，我是以为不错的，所以即使因我罪孽深重，革命文学的第一步，必须拿我来开刀，我也敢于咬着牙关忍受。"④ 但是，在杨邨人发表《离开政党生活的战壕》《揭起小资产阶级革命文学之旗》之后，鲁迅终于表达了对这个自以为很革命却"战不数合便从火线上爬了开去"的作家的不屑，在与他人的闲谈中，他认为对杨邨人这一类人，"只要以

① 引自李富根、刘洪主编：《恩怨录·鲁迅和他的论敌文选》，北京：今日中国出版社1996年版，第915页。

② 房向东：《鲁迅与他的论敌》，上海：上海书店出版社2007年版，第256页。

③ 中国社会科学院文学研究所《左联回忆录》编辑组编：《左联回忆录》，北京：知识产权出版社2010年，第30页。

④ 引自李富根、刘洪主编：《恩怨录·鲁迅和他的论敌文选》，北京：今日中国出版社1996年版，第923页。

一嘘了之"①，并表示要撰文抨击。没想到鲁迅的闲谈被好事者在报刊刊发了，正处于"左右夹攻"中的神经敏感、脆弱的杨邨人，于是一连串发表了几篇文章。先是于1933年6月17日的《大晚报》发表《新儒林外史》，以戏谑的笔法自喻"在左翼防区里头，……新扎一座空营，揭起小资产阶级革命文学之旗，无产阶级文艺营垒受了奸人挑拨，大兴问罪之师"，而"为首先锋扬刀跃马而来，乃老将鲁迅是也"，并以嘲弄的笔调描述"老将鲁迅"一上阵就向"小将杨邨人""嘘出一道白雾"——毒瓦斯。② 这是杨邨人对鲁迅要"嘘"他的回应。把鲁迅的闲谈想象为左翼文坛对他的有组织的打击，杨邨人显然有点神经质了。1933年12月3日，杨邨人又在《文化列车》上发表《给鲁迅先生的公开信》，辩白《新儒林外史》"文中的意义却是以为先生对我加以'嘘'的袭击未免看错了敌人"，"可是先生于《我的种痘》一文里头却有所误会似的顺笔对我放了两三支冷箭儿"。文章同时还像过去太阳社攻击鲁迅时那样拿鲁迅的"老"做文章，"然而先生老了，我是惶惑与惊讶"③。

鲁迅当然是以牙还牙。在1933年11月7日写的《青年与老子》一文中，他说："杨某的自白——却告诉我们，他是一个有志之士，学说是很正确的，但待看到有些地方的老头儿苦得不像样，就想起了自己的老子来，即使他的理想实现了，也不能使他的父亲做老太爷，仍旧要吃苦。于是得到了更正确的学说，抛去原有的理想，改做孝子了。"④ 自己吃不了苦，立场不坚定，却搬出老子作借口，这是鲁迅所不齿的。鲁迅抓住了杨邨人骨头缺钙的软肋。1933年12月28日，在《答杨邨人先生公开信的公开信》中，鲁迅不但送给杨邨人"革命场中的一位小贩"的帽子，而且针对杨邨人要做"第三种人"的表白，剖析杨邨人的心态：先生"既从革命阵线上退回来，为辩护自己，做稳'第三种人'起见，总得有一点零星的忏悔，对于统治者，其实是颇有些益处的，但竟还至于遇到'左右夹攻的当儿'者，恐怕那一方面，还嫌先生的门面太小的缘故吧，这和银行雇员的看不起小钱店伙计是一样的。先生虽然觉得抱屈，但不信第三种人的存在，不独是左联，却因先生的经验而证明了，这也是一种很大的功绩"⑤。在这里，鲁迅解剖了杨邨人想讨好"左"

---

① 引自李富根、刘洪主编：《恩怨录·鲁迅和他的论敌文选》，北京：今日中国出版社1996年版，第922页。

② 引自李富根、刘洪主编：《恩怨录·鲁迅和他的论敌文选》，北京：今日中国出版社1996年版，第810页。

③ 引自李富根、刘洪主编：《恩怨录·鲁迅和他的论敌文选》，北京：今日中国出版社1996年版，第920页。

④ 引自李富根、刘洪主编：《恩怨录·鲁迅和他的论敌文选》，北京：今日中国出版社1996年版，第914页。

⑤ 引自李富根、刘洪主编：《恩怨录·鲁迅和他的论敌文选》，北京：今日中国出版社1996年版，第924页。

和"右"而坐稳"第三种人"的椅子的心态，同时表达了他对"第三种人"的态度——在强权的压迫下，不会有不偏不倚的"第三种人"，如果有，那就是如杨邨人般在残酷的现实中退缩、逃避的"第三种人"。

此后，鲁迅和杨邨人又有几个回合的枪来棒往。比如，1935 年 8 月，杨邨人针对鲁迅的《文坛三户》发表《文坛三家》，说文坛有三家，"教授作家，版税作家，编辑作家是也"，并含沙射影地讽喻鲁迅为版税作家，"名利双收，倚老卖老"①。鲁迅则在《六论文人相轻》中罗列文坛种种卖相，有卖富、卖穷、卖病，也有卖孝的——这当然是讽刺杨邨人的："有的卖孝，说自己这样的文章，是因为怕父亲将来吃苦的缘故，那可更了不得，价值简直和李密的《陈情表》不相上下了。"② 应该说论战之中更多夹杂个人意气了。

在简单梳理了杨邨人与鲁迅论战的前因后果之后，我们大概可以得出两个方面的结论：其一，应该把鲁、杨的论战放在当时文坛从无产阶级革命文学到第三种人的论争的背景中去解读。杨邨人始终抓住"老"字攻击鲁迅，但仔细分析，前期他沿用的是太阳社时期攻击鲁迅的话语——抨击鲁迅创作与思想的落后以及不敢与政权对垒的世故。而后期，他要树立小资产阶级革命文学的旗帜，而错觉鲁迅的压制和攻击，这"老"的指向便是"倚老卖老"了。至于鲁迅，他前期对杨的攻击是宽容的，他理解"革命文学的第一步，必须拿我来开刀"，而到后期，当杨邨人转变思想立场表白要当"第三种人"的时候，鲁迅不但回击，而且毫不留情面。一方面，鲁迅评价一个人，往往不是从政治或党派的立场出发，而是从道德立场出发，对于患了软骨症忽左忽右的人，尤为不屑；另一方面，正如上面所说，他认为在强权高压的现实中，要么战斗，要么退缩、逃避乃至倒戈，不会有"第三种人"。在1933 年 6 月写作的《又论"第三种人"》中，他就说："文艺上的'第三种人'……即使好像不偏不倚罢，其实是总有些偏向的，平时有意无意地遮掩起来，而一遇切要的事故，它便会分明地显现。"③ 也可以说，与杨邨人的论战，某种意义上是深化了鲁迅对"第三种人"的认识与论述。

其二，正是因为他们的论战是以当时文学论争为背景，要理清楚是非曲直是比较困难的。但是，我们可以看到，杨邨人的论战更多夹杂着对鲁迅的人身攻击，比如在《给鲁迅先生的公开信》中拿鲁迅生理的"老"做文章；又比如在《鲁迅的〈两地书〉》中调侃鲁迅为"情场老将"等，已近乎无赖。

---

① 引自李富根、刘洪主编：《恩怨录·鲁迅和他的论敌文选》，北京：今日中国出版社 1996 年版，第 928 页。

② 引自李富根、刘洪主编：《恩怨录·鲁迅和他的论敌文选》，北京：今日中国出版社 1996 年版，第 930 页。

③ 引自李富根、刘洪主编：《恩怨录·鲁迅和他的论敌文选》，北京：今日中国出版社 1996 年版，第 740 页。

而鲁迅的回击，也有夹杂个人意气的，但他常常是由杨邨人而论及某一类人、某一现象，如由杨邨人论及"第三种人"等，因此，两人的境界，立见高下。

三、杨邨人的文学创作

杨邨人的文学创作开始于 1925 年，太阳社至左联初期是创作的高峰期，"脱党"之后创作激情也随之衰退。

太阳社之前是杨邨人文学创作的第一个阶段。这个阶段的主要作品有短篇小说《处女》（1925）、《田子明之死》（1927）和长篇小说《失踪》（1928）等。这个时期他所表现的主题是知识者爱的苦闷与感伤。长篇小说《失踪》[①] 叙述的就是一对青年学生的恋爱悲剧。主人公"我"还在读中学的时候就对活泼、美丽的表姨之雯一见钟情，那个时候之雯为了读书的方便寄居在"我"家里，"我"爱着她却又不敢表白，"一来，是因为我怕羞，二来，是礼教的权威"——和表姨谈恋爱，在旧观念是乱伦。而在"我"十六岁的时候，家里却安排"我"和一位不认识的姑娘结婚，懦弱的性格让"我"不得不接受包办婚姻，但对于之雯的感情却日渐强烈。几年后"我"到武汉读书，受新思潮的影响，开始明白要追求属于自己的爱情，终于大胆向她写信求爱。之雯虽然接受"我"的爱却担心自己"是一个弱女子，对于礼教的权威不敢违抗"。之后，"我"和之雯都到省城投入革命活动中。1927年国民党清党的时候，"我"受通缉逃到外省，而她则回到家乡。三个月后，之雯迫于家庭的压力和一个富家子弟结婚。她给"我"写了一封信，说"她的命运是纸般薄的，她一定不能享受到爱的幸福"，她"劝我努力奋斗，认清我们的共同敌人是社会的制度和礼教"，"我"不能承受失恋的痛苦，最终决定"去国漂泊"。这是一部自传体小说，男主人公的人生轨迹与杨邨人非常相近，作者通过亲身经历的爱情悲剧展现了在封建制度和礼教下青年男女无法自主选择爱情和人生的挣扎和苦闷。杨邨人曾自我剖析过深受"五四"新文学的影响，显然这部小说就是例证，启蒙的话语主导着作家的表达。而小说的结尾，之雯要"我""认清我们的共同敌人是社会的制度和礼教"则预示着革命的话语将取代启蒙的话语，预示着杨邨人的创作将转入一个新的阶段。在艺术上，这部小说虽然表现手法稚嫩，语言表达也未曾个性化，但是即使今天读来仍然有较强的艺术感染力。小说在心理描写上比较细腻，尤其是主人公爱的心理历程，从暗恋时的苦闷和对爱的热切渴望，到互相接受时的爱的甜蜜和对未来近乎绝望的忧伤，以及失恋时的痛苦和凄凉，描摹得丝丝入扣。人物描写也比较成功，男主人公"我"，一个小资产阶级知识分子的感时

---

① 杨邨人：《失踪》，上海：亚东图书馆 1928 年版。

忧国、敏感脆弱甚而带着歇斯底里的个性就写得很有立体感。

太阳社至左联初期是杨邨人文学创作的高潮期，这个时期的主要作品有短篇小说《三妹》（1928）、《女俘虏》（1928）、《入厂后》（1929）、《董老大》（1929）、《瞎子老李》（1930），剧本《租妻官司》（1929）、《民间》（1930）等。这个时期，杨邨人显然已在创作中注入无产阶级革命文学的观念了，作品的主角已由知识分子转换为工人、农民和革命者，表达下层民众的被压迫和反抗是这一时期创作的基本主题。《三妹》[①] 描写两姐妹的悲剧命运。大妹和三妹是亲姐妹，两人从乡下到省城的纱厂打工。大妹性格温柔平和，三妹性格刚强激烈。她们虽然工作辛苦，但安分守己，日子倒也过得平静。料不到的是工头赵大奎看上了大妹。他常常用言语调戏大妹，大妹生怕丢了工作，不敢反抗。赵大奎得寸进尺，强奸了大妹，大妹投河自尽。三妹得知真相，设局刺杀了仇敌。《瞎子老李》[②] 也写了工头欺负工人的故事。工厂的工头赵恩任意毒打小工阿禄和小三子，以瞎子老李为首的工人发起罢工，要求惩治工头，增加工资。工人们还成立了纠察队，仗义的瞎子老李担任纠察队队长。老板为了威胁罢工工人，新招一批农民和白俄罗斯人进厂。工人们劝说新进厂的人和他们一道罢工。后来，罢工取得胜利，但瞎子老李却在阻止白俄罗斯人破坏罢工时被打死。《藤鞭下》[③] 反映渔民的悲惨生活。渔民老八日日辛勤劳作，怎奈收入低微无法缴纳政府的苛捐杂税。老八生性老实，逆来顺受，甚至放弃为妻子治病以交足官府的税金。绅士六爷不顾民众死活，对渔民逼捐。老八恳求六爷让他缓交，却被六爷吊打。在强权逼迫下，像老八这样的渔民几乎无路可走。显然，在这一时期的小说创作中，杨邨人已经用阶级分析的眼光来描写人了，而且他几乎都会表现阶级斗争。赵新顺的《太阳社研究》对杨邨人本时期的创作有深入的研究，他认为杨邨人的创作为革命文学提供了部分书写规范："在他的作品中，敌对双方常常被设置于激烈对峙的场景中"，"在敌我双方激烈的对峙的场景中，革命者及弱势阶层是正义或道德的拥有者，而强权阶层则与丑恶或无德相纠结"。[④] 他的作品"较少抽象的理论宣传"，而"注重以两类互为镜像的人物来阐明革命道理"[⑤]。

这种分析是准确的，但是如果仅仅看到他的小说的阶级意识的表现、阶级斗争的描写，则还不够。1931年在以"柳丝"的笔名发表的《小说研究入门》中，杨邨人说："作家如果只描写人物的职业特性、阶级特性、性（别）的特性、民族与地方的特性等等的共有的类性，而不再描写他的个性，完全

①　杨邨人：《三妹》，《太阳》月刊1928年第3期。
②　杨邨人：《瞎子老李》，《大众文艺》1929年第二卷第1－6期，第448－470页。
③　杨邨人：《藤鞭下》，《太阳》月刊1928年第4期，第1－158页。
④　赵新顺：《太阳社研究》，北京：中国社会科学出版社2010年版，第195页。
⑤　赵新顺：《太阳社研究》，北京：中国社会科学出版社2010年版，第197页。

是典型的人物。但小说家所创造的人物有较大的吸引力，能引起读者无限的兴味的，却是有个性的人物。"① 要指出的就是杨邨人这时期的小说，有不少能在阶级性的基础上，赋予人物一两个鲜明的特征，这让他作品中的人物很生动，很有生活气息。比如上面谈到的《瞎子老李》中的老李，这个人物在外貌上的特征很突出，老李"不是真的瞎了眼睛，不过两颗眼睛无神而深小，一看，活像一个算命瞎子"。他身材高大，长相粗犷，但像女人一样有洁癖。他脾气暴躁，但假如"你对他平和一点，就是占了他便宜，他也没什么"，如果惹毛了他，他会揍你一顿，但是，第二天他又会像没有发生过似的与你开玩笑。老李虽然脾气古怪但侠义心肠，为了集体的利益甚至愿意牺牲自己的生命。这样的人物是非常生动的，读后会深深印在你的脑海里。另一篇小说《房东那女人》② 写了一个包租婆，也是脾气暴躁，租客"我"不小心在楼上打翻了水，她会在楼下恶声恶气骂"我"："杨先生，你可是热昏？水流了下来，滴了一床被头！啥事体？""我"晚上要写作，求她晚些关灯，她不理，"电灯费一月四五块洋钿，阿拉出不起"。可见其又抠门又坏脾气。后来偶然的机会"我"才知道她原来性情很好，只因丈夫失业，全家收入只靠微薄的租金，脾气也就一天天坏起来。这些例子都可以说明作者写人，不仅表现其阶级性，还很注意人物个性的描写。当然，杨这个时期的创作，也有一些像当时的大多数革命文学一样显得很概念化，但是大多写得生动而富于生活实感。

"脱党"之后，杨邨人的创作，多为杂文、随笔，也有小说，如《修堤》《迁徙》等，但真正能代表他后期文学创作水准的是话剧《新鸳鸯谱》。在剧本《自序》中，作者表达了创作意图："抗日战争到了第四个年头，国民经济起了一个重大变化，物资缺乏，物价高涨，……无论男女老幼都投身卷入做买卖的漩涡。"剧本的意图，是表现"那种做买卖的狂风暴雨，在家庭间，在友情间，在恋爱间等，所发生的一种变化的现实"③。全剧共三幕，全部场景是在重庆陈律师陈公馆的花园里，作品所描摹的四对青年男女的婚姻爱情都在这个地方交集、展开。文化工作者徐伯强和他的妻子薛亚南的矛盾关系是剧本的一条主线。徐伯强是一个富于责任感的文艺青年，原来在一家银行当小职员，抗战爆发后曾奔赴前线从事战地服务工作。他对当时"囤积居奇"的"游击商人"最为反感，认为他们是在发国难财。妻子薛亚南刚好相反，她很懂得享受生活，她劝说徐伯强也和其他人一样去做买卖，两人于是常常吵架。剧本的另一条线索是医生张济民和妻子林惠芝的矛盾关系。张是一个医学博士，但他所热心的工作并非治病救人，而是做生意。他不讲信用挪用

① 柳丝：《小说研究入门》，《读书》月刊1931年第三卷第1-2期，第123-409页。
② 杨邨人：《房东那女人》，《现代小说》1940年第三卷第2期，第143-149页。
③ 杨邨人：《新鸳鸯谱》，重庆：商务印书馆1943年版，第2页。

友人邹君贤的货款做生意，以致与朋友反目。他的妻子林惠芝则是一个质朴贤惠的少妇，对钱不在意，对丈夫的做派也感到反感。她曾经做过战地护士，她对徐伯强表示她"喜欢到前方去"，这自然引起徐伯强对她的好感。后来，薛亚南和张济民私通，被徐伯强撞见后夫妻关系破裂，薛亚南和张济民结合，而徐伯强和林惠芝在陈律师等人的撮合下也结为夫妻。剧本还安排了另外两条副线，"游击商人"邹君贤与妻子黄淑琴在战乱中失散，在逃难中遇到另一商人李子刚的妻子赵华珠，两人在共患难中见真情，结为夫妻，而巧合的是李子刚在战乱中碰到邹君贤的妻子黄淑琴，两人都以为爱人已死难，也结为夫妻。最后，他们戏剧性地在陈公馆相遇了。

正如作者所说的，这部作品是揭露当时抗战后方众人"卷入做买卖的漩涡"的现实，但与太阳社时期也是反映现实的作品不同，杨邨人已不再以阶级分析的眼光描写人了。比如发国难财的"游击商人"，本来应该是作者所要抨击的资产阶级，但是这些"游击商人"，固然有张济民这样狡猾的、唯利是图的奸商，也有为人豪爽、重情义的陈律师，有侠义心肠的邹君贤等。这就是说，有钱或强权阶层不再与邪恶捆绑在一起了。另外，更重要的是，作者的创作指向其实已不是他自己所说的现实政治了，而是人生百态，是人物的命运。这是一部有一定艺术感染力的作品，这种感染力就来自于作者对几对年轻人命运的描写，而抗战以及纷乱的现实政治只是人物命运展开的背景。杨邨人在《小说研究入门》中说："凡伟大的作品都直接从人生产生出来的；我们阅读一部伟大作品时，就与人生发生博大的，密切的与新鲜的关系，……文学是人们对于人生的观察，对于人生的经历，对于人生中使一般人有最直接、最持久的兴趣的各方面的感想与感觉的一种活的记录。"[①] 这部作品正表明杨邨人的关注点已从现实政治转向人生了。从这个角度讲，杨邨人真的做成他"脱党"后所希望的"第三种人"了。

从启蒙的文学到革命文学再到人的文学，这就是杨邨人文学创作的轨迹。他的有影响力的创作，是在早期革命文学阶段，但更有文学味道的作品，则是在宣称揭起小资产阶级文学旗帜之后。

无论是在文学史的发展，还是在文学创作上，杨邨人都不能说有着很大的建树，但他毕竟对初期的左翼文艺运动的推进做出过贡献，毕竟为早期的革命文学"提供了部分书写规范"，这是不能抹杀的。至于他的"脱党"，他与鲁迅的论战，我们应该放在当时特定的、政治的、文学的背景中，才能给予客观、公正的历史评价。

（本文载《文艺争鸣》2016 年第 7 期）

---

① 柳丝：《小说研究入门》，《读书》月刊 1931 年第三卷第 1－2 期，第 123－409 页。

钟敬文早期的散文创作

　　钟敬文先生是研究民俗学、民间文学的著名专家，但在研究民俗学之前，早在 20 世纪 20 年代，他就已经是一位在文坛小有名气的散文家了。对他的散文创作，郁达夫曾经给予高度评价："钟敬文出身于广东汕头的岭南大学，本为文风极盛的梅县人，所以散文清朗绝俗，可以继周作人、冰心的后武。"①（注：岭南大学不在汕头而在广州，钟敬文也非梅县人而是海丰人，这是郁达夫的笔误——笔者）1934 年，阿英编《现代十六家小品》，从现代散文作家中挑选出影响力较大的十六位作家，这十六人依次为周作人、俞平伯、朱自清、钟敬文、谢冰心、苏绿漪、叶绍钧、茅盾、落花生、王统照、郭沫若、郁达夫、徐志摩、鲁迅、陈西滢和林语堂，这就可以看出钟敬文的散文创作在二十世纪二三十年代散文创作中的地位。只是钟敬文后来转而从事学术研究，而且他在民俗学研究上的光芒似乎遮盖了他的散文创作，人们也就渐渐淡忘他早年的散文了。

　　钟敬文热衷于白话散文创作是从 1924 年开始的，从那时起至 1930 年，他一共出版了三本散文集，即《荔枝小品》（1927）、《西湖漫拾》（1929）和《湖上散记》（1930）。对于钟敬文早期的这些散文创作，许多论者皆认为与周作人的风格颇为相似，包括钟先生自己也是这样认为的：

　　我的文章，很与周作人先生的相像，几位朋友都是这样说过。去冬聂畸从俄京来信云："你的文章，冲淡平静，是个温雅学人之言，颇与周凯明作风近似。"昨日王任叔在香港来信也说："你的散文是从周作人《自己的园地》里走出来的……不过周作人的散文冲淡而整齐，含义比较深，你的散文，冲

---

① 郁达夫编选：《中国新文学大系·散文二集》，上海：上海文艺出版社 1935 年版。

淡而轻松，含义比较浅。这怕也是年龄的关系吧。"①

　　阿英在《现代十六家小品》中所作的《钟敬文小品序》也将钟敬文归入周作人散文的流派，并认为钟敬文的散文"事实地帮助了周作人一流派的小品文运动的发展"。也就是说，在 20 世纪 30 年代，把钟敬文的散文归入周作人散文一派，认为他的散文在风格上与周作人相似，这是学界的共识。钟敬文逝世之后，他早年的散文创作重新引起人们的注意，也有论者将钟敬文与周作人的散文作比较，指出钟敬文散文的独异之处，但该文仍然认为钟敬文的散文是"周作人体系里面的一个支流"，且认为钟敬文散文的独异是在"'平和冲淡'总体风格的一致性下"所显示的独异。② 但是，在我看来，钟敬文的散文创作，一开始确是受了周作人的影响，他的第一本散文集《荔枝小品》中部分作品就可以看出周作人式的闲话体风貌，但是到了《西湖漫拾》和《湖上散记》，钟敬文已摸索出了自己的写作路子，闲话语体已转为抒情语体，风格也不是平和冲淡，而是透发着感伤愁闷的气息。

一

　　钟敬文开始散文创作，是在 20 世纪 20 年代中期。那时他已从陆安师范毕业，在家乡教书。一方面，他阅读新文化、新文学的书刊；另一方面，他开始执笔学写白话散文。他的第一本散文集《荔枝小品》是 1927 年出版的，收入作者 1924—1926 年写作的小品文共 22 篇。如果稍作分类，咏物及忆昔散文各 5 篇，怀人及述怀散文各 6 篇。其中最接近周作人散文笔致的，当是咏物及忆昔类散文，如《水仙花》《荔枝》《花的故事》《啖槟榔的风俗》《忆社戏》等。我们试以《花的故事》为例，看一看钟敬文散文中周作人的痕迹：

　　我近来因为谈谈鸟的故事，竟联想到花的故事，索性也来扯谈一回罢。
　　花的故事，似乎比起鸟来少得多。这大概因为鸟是活动的东西，而且有便利于附会的种种叫声，所以能够产生出许多有趣的故事，花既没有那些适于诞育故事的资料，自不期然而然的减少了。

　　这里引用的是作品开篇第一、二自然段，这文章的起笔就很有周氏散文的味道。一般说来，对于所要谈论的物事，作家们常常是要夸大其词谈起的，

　　① 钟敬文：《〈荔枝小品〉题记》，《荔枝小品·西湖漫拾》，石家庄：河北教育出版社 1994 年版，第 7 页。
　　② 李春雨：《论钟敬文的诗化散文——兼谈钟敬文与周作人散文的比较》，《鲁迅研究月刊》2003 年第 7 期，第 66 - 72 页。

而"索性也来扯谈一回"和"花的故事，似乎比起鸟来少得多"就可以看出钟先生对所谈物事保持的距离和冷静，这正是周氏散文所惯有的笔法。接下去作者即引述古今中外书籍所记载的有关花卉的传说和故事，如《采兰杂志》所载海棠花，《广东新语》所载红豆的传说，还有西方《紫兰芽》所载迦南馨的故事等，之后还引述了中国古代一些诗人咏花的佳句。而在我们期望作者的引经据典会导出什么深刻的哲理时，文章却意外地结束了：

> 吾国诗歌中，最喜欢用以象征爱情的花，莫如夜合、并蒂莲之类。但对于它的起源，却不见有如何幻诡妙丽传说的记录。那么，好些别的花之缺少有趣故事的文献更属当然的了。

作者旁征博引，娓娓道来。通篇看来均是引用别人的诗文，但引述之中已寄寓作者的见识和趣味，只是文章并没有一个一以贯之的中心思想，没有一个要力图阐明的主旨，因此读来舒徐自在，自由松散。这种闲话风显见得益于周作人散文的影响，钟敬文本时期的咏物或忆旧的散文，大都是以这种闲话语体写就的，具有轻松自如，畅心叙谈的风格。

但不能说钟先生本时期的散文就没有自己的特点。我们知道，周作人在本质上并非一个诗人而是一个爱智之人，他的散文追求的是趣味而非情感的表达，即使是表达情感，为了追求平和冲淡的艺术境界，往往也是将情感寄寓在叙述之中，绝少直抒胸臆。而钟敬文在本质上是一个诗人而非智者，这个时期又正值敏感、率真的青年期，他的散文抒情成分就多些，而且感情表达也较直露。钟敬文本时期小品文有些在题材上与周作人相似的，把两位先生同类题材的作品对比着阅读，就可以看出他们的差异。例如，周先生有一篇《苦雨》，他先是述说连日下雨如何让人十分难过，不但"将门外的南墙冲倒二三丈之谱"，而且夜里不断为单调的雨声吵醒，"睡得很不痛快"。但接着笔锋一转，却引出有两种人"最是喜欢"的话题来。哪两种呢？第一是小孩子们，下雨了可以打水仗。第二种是蛤蟆，平素只叫一两声，下雨天却"听它一口气叫上十二三声，可见它是实在喜欢极了"。文章的气氛于是由"苦"转"喜"。这是很周作人式的"苦中作乐"，从中可以看出一个智者对于现实的超脱。钟先生也有一篇《谈雨》，开篇也是由连日的阴雨谈起，只是这雨引发的是他的伤感："单调的淅沥的声音，煞趣的黯淡的颜色，多么凄闷啊。"尽管对儿时下雨天很有兴味地玩耍的回忆带给"我"一丝喜悦，但很快，这喜悦便幻灭了：

> 粉红色的儿童时代，已过得迢远了。而今的雨天，于我只有孤闷怅触的给予；欣慰的梦，好像永远离开我千里而遥了！

显见，周先生是超脱的，钟先生却是任感情率真地抒发，智者和诗人的区别就体现出来了。事实上，钟先生本时期那些记人、忆昔及抒怀的小品文，或回首往事，或缅怀故人，或直抒胸臆，往往交织、充溢着感伤、惆怅的情愫，这有时从作品的题目中就可以感受出来。如《逝者如斯》《请达夫喝酒的事是不果了》《秋宵写怀》等。所以，在钟敬文散文创作的初始阶段，他的作品的艺术风格并不太一致，或者也可以说他的散文尚未形成稳定的艺术风格。笼统地说钟敬文的散文是周作人一派的我以为不大恰当，用平和冲淡去概括钟敬文本时期散文的艺术风格也不妥当。

二

1928 年，在中山大学执教的钟敬文，因为"经手付印的《吴歌乙集》（王翼之编），中间有'猥亵'的语句，触怒了当时那位假道学的校长"[①]，被迫离职了。后来他到了杭州，在一个高级商业学校教国文。西湖山水的熏陶，又促发了钟敬文散文创作的兴致。1929—1930 年，他又接连出版了两本散文集，即《西湖漫拾》及《湖上散记》。

一方面是大革命失败给那个时代蒙上了阴影，另一方面此时他自己也正遭遇被排挤的逆境，因此，正如钟敬文所说的，他的散文"感伤主义的调子是比较浓重的"[②]。这个时期仍有不少吟咏风物的作品，但已失却了以前这类散文那种轻松自如的闲话笔调而透发着的忧郁、感伤的气息。比如他的《莼菜》，作者由西湖的特产莼菜忆及故云的野菜，描述了儿时夹杂在少妇少女们中间采摘野菜的很有兴致的情景。末了，作者却感慨于无缘再尝到野菜的味道了：

最近二三年来，故乡日陷于扰攘之中，不要说田野里的麻豆，会给无情的炮火烧炙死，恐连种植它的农夫们，也多半已死亡或流离失所了！我也知道这是大时代中不容易闪躲的现象；并且多年来一切如重涛叠浪似的悲感，已把我锐利而脆弱的神经刺激得麻痹破碎了，但我仍然不免有些戚然，当我无意地想起了这今昔悬殊的景况。

实际上，正如我们在前面已提及的，在钟敬文的第一部散文集中，"感伤主义的调子"已然存在了，但他仍然能在苦闷的人生背景中闲谈娓语，而到

① 李春雨：《论钟敬文的诗化散文——兼谈钟敬文与周作人散文的比较》，《鲁迅研究月刊》2003 年第 7 期，第 66－72 页。

② 钟敬文：《两部散文集重印题记》，《沧海潮音》，哈尔滨：黑龙江人民出版社 2002 年版。

这个时期，他的散文的感伤、忧郁的气息越发浓厚了。他的咏物小品是如此，缅怀故人的作品如《悼西薇君》《记一个台湾人》《陶元庆先生》更是如此。

不过，对于钟敬文这个时期的创作，我认为更应该注意的是他的游记散文。这不仅因为他的这两部散文集大多是游记，更重要的，钟先生许多优秀的篇章，就在这些游记之中。他的《怀林和靖》《西湖的雪景》《金陵记游》等，不仅是钟先生散文中的代表作，而且也是现代散文中游记类作品中较为出色的篇章。遗憾的是，以前学界往往只关注他的咏物小品，对这类游记小品鲜有提及。

钟敬文游记小品的特点，我想首先是具有传统游记散文的山水情怀。钟先生不止一次谈到他的散文创作受到古典文学尤其是宋明小品文的影响。在《我与散文》中，他就谈到他的早期散文"从内容到风格上都受过古典文学（特别是宋、明才子派的散文小品）熏陶的痕迹"①。古典文学对钟敬文散文创作的影响自然是多方面的，但是很直接的影响就是使他的散文"充满着由于旧文学所养成的山林趣味"②。时局的混乱、个人的挫折，使钟敬文暂时逃避到大自然的怀抱之中。他的这些散文，让我们看到一个常常沉醉在幽深、清旷的自然山水之中的钟敬文。比如他的《怀林和靖》。作者一开始就说16岁时便读到林和靖的诗集，并把他作为自己精神挚好的良友。后来到杭州，才得以谒见林和靖墓：

> 墓园内外，都种植着高古的梅树，老干秃枝，纵横穿插着。这时，没有别的游客，我一个人在岑寂、清凉的景象中，深深地，深深地感受到一种幽涉古旷的情趣……一切都无为、寂静，我的心也就暂清空化了。我坐在墓前斑驳的石块上，望望天空凝谧的白云，又看看墓旁丛杂的幽草，没有语言，也无复有思索。这样的继续了一回很长的时间。阳光收敛了，苍莽的暮色，徐徐舒展了过来。我如梦似的回到小划子上。在湖上黄昏的归程中，我默默地念起了一首绝句：
> 山水未深猿鸟少，
> 此生犹拟别移居。
> 直过天竺溪流上，
> 独木为桥小结庐。
> 心里有点分不清这究竟是他做的诗，还是我自己所要说的话。我浓重地堕在迷惘里了。

---

① 钟敬文：《我与散文》，《钟敬文文集（散文随笔卷）》，合肥：安徽教育出版社2002年版。
② 钟敬文：《写作小品文的经历》，《钟敬文文集（散文随笔卷）》，合肥：安徽教育出版社2002年版。

实在说，只有诗人才能如此敏锐地感受自然的灵性，如此倾心地谛听自然的声音。比如我们在周作人的散文中，就难以看到他对自然的诗意的倾听和感受。

也许是心中充溢着忧愁和感伤的情怀吧，钟敬文这些游记散文喜欢描摹、营造清幽寂寥的意境，以表达自己凄冷、孤独的心境。《重阳节游灵隐》写作者重阳节登灵隐寺，尽情地领略"高渺清虚的蓝空底下，茫漠的湖水，突兀的峰峦，疏落的林木"所呈现的高寒幽寂的禅境。《西湖的雪景》写作者和朋友在漫天飞雪中游览西湖；那千山鸟飞绝、万径人踪灭的漠漠平湖，让人感到"宇宙的清寒、壮旷与纯洁"……郁达夫所说的"清朗绝俗"，我以为用以指称钟敬文的这类山水游记是最恰当的。这些作品，的确让人感到清幽、灵性、诗意。现代文学史上，游记散文写得最出色的，首推朱自清，而朱自清的优势，主要是体现在对自然景致、物性的细腻体察、描摹上，至于对自然灵性的感悟，对文章意境的营造，我以为钟敬文稍胜一筹。

当然，钟敬文的散文也没有停留在传统的山水意识上。他的一些山水游记，也包容着社会内容，包含着对民族的忧患、对弱小者的悲悯以及对自己命运的感伤情怀。《金陵记游》写作者游览故都，颇感失望："近代式的严整、巨大的精神文明，自然说不上；但为历史上有声闻的帝王都城的故地，一种应有的过去文化精华的遗留，又仅曾令我明显地见到呢？"对文明无可奈何颓败的感伤溢于言表。《到烟霞洞去》述说作者和妻子到西湖烟霞洞游玩，中间突兀地插入从妻子处听来的消息，好友云——一位革命者连同十多位青年被杀的消息。愤慨和哀伤之情使他们难以生起欣赏自然的兴致。应该说，一方面，钟敬文有旧文学所培养的隐逸的山水情怀；另一方面，他不可能是周作人，能够完全超脱现实，所以，他的这些散文，包含着对民族的忧患，对人民苦难命运的悲悯情怀也是在所难免的。即使没有直接描写到社会现实，大多作品所笼罩的忧愁和感伤也足以说明他没有忘怀现实。

钟敬文游记散文的另一个重要特点是有随笔散文"散漫"的特点。这是早期受周作人闲话散文影响所留下的痕迹。"散漫"首先是体现在结构的随意上。读朱自清的游记，我们每每能发现他的作品有一个凝聚点。作者往往是从这个凝聚点出发展开写景和叙事，所以朱自清的散文显得严谨、精致。而钟敬文的散文往往没有凝聚点，而是多点透视。比如他的《重阳节游灵隐》，从题目看来文章的中心点应是灵隐寺，实则不然。文章先从重阳节写起，作者从现在的人们已遗忘了重阳节的原始意义——避灾，引发了"许多古代遗留下来的风俗习惯，难免要给时代的黑潮淘去了"的感慨，这部分的议论约占文章的一半；然后描写由钱塘门出发，登灵隐寺山门一路所观赏到的景色，约占四分之一篇幅；由灵隐寺登上韬光庵，俯瞰西湖景观，又四分之一篇幅。显然，文章有三个透视点，而你难以说出哪个点是中心点。这种多点透视的结构方法有时会使钟敬文的散文显得枝丫太多，太松散，但同时又让人觉出文气的流逸和从容。"散漫"还体现在多种笔法的交叉运用上。这一点林非先生有精到的评价："他的许多篇章都是如此，既娓娓而谈，又描绘自己的见闻和印象。他将历史典故的议论、自己经历的回忆，跟眼前景色的描绘错综地交织在一起，因而读来觉得亲切有味。"① 也就是说，虽然他的这类散文已不是运用前期咏物散文的闲话体而转为抒情体，但他能够写景、叙事、抒情、议论，将诗词典籍、景致、见闻及感觉融为一体，这使文章显出自然、从容的节奏和灵动、流逸的笔调。朱自清的写景散文很是严谨、细致、精密，这是钟敬文所不及的，但朱自清的散文同时也显得过于拘谨，缺乏钟敬文舒徐自在、从容不迫的气度。

在我的眼里，钟敬文是这样一个散文作家：他以一颗伤感之心对自然人物和人生进行细致的体察和品味，以灵动、从容的笔调去表达心灵的宁静、智慧和诗性。用清幽、悲惋、流逸似乎可以概括他的散文的艺术风格。

（本文载《韩山师范学院学报》2005 年第 2 期）

---

① 林非：《现代六十家散文札记》，天津：百花文艺出版社 1980 年版。

丘东平战争小说论

　　如果说丘东平是一个无产阶级革命作家，这恐怕是没有疑问的，但丘东平所走的文学道路，在众多的无产阶级革命作家中又是特殊的。他不是由文学而革命，而是由革命而文学；不是深入人民大众的生活，理解生活，然后反映生活，而是他原本就是从人民大众生活中来的，从血与火的革命战争中来的。他十六岁就参加革命，先后经历了海陆丰农民革命运动、淞沪抗战、福建事变，一直到1941年在新四军率鲁艺二队的二百余人突围受挫拔枪自杀，他短暂的一生是在一个又一个的革命风暴中度过的。他的文学，就是他以整个生命深入生活和革命而写就的篇章。从1932年在《文学月报》上发表第一篇小说《通讯员》到未完成的长篇《茅山下》，他的创作都是反映战争生活的。对于他所创作的战争小说，有不少论者如严家炎先生在《中国现代小说流派史》，杨义先生在《中国现代小说史》中都作过精辟的论述和高度的评价。但是，诸多论者对丘东平小说创作的研究基本上局限在这两个问题上：一是丘东平的小说创作之于抗战文学的价值和意义。二是丘东平的小说创作如何体现了七月派小说的风格和特点。事实上，东平是在20世纪30年代初开始创作的，其作品的内容跨越了土地革命、十年内战以及抗日战争几个历史时期，更重要的是，把东平的小说放在肇始于20年代末期的整个革命战争文学背景（而不仅仅是抗战文学或七月派文学）下去考察，我们会发现他一开始就建构了有别于主流革命战争文学的叙事方式，我认为，东平战争小说的价值和意义更多地体现在这种叙事模式的建构上。

一

　　1926年，十六岁的丘东平加入了海丰农民协会和少年先锋队，后来还当上了彭湃同志的秘书，参加了由彭湃领导的海陆丰农民革命运动。革命失败后，他流落到香港，当过渔夫、摊贩、水手。20 世纪 30 年代初东平在上海开始文学创作时创作的一批小说如《沉郁的梅岭城》《多嘴的赛娥》《通讯员》等就是反映海陆丰农民革命运动的。和 30 年代反映工农革命的左翼革命文学一样，东平是以阶级分析的观点、政治的视角去揭露统治者的残暴、农民的受难和反抗的。比如《沉郁的梅岭城》，梅岭城夜受农民军袭击，其中理发店门口爆炸的炸弹，疑是潜藏在城里的革命者投掷的，保卫队于是在城里大肆搜捕革命者。最先被传讯的是理发匠马可勃，他传出炸弹来自挑夫契米多里，而从他那里取走炸弹的则是保卫队总队长华特洛夫斯基的弟弟克林堡。总队长当场把马可勃踢翻。次日，保卫队贴出公告，有 172 个叛乱者被处以死刑，并谎称证明者是克林堡。克林堡是叛党主要负责人，但他自首了，免于追究。克林堡获知消息后拦住行刑队伍，当众质问他的哥哥为何要谎称是他做证，他要牺牲自己的生命挽回那 172 人的生命。总队长把克林堡捆缚回家，并告诉众人他弟弟疯了。20 分钟后，172 个叛乱者被枪决。和这一时期的其他作品一样，东平的这类小说具备了当时左翼革命小说的基本元素：统治者的自私和残暴，被压迫者的受难和愤而反抗。但是，仔细地省察他这个时期的小说创作，是能够发觉其和同类题材小说创作的迥异之处的。当时的革命文学正如蒋光慈所说的，"它的主人翁应当是群众，而不是个人"①，即使主人公是个人，也往往湮没在所谓"群众"的面影中而显得面目模糊不清。东平的小说却很注意在战争的背景上、在阶级冲突中去突显个体的悲剧命运：

在《沉郁的梅岭城》中，革命者克林堡在毫不知情的情况下被说成是供出 172 个叛党的自首者，不明真相的群众愤怒地把克林堡拖到街上暴打，"克林堡在群众的殴打下找不着半点掩护，脸孔变成了青黑，张开着的嘴巴，喊不出声来，只是在肠肚里最深的地方'呃呃'地哼着"②。明白真相后，克林堡执意当众揭穿谎言挽救那 172 个罪犯的生命，却被当成精神病人捆缚回家。

在《多嘴的赛娥》中，赛娥是一个处处受人歧视的女孩子。因为是女孩，刚出生便遭亲生父母遗弃，长大了常被视为多嘴惹人讨厌的女人。后来她接受任务，去打探敌军的情报，在途中被敌军发现，本来已瞒过敌人可以成功逃脱，但是一个善良的老太婆无意中却暴露了她的身份，她被重新抓起来。但"多嘴"的赛娥却自始至终"坚决地闭着嘴"，不透露半点秘密，最终被敌人残酷处决。

在《通讯员》中，通讯员林吉曾多次成功地传送情报，有一次他奉命把一个做政治工作的少年从江萍带到梅岭。但是，途中突然碰到敌军盘查，那

---

① 蒋光慈：《关于革命文学》，《太阳》月刊 1928 年第 2 期。
② 丘东平：《沉郁的梅岭城》，广州：花城出版社 1982 年版。以下所引用的丘东平小说的原文，均出自该版本。

少年惶恐地跌下山涧，被敌军杀害了。独自逃生的林吉此后常常浮现那少年被凌迟的惨象，陷入不能排遣的痛苦之中。他常常向别人描述那天的遭遇，并自我诘问：“少的死了，大的却逃回来，你说这是对的事吗？”周围人以各种方式劝慰他，但未能减轻他内心的痛苦。后来，人们似乎厌倦了他反反复复的述说和自责，甚至有人觉得他是精神出了毛病。而林吉也终于不能谅解自己而举枪自杀……

在这些小说中，东平一方面在残酷的革命斗争背景下以刚劲雄健的笔触展现了这些革命者对命运的反抗、对革命的执着；另一方面，又以不无压抑、悲凉的笔调描写这些革命者的悲剧命运。这种描写的背后隐藏着作者对于个体生命的关注——在革命斗争中，国家、集体的利益是高于一切的，尤其是集体的命运受到威胁时，任何个体命运都是微不足道的，但是，对于作为人学的文学来说，又必得去关注个体人的生存命运。我认为，东平的这些小说和当时的革命文学比较，一个明显的不同就是东平懂得以文学家的眼光去观照、反映生活，这种文学家的眼光，在他后来的抗战文学中可以更为明显地感受到。

1931年“九一八”事变后，东平经其二哥介绍，参加了十九路军，并经历了淞沪之战，之后流落东京、香港、上海。1937年“八一三”事变后，东平离开上海经南京到武汉，参加了新四军，并随新四军转战苏南、苏北，参加过新四军的丹阳之战、延陵之战、珥陵之战等战役。为东平在文坛赢来很高声誉的就是这个时期写就的抗日战争小说，如记录淞沪之战的《给予者》《第七连》《一个连长的战斗遭遇》和记录新四军抗战生活的《茅山下》等。中国抗日战争初期的文学是脱胎于左翼革命文学的，并且由于“救亡”的迫切性，也就更加强调文学的功利性和宣传性。所以，那种满足于“廉价地发泄感情或传达政治立场”的新文学运动中存在的“公式化、概念化的倾向”①就自然地显现出来了，这种公式化、概念化的顽症在小说创作中一个具体的体现就是被茅盾批评的“前线主义”，即只“着眼于一个个的壮烈场面的描写”，只“注重了‘事’，而不注重写‘人’的现象”②。其实，即使是写人，正如胡风所说的，“写将士的英勇，他的笔下就难看到过程的曲折和个性的矛盾，写汉奸就大概使他得到差不多的报应，写青年就准会来一套救亡理论……”但是，在东平的抗日战争小说中，我们看到的是另一番图景。他的小说不是只着意描摹壮烈的场面，也不是仅靠战报去铺染故事，他展现的是正如胡风所说的“在这个伟大的时代受难的以及神似地跃进的一群生灵”。比如那个和蔼且严格恪守军纪的中校副官，他对长官尤其是军长，“是当为偶像

---

① 胡风：《民族革命战争与文艺》，《胡风评论集》，北京：人民文学出版社1984年版。
② 茅盾：《八月的感想——抗日文艺一年的回顾》，《文艺阵地》1938年第9期。

一样的信奉着"。但当他得知日军大兵压境而军长却命令士兵撤军时，暴怒地责骂军长放弃了国土，结果忠贞而正直的中校副官被军长枪杀了（《中校副官》）。还有连长林青史，他率领的第四连是"一个时运不济、命运多舛的莫名其妙的队伍"，常常接受某个任务然后又在任务尚未完成时将队伍带领向别处。在一次战斗中，林青史决意不再执行上级按兵待命的策略而与士兵们冲出战壕，尽管他们击退了敌人的进攻但与营部失去联系。后来他的连队与友军组成一支新队伍，以少胜多地打败了敌军一个加强营，并主动配合被敌军围困的友军，帮助他们取得了战斗的胜利。可是友军却以他们来历不明缴了他们的械。最后，林青史由于违反军纪死在他的营长的枪下（《一个连长的战斗遭遇》）……在这些小说中，东平继续着他前期小说在战火中突显个体命运的表现路径，小说撼人心弦的是林青史们为抗战而置生死于度外的大无畏的英雄气概以及这些英雄令人慨叹不已的悲剧命运。当然，与前期相比，他的小说已发生了一些变化，这变化就是在展现人物的命运时，更注意突出人物的灵魂，挖掘和描写他们在战火中的内在情感和心理活动，从中我们可以感受到这些战斗者人性的光辉和灵魂的颤动。

东平抗战小说中心理描写最有力度的首推他的《第七连》。小说的主人公丘俊，原是中央军校广州分校的学生，"八·一三"战事爆发前被派往前线，并临时被委任为第七连连长。小说细致地描写了一个军校的学生如何成长为一个战地英雄的心理过程。连队出发时，队伍的前头出现了一个年轻貌美的女人，他下令就地休息——"这是我自己的哲学"，"我现在一碰到漂亮的女人都要避开，因为她要引动我想起了许多不必要而且有害的想头……"这种描写让我们看到活生生的感性的人的存在，他承认自己的"情欲"，又压抑着这种会削弱他斗志的"情欲"。当队伍驻扎在火线之时，漫天的炮火使丘俊的内心充满着恐惧、焦虑，"我仿佛记不起它，不认识它，它用那种震天动地的音响开辟了一个世界，一个神秘的、可怕的世界，使我深深地沉入了忧愁"，"密集的炮火使阵地的颤动改变了方式，它再不像弹簧一样地颤动了，它完全变成了溶液，像渊深的海似的泛起了汹涌的波涛"。在日军强大兵力的围攻下，他们已断了粮，只吃炒米野菜，两个班长已战死，代理班长刚任命也阵亡了。但丘俊和他的士兵们没有被恐惧吞没，使命感驱除了他们恐惧的心理，当团长下达与阵地共存亡的命令之时，丘俊感到团长是在"和自己的灵魂说话"，他回答："我自从穿起了军服，就决定了一生必走的途径，我是一个军人，我已经以身许给战斗。"最后，他率队出击，负伤离开阵地。应该说，作者对丘俊这个抗日英雄形象的塑造是成功的，他没有局限于描写事件或人物的外部行为，而是深入人物的内心甚至人物的潜意识，把人的心理弱点、情欲的骚动和强韧的意志力、大无畏的英雄气概扭结在一起，产生了原色原味的真实感。小说对于主人公心理弱点的描写并未减弱他的英雄主义的光辉，相反，这种在焦虑、痛苦中成长起来的英雄主义对我们更具冲击力，而作者这种艺术处理方式也使小说获得了穿透人性的深度。

另一部心理描写较为出色的小说是丘东平的绝笔之作《茅山下》。这部未竟的长篇小说以抗战时期新四军苏南根据地激烈的民族矛盾、阶级斗争为背景，展现了新四军的政治、军事工作以及革命内部的矛盾斗争。革命内部的矛盾斗争是在工农出身的参谋长郭元龙和知识分子出身的干部周俊之间展开的。郭元龙参加过三年游击战争，身上落下七个伤疤，是一个打仗能手，为人豪爽，在群众中有很高威信。但他粗鲁且有不可一世的傲慢，他尤其瞧不起学生出身的周俊，也不支持周俊的工作。他把周俊派到九里镇当主持抗敌自卫会改选工作的特派员，自己却收受前任抗敌自卫会主任的手枪、皮鞋，使改选工作陷于混乱。周俊本来对革命怀着满腔的希望，但是他缺乏斗争的经验和能力，工作中的挫折和郭元龙对他的轻视越发使他觉得自己"完全失去了作用"，"变成了废料"，更为严重的是，和深受民众拥护的郭元龙的矛盾让他觉得自己是孤立的，他"被一种灰色的伤感烦扰"：

> 有时候他突然地紧张起来，心里想着他的工作将如何因了九里战斗的胜利而顺利地展开，……工作的胜利会鼓勇他的，当他被痛苦围攻下来的时候，他特别地需要鼓勇，痛苦会使他像一条小茅草似的嫩弱地垂下头来。这好像一阵可怕的风暴的来袭，当他被击倒下来的时候，他是这样的庸碌、卑怯，竟至于全身发抖，他会想起郭元龙，想起他工作上生活上所有一切的失败，至于慌乱地无灵魂地举起了抗拒的手。没有一件事不使他伤感，没有一件事不成为他痛苦的根源，并且他是孤立的，他对于一切人都抱着怀疑和敌视，这怀疑和敌视每每叫他陷于惨淡的被围攻的地位。他的勇气像一重纱似的单薄地卷盖着自己的惨败与破灭，而生命力的贫乏使他乞怜于别人辞色之间的善待和尊敬。

周俊希望在战斗中把自己锻炼成一个有用的人，他坚持着不肯轻易放弃自己。但是，多次的挫折又使他时时陷入卑怯和孤独的伤感之中，甚至想逃避现实。后来碰到同时参加革命的林纪勋，看到他已由一个幼稚的学生官成长为坚强的革命者，周俊深受触动，决意成为杜斯退夫那样的"有骆驼的长途跋涉的精神"的战斗者。这部小说是作者在战斗的间隙创作的，又是未完成作品，因此艺术上的粗糙在所难免。但是小说却显示了作者发掘复杂而又深邃的人物内心世界的才能：作者很善于细腻地刻画人物心理活动的发展变化，主人公如何由一个充满激情而又自卑、脆弱的知识分子逐渐成长为成熟、坚定的革命者，情绪的瞬息变化、心灵的成长轨迹，都得到了细致的描摹、深刻的剖示。同时，作者能正视人物的心理缺陷和人性冲突，善于把人物对立两极的思想情绪搅和在一起，写出怯弱中的勇敢，绝望中的希望，伤感中的快乐，所以，展现在我们面前的，就不是概念化的人物，而是一个形象饱满，充满情绪波动、人性矛盾的活生生的感性的存在。

对于战争背景下人的生存命运、心灵现实的关注和描写，使丘东平的小说在当时的革命战争文学中别具一格。在左翼革命作家中成长起来的革命战争文学，是非常强调文学的政治功能和教化作用的，"五四"文学中"人"的主题被置换为阶级或民族解放的主题，作家往往局限于从政治的视角去反映阶级矛盾或民族冲突。而在东平的小说中，"人"的主题是和阶级或民族解放的主题并行不悖的，他往往是以政治和人生、人性的双重视角去观照生活，去反映战争中生与死、个人与集体、善与恶的冲突。由于局限于政治的视角、阶级分析的观点，二十世纪三四十年代的革命文学常常将复杂的社会生活简单化处理，人物描写也呈现英雄化—丑化二极对立的形象构成特点：正面人物具有一切善与肯定的价值，而反面人物则聚众恶与诅咒于一身。这自然会产生公式化、概念化的毛病。东平取政治和人生、人性的双重视角去审视生活，他的小说也奏响了爱国主义、英雄主义的主旋律，但这爱国主义、英雄主义的精神，是从交织着光明与黑暗、善与恶、美与丑的社会生活中，是从充满了生命欲求、人性冲突的心灵世界中生长起来的。因此，他的文学创作，既承接了"五四"文学的现实主义传统和人性、人道观念，又深刻体现了左翼作家功利主义文学观的。他是能很好地把"五四"文学与左翼革命文学嫁接在一起的一个作家。

二

接下来还需要探讨的是丘东平战争小说中浓厚的悲剧意识。对于丘东平战争小说的悲剧意识，是许多论者已经提及的。比如有论者指出东平的小说"洋溢着抗战之初的时代气息，富有战地实感，具有一种特殊的壮美和悲剧性"[①]。严家炎先生也指出东平的小说大多"色调悲壮沉郁"[②]。那么，东平的战争小说何以有如此浓厚的悲剧意识呢？

我想作者所处的时代是一个因素，那是一个充满灾难、痛苦、挫折的悲剧时代；而作者艰难、曲折的人生道路，四处漂泊的生存状态也培养了他顽强的性格以及对生活中沉郁、悲壮的方面尤为敏感的灵魂。但是，我认为形成东平战争小说浓厚的悲剧意识的主要因素是受到了尼采的影响。东平在给

---

① 钱理群、温儒敏、吴福辉：《中国现代文学三十年》，北京：北京大学出版社1998年版，第494页。

② 严家炎：《中国现代小说流派史》，北京：人民文学出版社1989年版，第259页。

郭沫若的一封信中就曾提及尼采：

> 我的作品中应包含着尼采的强音，马克思的辩证，托尔斯泰和《圣经》的宗教，高尔基的正确沉着的描写，鲍特莱尔的暧昧，而最重要的是巴比塞的又正确、又英勇的格调。[①]

这里的"尼采的强音"，指的应是尼采哲学的主角——酒神精神。尼采认为，世界的本体是永恒生成变化的，它不断创造又毁灭个体生命，站在这个角度去看，世界对于个人来说是残酷而无意义的。但是，通过个体的毁灭，我们反而感到本体生命意志的丰盈和不可毁灭，甚至，世界不断创造和毁灭个体生命，乃是"意志在其永远洋溢的快乐中借以自娱的一种审美游戏"[②]，所以，要肯定生命，就必须肯定生命所必然包含的痛苦和毁灭。而所谓的酒神精神，就是教人站在生生不息的生命本体的立场上去肯定生命，连同它必然包含的痛苦和毁灭，正是经由这痛苦和毁灭，有限的个体才能获得与生命本体相融合的快感。当然，一个人能否与宇宙间生命本体相融合，从而把人生的痛苦当作欢乐来体验，还取决于他是否具有强健的生命力——尼采所谓的强力意志，尼采是很强调强力意志的，只有具备足够强大的强力意志，才能战胜生命中固有的痛苦，在与痛苦的抗争中体验生命的快乐。所以，在尼采的酒神哲学中，我们至少可以感受到两种东西：对苦难的崇拜和对生命强力的崇拜。而在东平的小说中，我们也可以感受到这两极崇拜的存在。

东平的小说很善于搅动民众深潜的原始生命强力，映现他们对于悲剧命运和黑暗现实的反抗。这种在压抑下寻求爆发的原始生命力，有时充满着毁灭性。比如东平早期的《红花地之守御》，小说的主人公，革命队伍的总指挥杨望就是一个充满雄强而带着野性的生命意志的英雄人物。他率领不及二百人的队伍潜伏在神秘的红花地山林间，在二十分钟内击溃敌人两个团的兵力。在面临敌军的反扑时，他竟下令射杀三百多名俘虏。在东平的战争小说中，有不少这类粗犷的、见血见肉的场面描绘。这种带着野性的原始生命强力的描写，有时会让我们觉得他的小说"力"压倒了"美"。当然，东平所表现的原始生命强力，更多的是充满创造性的，更多的是反映战争背景下绝地求生、奋起抗争的强悍的灵魂，更多的是反映这些强悍的灵魂如何无畏地走向毁灭，比如《多嘴的赛娥》中宁死不屈的乡间女子赛娥；《中校副官》中以死谏战的中校副官；《给予者》中下令炮手向自家杂货店开炮，让父母妻儿和

---

① 转引自郭沫若：《东平的眉目》，丘东平：《沉郁的梅岭城》，广州：花城出版社 1982 年版，第 5 页。

② 尼采著，周国平译：《悲剧的诞生》，上海：生活·读书·新知三联书店 1986 年版，第 105 页。

日军同归于尽的黄伯祥；《一个连长的战斗遭遇》中违抗军令主动迎击日军，明知会遭枪决却绝不逃跑的林青史……作者以粗犷的笔触勾勒出在战争苦难中愤然崛起的刚强执拗的灵魂，这些刚强的灵魂已超越了那种带着野性的原始生命强力而升华为英雄主义，这种从原始生命强力中升华的英雄主义对我们无疑更具有震撼力。同时，当许许多多的刚强执拗的灵魂无畏地奔赴牺牲时，我们能见出作者对于受难、毁灭的几近崇拜、热切的渲染和描写，这给他的小说涂抹上了激越、悲壮的色调。七月派的作家都非常强调以主观战斗精神去搏击现实，而东平的主观战斗精神，我以为是带着尼采酒神式的战斗精神的。

由于坚信革命终将取得胜利，由于强调文学的政治功用及教化作用，不论是二十世纪二三十年代的左翼革命战争文学还是二十世纪三四十年代的抗战文学，都带着昂扬的乐观主义色调。这样，丘东平带着浓厚悲剧色彩的战争文学在当时的文坛上也就显出了他的特别之处。

三

最后，我想简单谈谈丘东平战争小说的文体特征。

我认为丘东平的小说开创了现代小说一个新的创作路径——纪实小说。这当然不是说在丘东平之前没有人尝试过这种写法，但在他之前尚未有一个作家如此频繁地尝试这种文体，尚未有一个作家能应用这种文体写出像《第七连》《一个连长的战斗遭遇》这样成功而又有影响的作品。也就是说，纪实小说在别的作家那里也许只是偶尔的尝试，只有丘东平专注于这种文体，而这种文体也只有到了丘东平手中才可以算是成型了。

丘东平之所以选择这种文体，和他的写作状况有关，他的许多小说都是在战争间隙写就的，他不可能有充裕的时间去想象和构思，他需要急切地运用纪实的手法表达他的所见、所闻、所感。他的纪实小说大致有两类：一类是以某一事件或某次战争为中心而营造的事件型纪实小说。如《沉郁的梅岭城》《红花地之守御》《我们在那里打了败仗》《友军的营长》等。这类小说有情节，但情节往往立足于事件过程的原生状态，不使用诸如悬念、冲突、巧合等故事性较强的结构方式；另一类是人物型纪实小说，如上面提到的《通讯员》《第七连》《一个连长的战斗遭遇》《给予者》等，这是东平最为成功的一类小说，它一般是展示人物的某一段特定的生活经历，并从中刻画人物性格或挖掘人物心理。这类小说和性格小说或心理小说相接近，只不过在东平的这类小说中，性格或心理并非小说叙事结构的基础，构成小说叙事结构基础的仍是事件性的生活内容。

无论是事件型还是人物型的纪实小说，东平的这些作品以尽量接近生活原生态的叙事内容及对生活实录式的叙述方式给我们以强烈的真实感。当然，他的作品并不是满足于对生活记录式的描写，否则也就和"前线主义"差不多了。这些纪实作品有较强的小说性，主要体现在以下两个方面：其一，透过现实的表面，发掘生活的潜流，描写人物的内心和灵魂。不单是人物型的纪实小说，事件型的纪实小说也有此特点。这一点在上文已谈到，这里不再赘述。其二，作者将强烈的主观战斗精神融入叙事和描写之中，他的小说字里行间充溢着内在的不可抑制的激情。而以渗透着感情和体验的感觉型的句子去描绘生活，使他的小说类似于强调主观表现的现代派。比如在《茅山下》，作者这样展现心态失落的周俊在田间行走的情景："……漆黑的夜空给予人们一种空洞的、无所凭借的战栗的预感，湿漉漉的泥泞的田径像蛇的背脊似的捉弄着脚底，叫人疴痒的四肢痉挛，浑身瘫软。"这种描写方式，已经是"新感觉派"的将人的主观感觉、体验渗透到客体的描写中去的方式，无怪乎郭沫若曾认为丘东平的小说有日本新感觉派的味道。我们说丘东平的纪实作品具有小说性，一个重要因素就是他对于主观心理活动的表现，不是一味地宣泄思想情感，而是能够将叙述者的体验和感觉外化，创造和表现那种有强烈主观色彩的"变形"了的现实。

以政治的和人生、人性的双重视角去审视战争，去弘扬英雄主义、爱国主义，去关注战争中人的悲剧命运及隐秘的深层心理；以带着尼采酒神式的强烈主观战斗精神去突入战争，去发掘战争中民族原始生命强力的勃发和升华，为战争涂抹上激越、悲壮的文字。这一切构建了丘东平有别于当时主流革命文学的崭新的叙事方式和审美形态。在现代文学史上，路翎的小说创作成就无疑在丘东平之上，但路翎正是沿着丘东平所开创的表现路径走下去的。

（本文载《文艺理论与批评》2005 年第 4 期）

王杏元论

　　20世纪60年代中期，上海和广州两地同时出版了《绿竹村风云》，作为这部长篇小说作者的王杏元因此风靡近半个中国。那时，他只是个读过四年小学的很年轻的农民，的确令人刮目相看。他也因此出席了亚非拉作家紧急会议。时隔二十几年，当王杏元的名字在人们的印象中渐渐被淡忘的时候，他与人合作的长篇新作《胭脂河》再度成为广东文学的一个热门话题。回首这位作家二十几年的创作历程，我们可以发现，他的创作在数量上并不多，只有上面提及的两部长篇小说和寥寥几个短篇。但这为数不多的作品却铸就了这位作家独特的艺术个性，也确立了这位作家在广东文坛上虽不是很炫目却是无可替代的位置。今天，我们重新来检视这位作家所走的文学道路，探讨这位作家的艺术风格，对于他，乃至于其他作家，会是一桩有意义的事。

一

　　王杏元是20世纪60年代才走上文学道路的。从60年代到70年代，是他创作历程的第一个阶段。这个时期，他的作品主要有长篇小说《绿竹村风云》和短篇小说《土地》《铁笔御史》《半夜枪声》等。这些小说，都取材于农村社会生活，以农民作为表现对象。从中，我们能够感受到一种强烈的时代精神和浓烈的政治色彩。大凡每位作家观察、表现生活，都有自己的视角。王杏元这一阶段对农村生活的表现，取的是政治视角。我们上面列举的作品，就都是以农村两条路线或两个阶段的冲突作为构思的基本框架的。《土地》描写了一家祖孙三代围绕着赖以生存的土地跟地主展开的有血有泪、有刀有枪的斗争史。其中有鲜明的山村风物的色彩，有来自生活的质朴而生动的语言，但吸引读者的是那种火热的阶级斗争的气势。再如他的《绿竹村风云》，这部小说无疑是最能体现王杏元六七十年代创作特色和艺术成就的代表作。小说表现的是闽粤交界处一个小小山村在农业社会主义改造过程中围绕着组织互助组和成立初级社所展开的两条道路和斗争。绿竹村所走的合作化道路是坎坷曲折的。其中有富农婆借"降神"暗中破坏，而以阿狮为首的上中农自恃田肥山好牛壮料足，不肯与贫农合伙，还暗地里与互助组竞争。即使是贫下中农，也有不少像乌山、银花这样对合作化认识不足，想走个体道路的人。面对这样的现实，村长王天来带领互助组贫农骨干发扬"咬姜蘸醋打八面拳"的苦斗精神，凭着一把硬骨头，起早摸黑，凿山沟、削山皮、开荒种果子，又拿出各人的看家手艺，大搞副业。苦斗两三年，终于在经济竞争中赢得了胜利，带动了村里许多贫下中农及中农加入互助组。后来，又在这个基础上成立了初级社。小说通过对绿竹村这个典型环境的描写，揭示了20世纪50年代初、中期农村两条道路斗争的复杂性和农民走互助合作的必然趋势。今天重读这部小说，与当时同类题材的作品比较起来，有一点是值得肯定的，就是能够真实地把握、描写当时的社会现实。尽管作者在小说中写到富农婆的破坏活动，写到敌对的阶级斗争，但作品着墨最多也写得最为真切最为精彩的是社会主义力量与个体农民自发倾向，集体主义思想和私有观念的矛盾和冲突。如小说中描写上中农组织假互助组，阿狮煽动互助组投机倒把，乌山等人为到福建招工想退工等片段。这样的描写应该是比较符合当时的生活现实的。另外，作者也能够真实地描写当时贫下中农在合作化过程中的精神状态以及他们的种种隐秘、微妙的心理。在小说中，我们看到除了王天来、石生、木坤等几个贫农骨干外，许多贫农对合作化的认识是不够充分的：有些人信心不足，犹豫不定；有些人没主见，随大流；有些人进互助组是看中富裕人家的耕牛和农具。这样的描写在当时曾受到一些评论家善意的批评，但在今天看来，这样的描写恰恰是当时那种社会现实的客观反映。在当时，农村两条道路的斗争，不仅仅体现在贫农与富农、贫农与中农之间，更主要体现在贫农与贫农之间，体现在个人的心理冲突上。

二十世纪五六十年代有不少反映农业合作化运动的长篇巨著，而且作者大都亲身经历了这一场运动。但当时的许多作家是带着某种目的去深入生活的，王杏元则是以纯粹的农民身份参与这场运动。他写《绿竹村风云》，就是"把自己办社所亲身经历的斗争，一字不漏、哗啦啦地讲出来写出来"（《当农民·写农民》）。他首先是一个农民，然后才是一个作家，这使他能以一个农民质朴的眼光去观察这场运动，使他所提供的大多是生活中原生态的东西，因而他对于现实的描写就比较真实。

当然，我们也不能回避这样一个事实：这部小说是在"文革"前出版的，它不可避免地也会带着当时某种"左倾"思想的烙印。比如，本来对于长篇小说来说，它应该反映出现实生活的整体性，但小说所揭示的，主要是社会生活中的政治层面，主要是人与人之间的政治关系。这多少影响了反映生活的广度和深度。另外，小说对富裕中农抵制合作化运动的描写，似乎也有过激之处。应该说，这些缺陷，不只《绿竹村风云》有，我们在诸如《创业史》《艳阳天》这些当时的同类题材的作品中也能见到。这既是作家的局限，也是时代的局限。

随着20世纪60年代"左倾"思想的逐步升级，我们在王杏元以后的创作中能越来越明显地感觉到"左倾"思想的影响。1975年他写了《半夜枪声》，这篇小说所表现的，就是阶级斗争扩大化的"极左"思想。一个富农把患了瘟病的死鹅丢进生产队的鹅群里，这本来是出于对放鹅者私人的怨恨，作家却将其看成是"阶级敌人的破坏"，看成是"激烈的阶级斗争"。这表明作家的创作已经脱离了现实生活。应该说，从政治的视角去表现生活是可以的，但假如把一切都纳入政治的视角，甚至纳入阶级斗争的框架去表现，也就违背了现实主义的创作原则。在王杏元前期的一些作品中，我们多少能够发现这种把生活过分政治化的迹象。

粉碎"四人帮"后，王杏元的创作进入一个新的阶段。这一阶段的作品并不多，但与前期创作比较起来，是发生了一些可喜的变化：以前的创作，叙述的成分多，故事的推进、人物的塑造，几乎都靠叙述去完成。而现在，作家较注重描写了，特别是较注重从普通日常的生活去刻画人物。另外，随着阅历的增多，思考的深入，他更懂得笔下有所节制，力戒浮躁之气。当然，更重要的还在于，从作品中我们能看到，这位作家的审美观念已发生了变化。

1981年，王杏元创作了短篇小说《天板蓝蓝》。这个短篇写一个老实巴交的农民刘富贵，在为帮助他人而参与的一次赌博中，赢了别人一大笔钱。起初他欣喜若狂，可是慢慢地便在内心形成一个郁结：他总觉得这赢来的钱不是自己的，总担心输了钱的牌主会不会去寻死。刘富贵虽然发了财，但是整天闷闷不乐。最后他还是把钱送还了牌主。王杏元以往的小说很少触及人物的内心世界，这篇小说却以一种细腻的笔法将人物的心理郁结写得丝丝入扣。这个短篇也涉及政治，写到三中全会的政策给农民生活带来的变化。但它的着眼点在于表现人物美好的心灵，在于发掘人性中美好的、善良的因素。

当然，最能标示作家审美观念变化的，还是长篇小说《胭脂河》。小说以抗战期间广东省政府迁往清平镇这一史实作为历史背景，描写了三位青楼出身的官太太胭脂女、相思豆、黑蝴蝶与她们的丈夫，国民党驻防部队长官许云仙、陈有源、刘魁之间的恩怨纠葛。通俗生动的语言、世态风情的逼真描摹以及曲折的情节，使小说具有相当的可读性。但小说更吸引人的还是人物的命运遭际。三位女性因生活所逼曾沦落风尘，后来虽然都当上官太太，但实际上仍生活在一种屈辱、压抑的环境里，特别是胭脂女和黑蝴蝶。胭脂女深受许云仙宠爱，但她明白自己不过是许云仙的玩物，许云仙对她只有"欲"没有"爱"。胭脂女为平民愤而枪杀军痞胡一虎，许云仙就差点将她处死。黑蝴蝶处境比胭脂女更惨。刘魁只把她当花瓶，对她并不爱恋，而且常常跑到外面与女人鬼混。与丈夫的同床异梦使胭脂女与黑蝴蝶双双寻找外遇：胭脂女为追求真正的爱情爱上了洪少山，并暗中支持洪少山抗日；黑蝴蝶出于对刘魁的一种报复心理与勤务兵肖丹私通。两人后来都因事情败露而惨死在丈夫枪下。对这部小说，有论者以为是"以传奇式的人物故事而写出社会状况"，在我们看来，作家的着眼点是在表现人物在那种"社会状况"中生存的艰难。三位女性在艰辛的生存环境中苦苦挣扎，以自己微弱的力量向命运抗争。但除了相思豆最终跟随丈夫走上抗日道路，其余都摆脱不了悲剧的命运。作家在这里是以三位女性的坎坷命运，写出了混乱时世中的人世沧桑。

这部小说情节性强，富于传奇色彩。但作家并没有随意虚构情节，而是紧扣人物性格的发展、命运的变化去结构故事。我想这也许就是这部小说既有通俗文学的色彩又具备纯文学品格的缘故吧。

以上是我对王杏元二十几年的创作历程所做的简单回顾，从中可以发现，王杏元的创作不是一成不变的，从表现政治到写人，写人的心灵、人的命运轨迹，便是这位作家不断变化发展的足迹。这种变化的轨迹标志着这位作家越来越走向成熟。文学是反映社会生活的，当然也应该表现政治，但文学是人学，作家应该超越而不是抛弃生活中政治的、道德的乃至历史的层面去表现人，表现社会历史中人的心灵及人的生存境遇。

二

每一位作家都有自己把握生活的感知方式与思维方式。假如我们能够抓住作家的这种感知方式，也就能够更为深刻地把握一个作家的艺术个性。那么，王杏元是怎样去感知、认识这个世界的呢？

还是先从人物形象说起吧。读王杏元的小说，我们能够注意到一个现象：作家描写人物，追求的是人物性格的塑造，而在性格的描写中，作家又很注重人物道德品质的揭示。比如《绿竹村风云》中的王天来，这个人物作家是把他作为体现时代发展方向的社会主义新人新形象去塑造的。作家当然也写到王天来的政治觉悟，写到他对党的赤胆忠诚，但我们觉得作家更注重的是揭示这个人物的道德品质。王天来初到绿竹村，是以其侠义的品格赢得众人的信任的。他为人正直刚强，好为穷哥们抱不平。三脚虎向贫苦户春婆逼租，是他不怕得罪地主，帮助春婆瞒过地主的关卡。新中国成立后，王天来被选为绿竹村村长，他的侠义品格演化为一种克己奉公、敢于自我牺牲的精神。土改之后，家家户户各自顾着创家置业，他却整天忙于公事，对自家的事好像没放在心上。贫农天赐因病欠债卖了竹山，他说服妻子卖掉家里的猪准备帮天赐赎回田地。王天来文化水平低，也难说有很强的组织领导能力，却深得乡民的信任，这主要是因为他对穷苦兄弟富有同情心，具有一种正直无私的品德。

《铁笔御史》中的记工员李镇平，这个人物最突出的性格特征也是正直无私。叔父李万本耙田偷工减料，他客气地叫其返工。李万本后来偷队里的麦种，他毫不留情地把叔父的丑事公之于众。因此这位生产队的记工员被称为"铁笔御史"。《天板蓝蓝》中的刘富贵最突出的性格特征是诚实善良。他帮助几位农民与牌主赌博，是因为他诚实善良；他最终把赢来的一大笔钱交还牌主，仍然是因为诚实善良。《胭脂河》中的三位女性，大概要算王杏元笔下人物中性格最为复杂的吧。但作家对这几个人物形象的塑造，仍然是注重其道德品质的揭示。张奥列对此有独到的见解："作品中的男女人物，不管性格如何复杂差异，都可用善、恶二字去概括。即使三女性相貌出众，美艳绝伦，作者更重视的是她们的善而非美。"①

其实，不单《胭脂河》中的人物可用善或恶去概括，王杏元笔下的人物大都可用善或恶去概括，正面人物赋予"善"的品格，反面人物赋予"恶"的品格。假如我们再作进一步的分析，还可以发现王杏元小说的内在结构往往呈现为二元对立的组织形式：一边是无私、正直、善良、高尚，一边是狭隘、邪恶、凶狠、卑鄙。比如《胭脂河》中的胭脂女、相思豆、黑蝴蝶与许云仙、刘魁；《绿竹村风云》中的王天来、石生、木坤与阿狮、阿俚、葫芦；《铁笔御史》中的李镇平与李万本；《半夜枪声》中的张小武与张八卦……一个作品就是一个完整的世界，而在王杏元笔下的世界里，总是好坏清楚，善恶分明。

这就是王杏元对生活独特的感知方式：他是一个农民作家，他往往是以农民那种朴素的眼光，那种善恶观去观察、分析生活，去给这个世界分类归纳，去给生活下价值判断——用他的话来说："文学应该压恶扬善。"王杏元的全部小说，即使是二十世纪六七十年代那些政治色彩浓厚的小说，剥开路线斗争和阶级斗争的外壳，我们仍然能够发现作者是用这样一种善恶观去解释、衡量这个世界的。

这种感知方式使王杏元的作品在总体上给人一种清晰、明朗的感觉：他笔下的人物，性格比较单向统一，吸引读者的往往是某种人格力量。其作品

① 张奥列：《从〈胭脂河〉谈到中年作家的创作》，《广州日报》，1988年9月23日。

之中的矛盾构成也并不复杂，常常是两两相对的关系。他也似乎不曾在作品中掩饰自己的感情倾向，总是爱憎分明。这样的格调无疑很符合大众的审美趣味——事实上，王杏元写作的初衷也是为了农民大众。但是，这种感知方式又无疑是以牺牲人性的复杂性、矛盾性，牺牲现实生活原初那种混沌的状态作为代价的。是的，人总是渴望着对存在着的这个世界进行明确的归纳分类，人总是希望知道什么是善，什么是恶，什么是高尚，什么是卑鄙。但生活本身又是复杂的，生活中善与恶、真与假、美与丑又常常是纠缠在一起的，难以清楚地去界定，明确地去把握。

三

剖析了王杏元作品的内在结构，我们觉得还有必要谈谈这位作家表现生活的艺术手法、艺术形式。这对于探讨一位作家的艺术风格，同样是至关重要的。

首先要谈及的是王杏元小说文体的特色。在当代小说家中，王杏元小说的文体恐怕是较为独特的。这种独特的文体大致可以从他所使用的语言及叙述方式上获得解释。王杏元小时候很喜欢听潮州歌册，他的文学创作，也始于这种以潮汕方言进行创作的长篇韵文故事，《绿竹村风云》实际上就是在歌册《绿竹村的斗争》的基础上改写的，这种民间说唱艺术给王杏元的小说创作带来很大的影响。他的小说不是用普通话，而是用潮汕方言去创作。而且，他的小说的叙述方式明显地受到潮州歌册的影响，是用那种"讲古"的语调和口吻进行叙述。比如他的《天板蓝蓝》，开篇第一句即是："龙头寨有一个农民，名叫刘富贵。"瞧，行文简短活泼，有一种面向读者的亲切感，可谓"讲"味十足。潮汕方言粗俗生动，且质朴明快，虽不利于构筑美文，但比起普通话来更有利于描摹生活中原生态的东西，更有利于提取生活中新鲜活泼的经验。而"讲古"的叙述方式，有利于铺陈故事，点染气氛，却不利于体味抒情。这样的叙述语言及叙述方式注定了王杏元小说的文体不可能是典雅华丽或者是奇诡峻拔的，而是显出倾向大众的俗相：我们可以注意到，王杏元的小说很少对自然风景感兴趣，很少对自然美景作抒写赞叹。他也无意在个体人丰富而复杂的内心世界里作精神漫游，无力对世界对人生作形而上的思索。这正是王杏元小说缺乏情思缺乏深度的缘故。但他的小说又分明能吸引大众：那种质朴通俗的色彩，那种轻松明快的叙述风格，曲折生动的故事以及直接从生活中提取的甚至有些粗俗的原生状态的东西（包括乡里民俗），却在大众中引起亲切的共鸣。

王杏元小说在艺术形式上的另外一个特点是情节性强，富于传奇色彩。

王杏元是广东文坛公认的编故事能手，他的小说善于把异常的事件和尖锐的冲突加以戏剧化，在戏剧化的情节中展示人物性格。比如《铁笔御史》中的李镇平活捉李万本，《半夜枪声》中张小武枪打张八卦等，就是很戏剧化又具有性格魅力的情节片段。王杏元还有一些小说情节曲折离奇，富于传奇色彩，在这方面的代表作首推《胭脂河》。《胭脂河》全书情节紧张惊险：胭脂女解救饥民，刘魁枪杀黑蝴蝶，相思豆只身复仇，许云仙暗害陈有源。一个故事紧接一个故事，一个高潮紧接一个高潮，悬念起伏，引人入胜。特别是胭脂女牢中斗狱长，相思豆只身闯刘府两个情节，险象环生，扣人心弦。应该说，情节性强是王杏元小说魅力的一个重要因素。当然，这里也有必要指出，王杏元的小说也因过分追求故事的离奇曲折而使情节失去真实性。比如相思豆只身复仇的情节，相思豆没告诉丈夫，这还可以解释，但她不可能不去和胭脂女商量：她和胭脂女、黑蝴蝶乃是金兰三姐妹，平时无话不说，这个时候黑蝴蝶生死未卜，相思豆也知道夜闯刘府有很大的危险性，没有与胭脂女商量行事似乎不合情理。像这样违背事理的情节在王杏元的小说中并不多见，但也值得作者注意。

王杏元笔下的人物性格单纯，但大都形象鲜明，呼之欲出。他塑造人物，主要是学习借鉴古典小说如《水浒传》的描写手法，具体来讲是"通过写这些人物（的）生平和活动，特别是通过语言谈吐，把他们一一树立起来"①。王杏元有深厚的生活基础，似乎能随手拈出充满生活情趣而又能够真实、准确地表现性格的细节，对人物进行刻画。他还善于用富于个性的又散发着乡土气息的语言刻画人物性格。比如《绿竹村风云》中写王天来当选村长后向村民演说，他是这样讲的："大家伙，大家伙太爱惜我了……好，当就当，我还是来当一个'跷仔头'领导大家搞生产。……今后我若变相，放开乞食篮打乞食者，大家就拿状纸到大乡告我！"几句粗俗生动的潮汕方言，把一个没多少文化的乡村干部那种受大家爱戴信任的感激之情，还有憨厚直率的个性淋漓尽致地表现出来。这些富于生活情趣的生活细节，散发着乡土气味的个性化语言的运用，使王杏元笔下的人物既形象生动，又散发着泥土气息，给人一种真实可信的感觉。

王杏元的小说还具有鲜明的地方色彩，这一点许多人都注意到了。在这里我们觉得有必要指出的是，他的小说之所以洋溢着鲜明的地方色彩，不只在于他善于运用地方的方言土语，也不只在于他善于描写潮汕平原这块土地上的风俗习惯、世态人情，还在于他笔下的人物具有潮汕人独特的文化心理特征。也许王杏元在创作时并没有揭示人物地域文化心态的自觉意识，但坚

---

① 秦牧：《一个农民笔下的生活长卷》，《羊城晚报》1965 年 11 月 13 日。

持现实主义的创作原则，使他笔下的人物确实具有鲜明的地方色彩。

上面，我们分析了王杏元对社会人生质朴的感知方式，分析了他的作品艺术形式的特征。概括地说，明快开朗的格调、通俗质朴的色彩、生动曲折的情节及浓郁的乡土气息，就是王杏元小说的风格特征。

王杏元是一个地道的农民作家。一个地道的农民作家能取得这样的成绩，这在全国似乎并不多见。王杏元年仅 56 岁，对于一个作家来说还是大好年华，我们期待着这位作家更为丰硕的创作成果。

（本文载《广东作家论》（第一辑），广州：花城出版社 1994 年版）

土地·船·花 秦牧的散文世界

当我重新面对秦牧这位散文大家的时候，不禁想起一个评论家对冰心的由衷赞叹："我们面对一个海。"的确，我们今天可以从秦牧的作品中挑出这样或那样的毛病，他的散文也确实带有那个时代所难以避免的深刻印痕，但是，我们仍然无法否认他的浩瀚和博大。这浩瀚和博大，当然和他在多种文体中都有建树，和他几百万字的丰盛创作量有关，但更主要的，是指他宽广的胸怀和由他的作品所构筑起来的完整而寥廓的艺术世界。本文试图分析的是，构成秦牧深广的艺术世界的基本元件是什么？它们又是如何有机地组合成一个艺术整体的？

一

许多已形成自己艺术风格的作家，我们可以在他们的作品中找到反复出现的，与他们的个性生命紧密相连甚至是映现了他们心理情结的象征性意象，这些意象往往既是构成作家艺术世界的基本元件，又是我们打开这个世界大门的钥匙。比如鲁迅小说中反复出现的"狂人"形象。在秦牧的散文中，也可找到几个反复出现且有密切联系的基本意象：土地、船、花。这些可以说是秦牧的敏感区域。他的大多数散文，直接或间接地触及这些意象，更重要的是，他的代表作，如《社稷坛抒情》《土地》《古战场春晓》《花城》《潮汐和船》等，都是围绕这些意象去抒写吟咏的。

我们可以先来谈谈"土地"。秦牧对"土地"有着质朴而深厚的感情。本来，在人们的印象中，他的散文的优势在于对事物妙趣横生的叙述和描写，在于对现象幽微细致的剖析和议论，至于抒情，至少与当代散文三大家的其他两位相比是弱项——事实上，秦牧在谈及散文创作时往往也是推崇"思想""知识"而相对忽略了"情感"。但是，一旦面对"土地"，他会抑制不住内心的激动，他的笔调会因为饱含感情的汁液而富于诗意。在诸如《社稷坛抒情》《土地》等篇什中，他不断地抒写人类，当然也包括他自己对于泥土的深厚感情：

　　瞧着这个社稷坛，你会想起了中国的泥土，那黄河流域的黄土，四川盆地的红壤，肥沃的黑土，洁白的白垩土……你会想起文学里许许多多关于泥土的故事：有人包起一包祖国的泥土藏在身旁到国外去；有人临死遗嘱必须用祖国的泥土撒到自己胸上；有人远适异国归来，俯身去吻了自己国门的土地。这些动人的关于泥土的故事，使人对五色土发生了奇异的感情，仿佛它们是童话里的角色，每一粒土壤都可以叙述一段奇特的故事，或者唱一首美好的诗歌一样。①

　　人类热爱泥土，因为泥土与生命是紧紧联结在一起的，或者说，泥土就是他们生活的依托和母体。而我们在这些文字中所感受到的，正是一个大地之子对母亲的深情歌唱。在作者看来，土地就是孕育人类生命及文化的母体，"没有这泥土所代表的大地……不会有一切人类的文明"。当然，这里必要指出的是，秦牧对土地的歌唱，往往带着一种悲怆的基调，因为他在抒写大地时，常常会推延出"在大地胼手胝足的劳动者"，会联想到他悲壮的历史命运。比如在《社稷坛抒情》中，作者置身于五色坛上，由土壤的漫长形成过程联想到开辟这些土地的劳动者，"他们一代代穿着破絮似的衣服，吃着极端粗劣的食物"，"他们在田野里仰天叹息，他们一家老小围着幽幽灯光在饮泣"，"他们画红了眉毛，或者在头上包一块黄布揭竿起义"。在《土地》中，作者以歌颂"土地"为中心，骑着思想的"野马"，奔驰到很远很远的地方，时而中原，时而域外；时而古代传说，时而现实生活。但有一条线贯穿作品的始终，即表现人民热爱土地的深厚感情、保卫土地的悲壮斗争和建设土地的辛勤劳动。总之，在秦牧的散文中，"土地"和"人民"是联结在一起的，也可以说"人民"是"土地"这一意象的象征义，他对于"土地"的抒写，每每落脚于表现和讴歌"人民"。

　　把"人民"看成同"土地"一样是孕育人类文明的母体，这反映了秦牧民本的思想或人民的观点。秦牧曾经说过："各个国度的优秀作家，不管他们所处地位如何，生长在历史的哪一个阶段，都是在若干程度上具有人民观点的人。"② 而秦牧也正是这样的作家，他的目光总是关注着社会底层这最基本

---

　　① 张振金主编：《社稷坛抒情》，《秦牧散文选集》，天津：百花文艺出版社 2009 年版，第 27 - 28 页。

　　② 《答谢和自白》，此文系秦牧在"庆祝秦牧文学创作五十周年暨秦牧文学作品研讨会"上的发言。

的存在，他总是站在"人民"的立场去把握和反映生活，或者揭示劳动人民悲怆的历史命运，或者讴歌人民群众创造生活推动历史的力量。他在 20 世纪 40 年代出版的《秦牧杂文选》，揭露和抨击了帝国主义的侵略行径和国民党的黑暗统治，其着眼点正在于映现底层民众的悲剧遭遇和命运。而新中国成立后的散文创作，讴歌民众在建设新生活、推动历史发展方面的丰功伟绩，则是一个基本的主题，从二十世纪五六十年代的诸如《青春的火焰》《赞渔猎能手》《缺陷者的鲜花》到粉碎"四人帮"后的《长街灯语》等都体现了这个主题。这里尤其值得提及的是他的另一篇代表作《古战场春晓》，这篇散文写于 1961 年春，当时我国正处于暂时困难时期，作者来到反帝古战场三元里，抚今思昔，思绪万千。他从眼前大好河山写起，回忆起当年发生在这里的雷鸣电掣、气壮山河的反侵略战争，讴歌了中国人民"旗进人进，旗退人退，打死无怨"的英雄气概。这历史画面和现实中春满大地、劳动人民辛勤劳动的熙熙攘攘的景象交相映照，暗示着我们的人民又在创造历史的奇迹。结尾点明主题："呵，我们美丽的土地，英雄的人民。"（着重号为笔者所加）这的确是一篇振奋人心的散文。现在有人把它同当年政治的浮夸风联系起来，甚至把作品同当时"超英""赶美"的现实政治挂上钩，[①] 这就有点荒唐了。在我看来，作品所要礼赞的，是我们的人民在逆境中显现出来的精神力量；在作者看来，这种精神力量在过去可以打败侵略者，在今天同样能战胜现实中暂时的困难——要说同现实政治的联系，应该是体现在这一点上的。

秦牧曾经提过他虽出生于一个破落的华侨商人家庭，但"母亲是婢女出身"，青少年时代又因父亲的破产"曾经度过相当艰难竭蹶的生活"，"抗战时期，在困顿的旅途中又曾经步行几千里，在公路的茅棚中和乞丐一起，躺在稻草堆中"[②]。我想，正是这样的家庭和经历培养了秦牧对"土地""人民"的感情和观点。也正是这种感情和观点，使他的文学创作能站在坚实的土壤上，用一种开阔悠远的视野观照生活。二十世纪五六十年代的散文有些的确表现出肤浅的乐观主义，秦牧当然未能完全幸免，但相对来说，他的作品要沉实厚重得多，原因就在于此。

二

秦牧散文中另一个反复出现的意象是"船"。他的许多散文的标题就显示了这一点，如《潮汐和船》《船的崇拜》《故乡的红头船》等。事实上，"船"

---

① 林贤治：《对个性的遗弃——秦牧的教师和保姆角色》，《文艺争鸣》1995 年第 3 期。

② 《答谢和自白》，此文系秦牧在"庆祝秦牧文学创作五十周年暨秦牧文学作品研讨会"上的发言。

和秦牧的家庭与人生是紧密联结在一起的。秦牧曾在《文学生涯回忆录》和《故乡的红头船》中提及他的故乡樟林港有一种"船头漆成红色，并且画上两个圆圆的大眼睛"的红头船，昔年没有轮船或轮船还较少时，粤东人就是坐着这种船从樟林港出海到东南亚的。秦牧的曾祖父就曾坐这种船到暹罗，后来他父亲也到暹罗、新加坡、香港等地谋生。秦牧就是在香港出生的，此后直到抗日战争回国，他的青少年时期大部分时间是在香港和新加坡度过的。在海外，他目睹了许多华侨在异国的艰辛生活情景。也就是说，秦牧是在"船文化"的摇篮中成长的，因此，他对于底层民众漂洋过海谋生所体现的精神，他对于"船"这种事物，就有了深刻的体验和认识。

这就难怪秦牧的散文对"船"有着特别的敏感和青睐了。当然，在他的散文中，"船"不再仅仅是一种物质性的东西，而已经成为一种精神的载体和象征。在《船的崇拜》中，作者通过讲述人类从建设"船形屋"到死后入殓"船棺"种种对船的新奇崇拜方式，揭示了人们对于"船"所负载的精神的赞美，那是"人类对于劳动，创造，智慧，进取精神的赞美"。当然，更为充分地展示和礼赞"船"的这种精神的，是《潮汐和船》。这是一篇粗犷雄浑的奇文，作者以充沛的、炽热的感情，牵引着天马行空般的想象：由古代的独木舟，联想到近代的原子破冰船；从古昔人类驾独木舟的风险、艰辛，写到现时驾驶鱼雷艇的豪迈、幸福，字里行间洋溢着对于"船"征服海洋、连接陆地的丰功伟绩，对于人类的创造和进取精神，"对于勇敢、智慧、毅力"的礼赞和倾慕。作者说，这篇散文，"只想谈谈我看到船和潮水搏斗的时候，它们扬帆远征的时候，自己的微妙的感受"。我想，当作者儿时坐在骑楼上望着新加坡河上那些红头船，看到那些远涉重洋的苦力艰辛的劳动场面的时候，或许已经有了一些朦胧的感受。当然，只有当他后来站在时代的制高点上，去审视社会的发展演变，对"船"的朦胧感受才会被提升为人类的创造、进取精神。

在秦牧的其他一些散文中，我们虽没有看到具象的"船"，却能感受到"船"所体现的那种劳动、进取的精神的存在。比如《在仙人掌丛生的地方》中，作者描述了一个海防小岛的人民战士，如何在恶劣的生存环境，历经十余年的奋斗，把一个荒无人烟的地方改造为一个花木簇拥、生机勃勃的美丽家园的事迹，揭示了人民战士那种不畏艰难、顽强向上的精神；又比如在《奇迹泉》中，作者回忆了新中国成立前夕随部队驻扎在一个偏僻山村听到的一个动人故事：昔年本村的一位青年，目睹山村用水的艰难，发誓出洋之后要攒钱为家乡购置一套自来水设备，之后经历了几十年的磨难终于完成了自己的心愿。作者从这个故事中感受到一个道理："崇高的心愿和坚强的意志"，"就是生命的奇迹的喷泉"；还有在《石壁树丛之歌》中，作者由长在石壁上的一片树林联想到那些在"四人帮"时期惨遭迫害却仍然坚持共产主义信仰的革命者，歌颂了他们身处逆境却仍然不甘沦丧的顽强意志和执着向上的精神……总之，像"土地"的主题一样，讴歌人类劳动、创造、进取的精神，已经成了秦牧散文的一个基本标志。

三

秦牧散文中另一个重要的意象是"花"。他也有不少散文是直接以"花"命名的，如《花城》《花市徜徉录》《〈花〉序》等。秦牧热爱土地，热爱在这土地上生长的植物及盛开的鲜花。当然，他的散文热衷于写花，并不仅仅意味着他热爱这让人赏心悦目的自然物，"花"在他的笔下同样是具有某种象征义的意象。这种象征义在《花城》中就充分地显示出来。在这篇散文中，作者以绚丽多彩的笔触，从色彩、动静、音响等多方面描绘、渲染了喜气洋溢、花色灿烂的南国花城的盛况，使你不知不觉沉醉于温馨的氛围之中。作者还发挥丰富的联想力，把许多民情风俗特别是各种奇异花卉的由来演变交织在丰富的画面中，让你领略了劳动人民的智慧和能力。最后，作者抒写了花市归来的感慨：

在这个花市里，你也不禁会想到各地劳动人民共同创造历史文明的丰功伟绩。这里有来自福建的水仙，来自山东的牡丹……各地劳动人民的创造汇成了灿烂的文明，在这个熙熙攘攘的市集中不也让人充分感受到这一点么？

我们赞美英勇的斗争和艰苦的劳动，也赞美由此获得的幸福生活。因此，花市归来，像喝酒微醉似的，我拉拉扯扯写下这么一些话。让远地的人们也来分享我们的欢乐。

这就是文章的主题了。作者写花市，目的是歌颂人民经历艰苦的劳动和斗争所创造的灿烂文明和幸福生活，而在这里，"花"也已经成为象征劳动者所创造的灿烂文明和美好生活的意象了。这就无怪乎作者常用鲜花去比喻那些文明的结晶体，比如把古玩架上的瓷器和历代书画比喻成经人民塑造出来的永不凋谢的花朵（《花城》），把北京街头璀璨的灯光比喻成含苞待放或微微绽开的鲜花（《长街灯语》）等。

然后，就像歌颂"土地"、歌颂劳动、进取的精神一样，歌颂人类所创造的灿烂文化和幸福生活也成了秦牧散文的一个基本主题。有些散文，作者是超越了国家、民族的层面，表现了对人类文明积累的赞美，如《潮汐和船》等；有的是把目光投向民族悠久的历史，展示中华民族缔造的绚烂的文明，如《大雁塔抒情》《雄师结阵的秦兵马俑》等；当然，更多的作品，比如《土地》《古战场春晓》《长街灯语》等，作者是站在时代的制高点上，通过今昔对比，讴歌了在党的领导下人民群众所创造的幸福生活或者改革开放之后祖国的新面貌。这里我想提一下写于 1979 年的《长街灯语》，我个人认为这是粉碎"四人帮"后作者的又一篇《花城》。当然，这次秦牧描写的不再是广州的"花城"而是北京的"灯海"。作者以奇妙的联想、生动的比喻渲染了北京夜景的繁华：站在长安大街遥望"两行璀璨的华灯直伸远处，常常使人产生一种有趣的错觉，仿佛有一只巨大无比的蝴蝶从天外飞来，停在地球的某一端，把它两条闪光的触角伸进北京大街似的"。而一旦到了盛大的节日之夜，京城各种各样的灯饰亮起来的时候，"一个童话般的境界就出现啦"。只见"远远近近，形成了一座座灯光的喷泉，一条条灯光的洞流，汇合起来，又构成一个灯光的海"。置身这样的画面之中，我们仿佛又走进那座五彩缤纷的"花城"，重新体味到生活的繁华和温馨，领略到劳动者的创造和智慧。这篇作品写于改革开放之初，作者试图去展现时代的新貌。自然，由于立意和手法相类似，读起来就不如《花城》那样新鲜，那样令人陶醉。但是作者的笔调还是那样的浓墨重彩，感情还是那样的充沛炽热，的确是耐人寻味。

在秦牧礼赞文明、讴歌生活的这类散文中，时代的颂歌所占比例最高，而且其中有一些作品，姑且可以说的确有渲染过于夸张、色彩过于明媚的毛病。但我认为不能因此就认为秦牧是"放弃了作为一个作家的特殊使命与要求"而"甘于追随时代谬误的作家"①，秦牧是在艰难困顿的环境中度过青少年时代的，又是在刀火相交的战争年代登上中国文坛的，他目睹了几十年中国的沧桑巨变，自然有理由为祖国和人民的新生而欣喜和歌唱，有理由为新社会制度而歌唱。也就是说，他的歌唱是发自内心的，而不是违背了内心真实的对于政治的简单附和。至于他对新生活的歌颂出现上面所说的一些毛病，毋宁说是时代的局限。即使是非常伟大的作家，也逃脱不了时代的局限，用秦牧常引用的一句尼泊尔的谚语来说，就是"多大的烙饼也大不过烙它的锅"。

四

上面，我们分别阐释了秦牧作品中几个反复出现的基本意象以及与其相应的主题，虽然还不能说它们就能够涵盖秦牧的所有散文，但大体上已经涵盖了他的主要作品。也就是说，正是"土地—船—花"这几个重要元件组成了一个基本框架，构建了秦牧散文系统而完整的艺术世界：在"土地"系列散文中，秦牧揭示了人民群众是推动历史发展、创造人类文明的基本力量，

---

① 《答谢和自白》，此文系秦牧在"庆祝秦牧文学创作五十周年暨秦牧文学作品研讨会"上的发言。

这是历史发展的规律，是"真"；在"船"系列散文中，作者讴歌了人类劳动、创造、进取的精神，这是"善"；在"花"系列散文中，作者展示了人类创造的灿烂文明和幸福生活，这是"美"。这当中，"土地"意象是构建这个艺术世界的基石——"人民"的观点始终贯穿在后两个系列的散文中，而由"船"到"花"则是在此基础上逐层递进的关系——没有劳动者的创造、进取精神，也就没有高度的文明和美好生活，这样，就构建了一个独立而完整的真善美的艺术世界。这个艺术世界显示了秦牧的世界观和人生观，显示了他对于人类历史进程的认识和把握。在当代的散文创作中，特别是在二十世纪五六十年代的文化氛围中，秦牧能拥有这样一个广阔深邃的艺术世界应该说是卓然不凡的。这个艺术世界也显示了秦牧对人类未来的信心，直到晚年，他仍然"保持一种比较旷达的心境来对待未来"，仍然相信人类社会"是在逐渐进步的"[1]。而他正是以毕生的文学创作，参与和推动着自己的民族逐步走向真善美。

（本文载《文艺理论与批评》1997 年第 3 期，《中国现当代文学研究》1997 年第 9 期转载）

---

① 王蒙等：《直语危言》，《一滴水文集》，北京：中国友谊出版公司 1993 年版，第 17 页。

秦牧散文的文体特征

　　在当代，尤其是在"十七年"的散文创作中，秦牧的散文创作可说是独树一帜的，而其创作的独特性，我以为须从文体角度入手去探讨才得以阐明。我们对秦牧的散文应该有一个定位，即秦牧的散文属于什么类型的文体。西方学者威克纳格曾根据作者主体的心理结构将文体划分为三个类型：智力的文体、想象的文体、感情的文体，[①] 这种文类三分法自然是针对所有文学的，但就散文而言，这种划分也有一定的意义。秦牧的散文，应该说在本质上是一种智力的文体：他的散文，不是立足于以感情去感染读者，如刘白羽的感情的文体；也不是立足于以美的形式去表现生活，如杨朔的想象的文体。他的散文是立足于以智启人，立足于思考和说明生活的，所以他的散文具有较强的知性特征和理性色彩。但是，必须指出的是，秦牧散文文体又不是那种纯粹的智力的文体，他很善于吸收其他文体的表现手法，比如感情的抒写、意境的创造等，这就导致我们探讨秦牧文体的复杂性和难度。

一

　　文体说到底是一个作家把握和表现生活的特有方式，而一个作家把握和表现生活的方式与这个作家的经历、性格气质等主观因素是有关系的。纵观秦牧的一生，可知他一直奔波于文化战线上：抗战期间，当过战地工作队员、教师、编辑；抗战胜利后，在香港度过了三年职业写作生涯；新中国成立前夕，他进入东江解放区，担任东江纵队文化教员；新中国成立后，在广东担任过大学讲师、报刊编辑等。也就是说，他一直是以文人、学者的身份参与

---

　　① 威克纳格：《诗学、修辞学、风格论》，王元化译：《文学风格论》，上海：上海译文出版社1982年版，第24页。

社会生活的，学者的秉性决定了他观察、表现生活的特点和方式：

第一，秦牧面对生活的姿态，不是完全地卷入生活之中，而是既能入乎其内，又能置身事外，体现了一个智者的冷静和超脱。我们来看一个例子。秦牧曾写过一篇《梦里依稀慈母泪》，是纪念他的生母和养母的，他的生母因为贫穷的劳累，在他八九岁时就去世了，文章中有一段文字，就是记述他生母去世时的情景的：

我们兄弟姐妹围着她的遗体哭泣，她的眼角渗出了泪水，这事情给我们的印象当然非常深刻，当时我完全不能理解这是什么原因，到了长大以后，我才知道人刚刚死亡的时候，并不是全身器官同时死亡的，有的器官还保持着一定的机能，所以一个人刚刚咽气的时候，并非任何器官对外界的影响都毫无反应。①

这段文字与整篇作品纪念的主题及悲凉的基调自然是格格不入的，但现在看来，它恰恰表现了一个智者的冷静和超脱。当然，我们说秦牧冷静，不是说他没有感情，他对生活是饱含感情的，但这感情受着理性的制约；我们说秦牧超脱，不是说他是以局外人的姿态去面对生活，他是置身于生活的大潮之中，但常常能超越生活。也正是因为其具有超越性的眼光，所以他在观察、表现生活时就有一种开阔悠远的视野：他非常强调作品的时代性，但他不像同时代的许多作家，只是盯住现实的发展、变化，而是上下几千年，纵横几万里，复杂的人类社会、神奇的自然界，都成为他思想驰骋的广阔的时空；他非常强调作品的思想性，但他不像同时代的许多作家，把思想狭隘地理解为政治思想。在他的散文中，固然有一部分是歌颂时政的，如《古战场春晓》《长街灯语》等；但也有一部分，作者是把目光投向民族悠久的历史，展示中华民族缔造的灿烂文明的，如《大雁塔抒情》《雄师结阵的秦兵马俑》等；有部分作品，作者是超越了国家、民族的层面，表现了对人类文明积累的赞美，如《潮汐和船》等。至于《菱角的喜剧》《面包和盐》这类知识小品文，作者往往是从某一具体事物写起，然后引申出一种生活哲理。这也就是说，秦牧作品的主题不是单一的政治化主题，而是多元、开放的，这在同时代作家中恐怕是比较突出的。可以与之比较的是杨朔。和秦牧一样，杨朔散文取材也非常广泛，小到一只蜜蜂、一片红叶、一朵浪花都能触发作家的诗情，但是，这些平凡事物本身不具有独立的价值，只有当它能够寄寓或开掘出政治意义时才有其抒写的价值。所以，与当时大多数作家一样，杨朔的散文在立意上难免有过分政治化的毛病。而秦牧的散文在这一方面的毛病是

① 秦牧：《秦牧散文选集》，天津：百花文艺出版社1993年版，第188－189页。

较少的，我想这与他作为学者的冷静、超脱的心态，以及开阔的视野是不无关系的吧。

学者秉性对秦牧散文的另一个重要影响是他的散文具有较强的知性特征。秦牧是一个善于也乐于进行理性思维的作家，审视生活时偏向于静观和沉思，即使动了感情的事物，往往也要进行思考和剖析。所以，他的散文主要不是用以表情的，而是用以达意的。秦牧散文的这种知性特征在他那一类杂感和知识小品中自然是体现得最为充分的。像《面包和盐》《花蜜和蜂刺》《鬣狗的风格》等，作者总是选择生活中奇警而富于知识性的事物，然后运用先进的思想、辩证的观点去揭示和发掘这些事物中蕴含的生活哲理。这类作品也有叙事、抒情，但人们感兴趣的是精微透彻的析理、幽默机智的论说。值得注意的是秦牧抒情味道较浓的另一类作品，诸如《社稷坛抒情》《花城》《土地》《潮汐和船》等，有论者指出，这些作品的出现，是秦牧散文"向抒情与意境倾斜的重要标志"[1]。的确，从 20 世纪 50 年代中期开始，秦牧即如聂绀弩预言的那样，由写杂文而"转向抒情、记事和议论三合一的散文"[2]，秦牧开始向感情的文体、想象的文体学习抒情和造境的手法——我们说秦牧的散文不是纯粹的智力的文体，道理也正在这里。但即使是这一类散文，作者仍然是立足于思考和说明生活的。虽然他的散文注意融入抒情和记叙，但从根本上说是说理驾驭着叙事和抒情：他的这些抒情味道较浓的散文，或如《社稷坛抒情》，由某种事物触发，然后展开想象的翅膀，把怀古与思今，回顾历史与探索现实、展望未来结合起来，生动有趣地阐释了"历史发展的规律"；或如《土地》，先有一个明确的论点，然后以诸多知识性材料来论证这一思想。总之，是偏重于对社会历史的探索、偏重于说理的，只不过他的说理是融合着感情的，某些地方的描写又非常细腻和传神，所以避免了一般论说文的单调和枯燥。

在现代散文发展史上，周作人式的随笔体散文有着较大的影响。秦牧的散文显见是由随笔体散文演变而来的，是偏重于对生活作理性思考的。当然，由于作家的主体定位不同，散文所传达的理性内涵就判然有别。周作人式的写作姿态是背对生活，面对自我，所以，他们的作品所表现的，是缺乏普遍社会意义的个人"性灵"之类；而秦牧的写作姿态是面向时代、面向大众的，所以，他的作品所表现的是对大众有指导意义的科学理性。比如，他常常运用辩证唯物的哲学观去分析社会生活和事物：在《菱角的喜剧》中，他写出菱角一般是两角的，也有三个角、四个角，甚至是无角的，从而阐发了"事

---

① 佘树森、陈旭光：《中国当代散文报告文学发展史》，北京：北京大学出版社 1996 年版，第 100 页。
② 耿庸：《未完成的人生大杂文》，上海：上海远东出版社 1996 年版，第 84 页。

物是复杂多样的，我们得和绝对化简单化的认识方法打仗"。在《面包和盐》中，他从一些古老的礼节习俗中，引申出一个生活的道理，"平凡的东西，常常就是最崇高最宝贵的东西"等等。当然，这里也有必要指出，周作人式写作所传达的理性内涵虽然缺乏普遍的社会意义，但因为带着个人化的性情和体验，所以读来生动、有趣，相比之下，秦牧所传达的是"规范理性"，有时读来就不那么新鲜和生动，甚至失之于平庸。

二

与偏重于对生活作理性思考的把握方式相联系，秦牧散文的叙述方式就不是刘白羽式的直抒胸臆，也不是杨朔式的借景抒情、托物言志，而是如秦牧自己所说的"寓思想教育于谈天说地之中"。

谈天说地的话语方式是从"五四"时期周作人等的"闲话"语体演变而来的，继承了"闲话"语体的一些特点：其一是随意性。秦牧的思路从不囿于某事某地某人，他的散文往往具有一个中心意象，如《社稷坛抒情》中的"社稷坛"、《土地》中的"土地"、《潮汐和船》中的"船"等，然后，作者围绕这个中心意象，展开想象的翅膀，由此物联想到彼物，由光辉现实联想到悠远的历史，由神奇的自然现象联想到发人深思的生活哲理，文笔纵横驰骋、自由挥洒，读后能感受到一种舒卷自如、潇洒从容的气度。其二是亲切性。秦牧谈天说地的方式当然是多种多样的，有时"像是和老朋友们在林中散步，或者灯下谈心那样"，有时像见多识广的老者，向你讲述睿智深邃的人生哲理，有时则像天真未凿的孩童，向你描述新鲜有趣的世界……但无论哪种方式，都可以让你体会到一种亲切感。

但是，在这里我想着重指出的是，秦牧的"谈天说地"的话语方式与周作人等的闲话语体又有所不同，或者说，秦牧是对"五四"的闲话语体作了一番改造的。为什么需要改造？因为他们预先设计的读者群（或曰"隐含读者"）是不同的。周作人式的创作所要面对的读者是自我或能理解自我的知己，而秦牧散文的隐含读者应该是工农大众，这就决定了他们的话语方式有如下三点不同：

首先，周作人所闲话的，一般是如草木虫鱼或喝茶、饮酒之类无关痛痒的生活琐事，而且，既然是二三知己之间的闲谈，也就不一定要有一个统一的中心，周作人自己就说过："我写文章是以不切题为宗旨的。"所以，周作人文章的结构是自由、散漫的；秦牧是面向大众的，而且他非常强调文章的思想教育功能，所以，他的散文所选择的是新鲜、奇警的事物，用他的话来说，就是"必须选择'尖端壮志'、突出的、有较大意义的事物，加以发挥，给人以强烈感、新鲜感"，也正是这样，我们在他的散文中，感受到的是一个新奇的世界：一棵榕树的气根可以错落成一片树林，莲子可以保持生命数千年，种子发芽能够把大石掀翻……同时，正如我们在上面所谈的，秦牧的文笔有纵横驰骋、自由挥洒的放纵的一面，但与周作人不同，他强调"思想是核，是灵魂"，往往围绕某个主题去组织材料，或用思想的红线去串联生活的珍珠，所以，尽管他的思路很开阔，往往是上下几千年、纵横几万里，但有了这根思想的红线，就给人散中见整、形散神聚的感觉。

其次，既然是知己间的闲聊，自然也不用太考虑装饰和修辞，周作人的散文就很少使用修辞格，甚至在感情上也提倡节制态度，这样周作人的散文总体上讲是平淡质朴的；而秦牧是面向大众的，他当然要考虑作品的艺术感染力，所以，他的谈天说地是尽量调动各种各样的艺术手段，包括比喻、拟人、警语、夸张等。但更主要的，他认为文学"时常要求作者不回避表现自己，尤其是诗和散文，要求作家直抒胸臆"①，因而，无论是叙述还是议论，他的笔端常蕴含着丰富的感情。例如：

　　我多么想去抱一抱那些古代的思想家，没有他们的艰苦探索，就没有今天人类的智慧。正像没有勇敢走下树来的猿人，就不会有人类一样，多少万年的劳动经验和生活智慧积累起来，才有了今天的人类文明，每一个人在人类智慧的长河旁边，都不过像一只饮河的鼹鼠。在知识的大森林里面，都不过像一只栖于一枝的鹪鹩。这河是多少亿滴水汇成的啊！这森林是多少亿万草木构成的啊！②

　　秦牧散文的魅力就体现在这里了：新奇的比喻、智慧的警句，使他对事理的阐发不致抽象和直露，而融合着"自我"真情实感的言说又使他避免了一般议论文常有的干枯——当作家敞开自己的胸怀，真挚、热切地向你倾诉着他对生活深切的体会和独特感受的时候，你会引起感情的深深共鸣，会不由自主地被带进"一种感情微醺的境界"。由是我想起了周作人的散文，周作人散文的艺术成就自然要比秦牧高出一筹，但我在读他20世纪30年代之后的散文的时候，常有一种干枯的感觉，这大约是他对生活已失却了热情的缘故吧。

　　最后，我想谈谈秦牧在现代散文文体流变史上的地位和贡献。一般说来，随笔体散文是节制感情的，抒情体散文是节制议论的，而秦牧的散文在承继了随笔体散文优势的基础上，又吸收了抒情体散文叙事如画、感情浓郁的妙处，从而突出了抒情、叙事、议论融为一体的文体特点。这一点有一些论者

---

① 秦牧：《海阔天空的散文领域》，引自秦牧：《花城》，北京：作家出版社1962年版。
② 秦牧：《秦牧散文选集》，天津：百花文艺出版社1993年版，第27页。

已经意识到了。问题在于，我认为评论界对秦牧所创造出来的新文体并未予以足够重视。其实这也并不奇怪，在二十世纪五六十年代，流行的是杨朔式或刘白羽式的散文，二十世纪八九十年代，"五四"随笔体散文又有复兴之势。但是，事实上我们可以清楚地看到，当 20 世纪 90 年代初余秋雨文化散文开始走红的时候，余秋雨及其追随者散文中那种打破时空、思接古今的思维方式，那种夹叙夹议的表现方式，走的正是秦牧散文的路子。而且，我相信，秦牧这种散文体在未来还会被更多的作家所借鉴和运用。

（本文载《海南师范学院学报》2005 年第 1 期）

雷铎战争小说创作论

　　雷铎也许料想不到自己会在和平时期赶上那一场战争，也许料想不到这场战争会从此改变自己的人生。他亲身经历了一场场血与火的考验，生与死的搏斗。然后，当他踏着硝烟重新出现在我们面前时，也给我们带来了一个个可歌可泣的故事。

　　我想雷铎最初去表现这场战争，是出于一种激情和冲动。战争是结束了，但硝烟还没飘散，千万战士冲锋陷阵的身影，他们的爱恨悲欢，他们的壮烈或者悄无声息的牺牲，这一切都激发着作家的创作灵感。这种激情，使雷铎几乎是不加考虑地选用了最能淋漓尽致地倾泻内心感情的，正面描写战争景观的表现角度——我指的当然是他的中篇小说《男儿女儿踏着硝烟》（以下简称《硝烟》）。在这部小说中，我们能闻到硝烟，能领略到惊心动魄的战斗场景，能感受到一种爱国主义精神和英雄主义气概的高扬。这一切无疑都显示了雷铎理想主义的人生态度以及逼真地把握宽阔宏大的战斗面的能力。但是过于蓬勃的激情却妨碍了作者对战争作冷静、深刻的思考：实际上，他选取的表现角度，乃至于所表现的革命英雄主义的题旨，并没有超越以前的军旅小说创作。

　　值得提及的，倒是那些零星地散见于小说中的，对置身于战争中的军人们内心深处某种隐秘情绪的描写。比如战前那种惶惑心态，杨羚和侯筱聪、鲍啸之间微妙的感情纠葛。我觉得在这部小说中已有所萌发的这些对于战争中军人性格心理的探索，正是雷铎前期小说创作所着意追求的。他的一组短篇《我的亡友们》（五篇），所采取的仍是正面描写的角度，但是战争在小说中只是作为背景存在。凸现在我们面前的，是处于生死冲突中人的种种心态：只身陷入敌阵的战士龙志泰，在昏睡中梦见大部队向敌军发起冲锋。他获救了，而且被评为"独胆英雄"。然后是荣归故里，受到整个山寨的热烈欢迎。

作者通过梦幻的描写，传达了隐藏在战士潜意识中渴求生存的欲望（《夜莺，声声唱》）。战士老杜身上有两件宝：快刀和荷包。据说，荷包里藏的是女朋友的相片。在一次战斗中老杜壮烈牺牲，人们在荷包里搜出的却是周璇的玉照。这里所揭示的，是一个老战士在爱情方面的渴求和苦恼（《快刀和荷包》）。这些篇幅虽短，但都散发着厚重的人情味。显然，作者已摒弃了那种单纯的英雄主义的眼光，开始了对军人人性的探索。这使雷锋从对战争的逼真的表层描写中退出来，走向军人的内心深处。不过，在这里我们又必须指出，雷锋这一阶段的小说创作在总体立意上仍未跳出当时同类题材的窠臼。在这批小说中，不管我们的战士内心怀有怎样的秘密怎样的欲求，最终差不多都是以鲜血和生命去证明自己英雄的品格，这是当时战争题材小说常常重复的情节模式。这种情节模式流露了作者某种潜在的创作意图：人性的描写只是为了强化英雄主义的命题。也就是说，对人性的探索，还只是局限在英雄主义的范畴内。

真正标志着雷锋的战争小说走出英雄主义表现框架的，真正显示出雷锋对战争的独特理解的，是他第二阶段即 1985 年以后的创作。其中包括他的"人生组曲"中的一些篇什以及后来陆续在《人民文学》《上海文学》发表的两组短篇《国殇》（九篇）及《战前战后平淡事》等。在这些小说中，我们能够发现雷锋审观眼光的转换。他不再纯然地以一种政治功利性的眼光去审度战争，去表现他对于战争浓烈的渲染和对于军人的英雄主义式的颂扬，而是能从社会政治的层面中超越出来，从生命的层面去观照战争，揭示战争与人的矛盾，表现战争中人性存在的真实以及战争对于军人人生的改变。从中我们能够感受到作家对于生命、生存自身的关注，感受到一种人道的情怀。

首先要提及的是雷锋到解放军艺术学院就读后创作的"人生组曲"及其他篇什，诸如《半面阿波罗》《九女湖》《月色》《糖》等。可能把雷锋这批小说完全纳入"人性"的框架是不恰当的，但我觉得雷锋的确是以一种人道的眼光去感受战争中人性的存在与缺失的。比如《半面阿波罗》，在我看来，这篇小说是他创作过程中一篇重要的转换工作。小说的主人公在战场上烧焦了半边脸。白天不愿意出门，只有趁夜间到公园散步。他在公园到处寻找座位，可是座位都被恋人们占领了。他原是想到公园散心的，而公园里男男女女亲热的情景却使他感到苦闷与孤寂。在这里作者相当含蓄地传达了一个伤残军人潜藏在内心的生命欲望以及意识到因自身的伤残此种欲望难以实现的某种失落情绪：军人也是人，因此如同一切人一样有着对于生命的种种渴望和追求，但是军人的天职是对祖国对人民的忠诚，他随时都得为国为民牺牲自己。这里存在着一种深刻的矛盾：战争与人的矛盾。雷锋在这批小说中几乎都表现了这种矛盾。而且，这种矛盾有时是以相当酷烈的形式展开的。比如他的《糖》，在小说中我们看到娃娃兵唐眯眯惨然死去。唐眯眯只有十八岁，还很孩子气，很天真，常睁着一双很亮的小鹿似的眼睛。他看起来也很像一个女孩子，有一种总需要依傍着什么的温柔。唐眯眯在战前观小组，战斗打响时排长执意不让他上前线，他实在太嫩，太不让人放心。但他执意要参加，结果转移时被地雷炸伤，血流不止而牺牲了。小说的基调是轻柔而悲怆的，使我无端地想起茹志鹃的《百合花》，想起那个在大姑娘面前显得局促不安的小通讯员。《糖》自然未能达到《百合花》的境界，但两篇小说所流露的感情态度是相同的：作者越让他们笔下的人物显出纯真和稚气，读者越发能够体会到那种美好生命遭受战争残酷毁灭而产生的一种缅怀和感伤。事实上，雷铎这批小说大都在讲述关于生命和死亡的故事，而且都是怀着一种缅怀和感伤的情绪去描写死亡，这种对死亡的感情态度使我们很容易见出雷铎前后期小说创作着眼点的迥异：前期小说也写死亡，但作者是以一种歌颂的态度去描写。他笔下的战士，或是战死疆场（如《快刀和荷包》中的老杜），或是为了救他人（如《小心眼》中的金阿牛），或是为了完成一种性格（如《班政委》中的老洪），都死得极为壮烈，也极为崇高；而"人生组曲"中，我们看到，死亡常常是偶发的，唐眯眯的死是一只野物触发了地雷（《糖》），老兵是因为喝多了喜酒骤然忘了口令被自家人打死（《雷区的歌》）……死在这里是无常的，作者对死亡也没有过度渲染，而是在不动声色的描述中，寄托作者对生命的一种淡淡的哀思。对死亡的不同感情态度显示了雷铎前后期小说叙述指向的迥异：虽然都触及人性的描写，但前期对人性的探索只是局限在英雄主义范畴内，或者说，人性的描写只是为了强化英雄主义的主调。而后期对人性的描写，却显现了作家对生命自身的关注。

假如说，在"人生组曲"等篇什中生命的视角是表现在对战争中军人人性的开掘的话，那么，在雷铎近年发表的《国殇》《战前战后平淡事》等笔记体小说中，这种生命的视角则表现为对军人现实人生的关注。战争是结束了，但那曾经发生的一切毕竟不会悄然逝去，它无时无刻不在影响、制约着曾经参与战争的人们。雷铎这批小说，所思考的是战争如何改变军人的人生，所审视的是经历了战火洗练的军人们在现实生活中的生存境遇。

我觉得，雷铎这批小说大都在重复着一种情节模式：某位战士在战场上或伤残或牺牲，而其家属或他本人在现实中却未能找到自己本来应有的位置，甚至是遭到这样或那样的冷遇。比如那位洁白如玉的女护士Y，战场上颅脑受伤，成了白痴。虽然起初对她的事迹倒是宣传了一阵子，但后来大家便都将她忘了。连她的父母，护理的时间一长，对她也不大好了（《洁白如玉》）。那位侦察参谋L，在战斗中失去了一只眼睛，一条腿。本来按照他的德才，在部队干几年后是可以和他的许多战友一样当上一个处长什么的，但他一直没有得到重用。妻子大概不愿同一个伤残人过一辈子，也和他离婚了（《玻璃眼珠》）。还有那个烈属，丈夫战死沙场本来已是沉重的打击，可是她还得承受邻居和婆婆的冷眼。丈夫生前的好友来看望，邻居便风言风语。丈夫留下一个遗腹子，生下来是个女孩，婆婆当即在灵前哭诉没有后代（《灯城》）。这些小说，如同"人生组曲"一般，已经没有前期作品对生与死、血与火的浓墨重彩的描写，没有悲壮的场面，高亢的调子。作者以一种冷峻的笔触，展示了那些经历了战火洗礼的军人或烈属们在现实中生存的艰难性，写出他们进入社会之后的烦恼、惆怅、压抑、失落。按说，造成军人悲剧性境遇的，也有现实的、历史的种种不合理的社会因素。但作者并没有表现出社会批判的意向。他只是以一种感伤的，略带忧郁的眼光去展示一个个带着残缺带着遗憾的军旅悲剧人生。让人们在这一个个的悲剧人生中去思考社会现实中种种不合理的存在，去体会战争的残酷性：战争与人的矛盾，仍然是这批小说的基本矛盾。事实上，雷铎这批小说中也有一些难以纳入这些情节模式，比如《年夜》《鸡祭》等。但即或在这些小说中，主要的也不是生者对死者的怀恋，而是由军人的悲剧命运触发的一种淡淡的，却是挥之不去的人生苍凉感和沧桑感。在这里，我们看到，尽管这批小说与先前的"人生组曲"相比艺术视点稍有变化，但我们同样能感受到作者对生命、生存的关注，感受到一种人道的关怀。

雷铎第一阶段的创作，字里行间激荡着一种不加掩饰不考虑方式的激情和冲动。而到了第二阶段，我们可以发现那种激情已被一种冷峻地审视生活的眼光所制约。他自己说过，他"希望在淡淡的文字与'感情零度参与'乃至'负参与'中，最大限度地发挥每个汉字乃至标点符号的功能"[①]。雷铎这个时期的小说确是写得更为艺术更为冷静了，他谈人论事，往往只描述生活现象，少作价值判断。但是，这些小说仍然很感染人，很让人动情。事实上，那种对于生命的感伤对于人生的慨叹是深深地浸淫于那种冷静的、不动声色的描写之中的。这种对于军旅人生的感伤和慨叹，使他的作品"笼罩着一点早期作品如《硝烟》中所没有的忧郁乃至沉重的色彩"[②]。

当然，在这里我还想指出，虽然雷铎后期小说的感情基调是忧郁苍凉的，但同时也透发着某种强劲的内在力量。他在描写死亡，而在那种对于死亡的冷峻的描写中，在那种近乎视死若无的叙述中，我们能体会到一种面对死亡的坚强和柔韧；"他是写到人的困境"，但也写到人在困境中生存的坚韧的意志力。就如 L 参谋，即使身体残疾，即使人生有诸多的失意，但他仍然没有被命运打倒，而是"用那颗玻璃眼珠淡淡地看地球，看人生"。在这里，我们

---

① 雷铎：《〈死吻〉跋》，雷铎：《死吻》，广州：新世纪出版社 1989 年版。
② 徐怀中：《〈死吻〉序》，雷铎：《死吻》，广州：新世纪出版社 1989 年版。

发现作者描写人物，已经不像从前那样以汹涌的激情去表现士兵在战争中的勇猛之姿、悲慨之气，而是以冷峻的笔调，去揭示战争中生之无常以及面对无常所表现的坚韧态度，去表现人生存在的艰辛以及面对困境所表现出来的精神力量。这一类人物描写的基本倾向，构成了雷铎这一时期小说悲而不怨、哀而不伤的基本旋律。

对生存自身的关注，的确使雷铎从前期那种英雄主义、爱国主义的表现这一相对狭小的地带中走出来，作者也因此获得了广阔的艺术视野。事实上，独特的军旅生活也是人类生活的一种形态，只不过是一种特殊的生活形态。因此，假若能从这种特殊的生活形态超越出来，揭示具有普遍意义的人生奥秘，作品就能获得哲理的品格。雷铎第一阶段包括第二阶段前期的一些作品，具有较强的抒情意味，作者很善于在作品中传达自己独特的人生体验，也很注意营造某种别致的情绪氛围。但给人的感觉是过于写实，往往拘泥于生活中的人和事。近年的创作，常能从所描写的具体人、事中超越出来，透过当代军人战争生活的描写去揭示普通人的生存处境，去感悟人生的奥秘。比如他的《绿草白碑》，写一个已经确定转业的某团副政委，在战斗打响的时候请战上阵，结果殉难疆场。倘若他转业，也许现在会活得很舒适。人生的偶然性，命运的不可捉摸在这里得到了充分的体现。同是写战争，但是作者已显示了把握人类生存普遍状态的企图。我觉得雷铎的确是有这种从特殊的战争生活入手，领悟和把握整个存在世界的企图的。因为此后不久我们又欣喜地读到他的中篇力作《战争三章》。作者以一种广阔的视野，写出人类历史一万年间的三次战争：原始时期蓝田部落的一次械斗，大明崇祯十七年（1644）江阴反清复明的大暴动和在另一个星球上的一次毁灭性战争。在小说中我们能够感受到作者对战争超越性的描写，在这里战争的描写不再是目的，目的是经由战争的洞观而重新认识人，认识人性存在的真实及人类的生存处境：人类生活在这个星球上，似乎注定要陷入无穷无尽的矛盾之中。你看，人类好战的本性诱发了战争，掠夺性的战争促进了人类文明的发展，文明的发展又最终可能导致战争毁灭人类。然后，人类有可能重新开始新的循环……小说最后写到挑起战争的地球人被射回原始时代，不也正暗示着人类正陷入也许是永恒的怪圈之中吗？在这里，我们能够看到，雷铎已经站在一个新的高度去理解和表现战争了。他已经不再是以一种狭隘的民族功利主义的眼光看待战争，也不再是仅以一种人道的眼光去表现对个体生命的感喟。他所思考的是战争与整个人类生存状态的关系。雷铎的艺术视野是越来越开阔，艺术意蕴也越来越深刻了。

要想从整体上去把握雷铎的文学创作是很困难的。他既写小说，也写报告文学，写诗，且都是著述甚丰。就他的小说创作来说，也有一部分小说取材于世俗生活，比如他的《九歌》《金婴》《校场秘闻》等。不过，比起他的战争小说来，这些世俗题材小说要稍为逊色：读起来比较生涩，且理性成分较强，缺乏生活中原生体验原生状态的东西。这大约是作家对军旅人生有切身且深刻的体验的缘故吧。当然，即或他的军旅小说，也不是没有缺憾的。比如他的作品，除了新近的《战争三章》等能把艺术的触角伸向漫长的历史时空外，其余大都缺乏一种历史的眼光，一种历史的纵深感。但是雷铎是一位有艺术才华而又能不断探索不断超越的作家，这种品格使我们坚信他能在军事文学创作上确立自己无可替代的位置。我们有理由这样期待。

（本文载《小说评论》1992 年第 4 期）

郭启宏剧作论

戏曲创作界素有"三驾马车"之说，川有魏明伦，闽有郑怀兴，京有郭启宏。其中，中年剧作家郭启宏近年佳作频出。《南唐遗事》（昆曲）获同行交口赞赏，《李白》（话剧）轰动京华，最近，他又推出力作《天之骄子》（话剧）。郭的戏剧创作，事实上已构成一种文化现象：一方面，他的剧作，在新时期历史剧创作中是独树一帜的。而更为重要的是，透过他的作品，我们能捕捉到处于文化"转型期"的当代知识分子的精神状态。正是这一点，促使我去探究郭启宏剧作的艺术个性及精神实质。

一

当代新编历史剧的创作，大致有两种模式。一是由郭沫若开创的为了现实政治斗争需要而"借古鉴今"的模式，二是以魏明伦为代表的立足于对历史进行现代诠释的倾向：在这些剧作家看来，历史不是尘封于发黄的典籍之内，而是活生生地存在于现实之中，重返历史也不是想发思古之幽情，而是为了阐释现实。当然，已往的历史剧在借助历史阐释现实方面是存在某种缺憾的："借古鉴今"会因为过于急功近利的态度妨碍了审美的追求，而仅仅满足于对历史进行现代诠释又往往会以稀释历史的厚度作为代价。而郭启宏在这方面就处理得比较好。他是借助历史以思考现实，但他的剧作却散发着幽深的历史感和浓郁的人生况味。这主要是因为作家找到一个观照历史的独特视角：他不是以政治或道德的眼光去审视历史，而是将历史置于广阔的文化视野、置于人的生命活动的层次之中，换句话说，他把历史文化人生化了。

先谈文化视角。从司马迁（京剧《司马迁》）到李煜（《南唐遗事》）、王安石（京剧《王安石》）、李白（《李白》）、曹植（《天之骄子》），我们可以发现，郭启宏的剧作大多是把历史的聚焦点定格在中国文人身上。这一选择

本身是耐人寻味的：对于中国知识分子来说，他们既是民族文化价值体系的
创造者，也是民族文化的主要承载者，他们的人格无疑集结了民族的文化理
想——正如我们所料想的，郭启宏的确是以文化的眼光审视着这些文化人。
他的剧作所关注的，正是这些历代的文人文化人格的构成，以及他们在动荡
的历史变迁中的生存方式、生存境遇。而当郭启宏企图探究民族文化对这批
知识精英性格的铸造及命运的制约时，他却发现了这个古老民族文化人格的
复杂性——其中的悖谬已使这些文化精英陷于几乎是无可摆脱的心灵的两难
和命运的悲剧之中：儒家"内圣外王"的理想追求一方面培养了历代知识分
子以天下为己任的责任感，孔子就讲过，"士志于道"，曾参也讲过，"士不可
以无弘毅，任重而道远"。怀着这种责任，历代知识分子都积极从事政治活
动，以求将自己所持之"道"普泽天下；另一方面，孔子及后来的儒生们认
定"道"高于"势"，常据"道"议政，无疑又使自己处于与专制王权相对
立的位置，这就注定了"士"多舛的命运。在这种情况下，"士"本来可以
遵守穷独达兼的处世原则，但是，事实上修齐治平已是知识分子赖以支撑的
精神支柱，即使退隐，也难以割舍内心深处的社会责任感。因此，历代的知
识精英就常常在仕与隐、兼济与独善之间痛苦徘徊：郭启宏剧作的深刻之处，
就在于展现了中国古代知识分子这种几近宿命的悲剧命运，以及他们在两难
境地中灵魂的呼号与挣扎。比如李白，人们历来认为太白飘然，郭启宏却发
现了李白身上强烈的人世精神以及由此导致的窘迫人生："李白的大幸在于他
清醒地认识到'达则兼济天下，穷则独善其身'，他的大不幸在于'达'不
能兼济，'穷'不甘独善，于是，他使自己在'入世'与'出世'的矛盾冲
突中度过了六十二个春秋。"① 于是，我们在《李白》中，看到的再不仅仅是
一个超然物外、飘逸潇洒的大诗人，同时也是一个胸怀济世之志，却命途多
舛、悲患忧戚，终身抑郁不得志的封建文人。对于观众来说，这自然是一个
既熟悉又陌生的艺术形象，但正是这种陌生化的处理，使我们洞见了李白作
为一个封建文人，被那诗人的飘逸的外表所遮盖的内心的矛盾性和复杂性。
郭启宏写曹植（《天之骄子》），也是把他置于仕与隐、出与人的两难境地中。
曹植才华横溢，文采斐然，人称"绣虎"。可是曹植追求的，恰恰不是为诗作
文这不朽之盛事，而是建功立业的政治理想。只是在曹丕登基，"立功"无望
之后，才退而求"立言"。后来曹彰准备联合曹植夺曹丕的皇位，马上又激起
了曹植兼济天下的欲望。和李白一样，曹植只适合于为文作赋，却又难以割
舍修齐治平的政治抱负。这正是他的悲剧所在：郭启宏是非常深刻地意识到
这批文人从政议政的悲剧性的，他们只讲公道，不讲权术，他们往往是以诗
人的赤诚和良知去应对复杂险恶的时世：司马迁明知圣上旨意，仍执公道为

---

① 郭启宏：《太白飘然乎》，《新晚报》，1992 年 1 月 12 日。

李陵辩护，致有宫刑之灾。李煜以良善之诗心去面对权变狡诈的赵匡胤，最后只能当上亡国之君。李白才高八斗，在政治上却天真如幼子，他单纯、坦荡，乃至不识李磷谋逆之奸，他以朋友的挚诚对待阴险的惠仲明，最终被惠仲明诬陷。曹植想继父王之基业，但他那表里如一、赤诚善良的品格决定了他必败于工于心计的兄长手中。郭启宏以一种非常复杂的心情关注着这些文人的坎坷仕途、尴尬处境、苦难命运。从他的描写中，一方面我们能够感受到中国文人以天下为己任的，积极进取甚至是"知其不可而为之"的人文精神，感受到他们身上洋溢着的正气、骨气、豪气。而这些，正是我们这个民族之所以能够生生不息的精神源泉。另一方面，我们又仿佛能够听到作者沉郁的慨叹，这些历代的知识精英，他们本来可以在更大的意义上统领特定时代的民族精神，却因为执意求仕而成为封建专制机器中一个任意装配的零件，这就不能不给他们的人生带来圈限；应该说，郭启宏在他的剧作中，不仅表现了他对这些"士"的命运的深深的理解、关注和同情，也表现了他清醒的理性思考，特别是在近作《天之骄子》中，这种理性的特征更为明显。在剧作的结尾，我们看到，作者也借曹操之口揭示了一种对于人生定位的深刻哲理："可以作梁的作梁，可以作柱的作柱，不能作梁作柱的当柴烧！"对于知识分子来说，更重要的是明了自身的价值和位置，这应该是作者透过历代文人的悲剧命运所做的深刻思考，这种理性的思考，使剧作也表现了与以往不同的风格：《司马迁》表露的是一种受压抑的悲愤；《南唐遗事》《李白》显现的是一种无奈和失落的悲凉、而《天之骄子》是冷峻清朗的格调。至此，也可以说，郭启宏的剧作已构成一个独立而完整的系统。

克罗齐曾经说过，"只有对现实生活产生兴趣才能进而促使人们去研究以往的兴趣，所以，这个以往的事实不是符合以往的兴趣，而是符合当前的兴趣……"[①] 郭启宏的剧作那样执着地去表现历代知识精英的失落心态及悲剧命运并非偶然，应该说，是知识在当代的命运促使郭启宏去借助历史思考现实：中国的知识分子在 20 世纪 80 年代初期曾经扮演过启蒙者的光彩耀人的角色，那时候人们需要真理，需要探求真理的勇气。但是，随后一批精英在政治上的迷误使他们在现实的地位开始下降，特别是 80 年代后期，随着经济大潮的冲击，价值观念的更新，围绕着启蒙者的民众渐次离去，知识分子被迫撤离启蒙的中心位置，孤独、失落的情绪弥漫着知识界。我想，也正是这种现实的状况促使郭启宏去关注并思考古代知识分子的历史命运吧。他在剧作中所表现的"士"的悲剧命运，其实是有当代意味的，他的作品所透发出来的悲凉的人生感，其实是融入了自身对现实人生的体验的，而他透过文人几千年的无奈所做的对于人生定位的思考，对于当代的"士"们也应该是不无启发的吧。

---

① 克罗齐：《历史与编年史》，《现代西方历史哲学译文集》，上海：上海译文出版社 1984 年版。

二

郭启宏剧作的另一个重要特点，是他很善于赋予历史人物一种生命实感。对人物的简单化概念化描写，一直是当代文学一个致命的弱点。这个弱点在其新时期的小说创作中已逐渐得到克服，但在戏剧界，似乎没有大的改观。郭启宏曾专门撰文抨击这种现象，指出必须以宽容的态度对待笔下的人物。①他自己的剧作，也很注意做到这一点。他写司马迁、李白、李煜、曹植，他们的躯体已经属于历史，已经定格在特定的时空中，而作者却能鲜活地还原他们的生命实感。这主要是作者做到以下两点：

其一，超越个人情感，以一种探索人类共性的博大胸怀揭示人性的丰富性、复杂性。他的剧作很少有大智大勇大奸大恶之形象，往往是多侧面、多层次地展开历史人物行动、心理的丰富性。比如他写李白，李白既超凡脱俗，也有热衷功名仕途的世俗一面；既显示了"腰间有傲骨，屈身不能"的伟岸，也流露出对永王阿谀奉承的媚态；既有包容天下的雄心壮志，一旦于现实碰壁却又马上显出英雄末路的消沉落寞。而所有这些，包括他的缺点和不足，又都坦荡赤诚地展现在你的面前，透明得让你一眼能够看穿——这才是历史上鲜活真切的那一个李白。当然，在郭启宏剧作的所有人物中，我认为写得最好的还是曹丕。换成另一个作家，可能会把曹丕写成一个奸诈险恶的帝王，但是郭启宏没有这样简单处理，而是揭示了人物内心深藏着的亲情与权力的矛盾：他害怕曹植夺去皇位，甚至想杀害曹植。而当他到曹植的封地看到荒芜破败的景象，看到昔日风流倜傥的弟弟如此颓唐消沉，内心深藏的亲情顿时勃发，跪在地上真诚地向曹植忏悔。这样的描写使我们看到一个具有人性的真实的帝王形象。郭启宏在《我写〈天之骄子〉》②中交代过他写曹丕，得益于《三国志》的一行记载曹丕东征后"幸植宫，增户五百"的文字，但问题是，为什么作者能从这只言片语发现曹丕内心深藏着的人性？为什么能因此写出一个富于人性魅力的帝王形象？我觉得，关键在于，郭启宏能以一个文学家博大的胸怀、诗性的眼光去感受历史，去构造人物。郭启宏曾经说过一段耐人寻味的话："对于目光如炬、洞烛幽微的史剧作家来说，编年纪事中语焉不详的暧昧之处，那些令史家举笔踌躇的缝隙和断裂，恰恰是史剧作家驱驰想象、挥毫泼墨的广阔天地。"我觉得这段话用以说明郭启宏为什么能写出一个具有人性魅力的帝王形象，是再好不过了。作家要写人物，不只是需要技巧，更重要的是超越个人情感的宽容意识和诗性的文学眼光。

① 见《光明日报》1988 年 11 月 27 日。
② 郭启宏：《我写〈天之骄子〉》，《大舞台》1995 年第 3 期。

其二，作家善于把人物置于两难境地，在人物内心深处的迟疑犹豫中写出性格的深度。郭启宏的剧作，特别是后期的作品，几乎每一部都写得很精彩，都有能见出性格魅力的段落。在这些段落中，作者总是把人物逼入两难的境地，让人物展开心灵的矛盾和冲突：在《司马迁》中，最具性格魅力的片段是司马迁受宫刑之后内心的矛盾，那种在生与死之间的两难抉择。在《南唐遗事》中，写得最精彩的是周玉英被赵匡胤胁迫进宫陪酒之时李煜内心的痛苦。他明知玉英进宫必受辱，又无能力保护妻子，只能慨叹上苍何以安排他生在帝王之家，他盼玉英能早点回宫，可是当玉英回宫时他又因羞愧迟疑着不敢上前见她——我们从他的犹豫中就可以感受到一个无能力改变命运的懦弱文人内心深处痛苦的撕扯。在《李白》《天之骄子》中，这样的片段并不少见。这种描写方法可能受到莎士比亚剧作的影响。当然，必须指出，虽然郭启宏注意到在两难的境地中挖掘人物性格的深度，但是，不少人物的描写，还未触及人物的深层心理。这也是郭启宏剧作的不足之处吧。

在史家的笔下，历史人物往往已舍弃了血肉，只是某种观念的符号。对于作家来说，他写历史人物，就必须以诗性的眼光、心灵的激情去重新激活历史人物，还原历史人物的活生生的生命实感。我觉得，郭启宏在写历史人物时就融入了生命激情和人生体验，因此在阅读他的剧本时，我们常常能触摸到历史生命的温热感。

上面我们探讨了郭启宏剧作的特征。应该说，郭启宏的剧作，已构成了一个完整的艺术世界。在这个世界中，作者通过对历代知识精英的灵魂构成及悲剧命运的探求，建构了冷峻而热切、洋溢着生命激情又凝结着理性品格的主体形象。在当代剧作家中，能拥有一个独立而完整的艺术世界，又有如此开阔的视野，较为少见。郭启宏正处于文学创作的巅峰状态，我们期待着他更为丰硕的成果。

（本文载《韩山师范学院学报》1995 年第 1 期）

李前忠小说创作论

李前忠从 20 世纪 50 年代中期便开始了他的文学创作。几十年间,潮涨潮退,花开花落。他在文坛上至少经受了几次大的冲击:"反右""文革"期间政治对文艺的重压,以及始于 20 世纪 80 年代后期的商品经济大潮对文坛的挑战。而李前忠,一直以近乎虔诚的态度去对待文学,坚持他的文学创作。我想,若不是他把文学当作自己的精神家园,当作生命的一种存在形式,是断难这样坚持的。当然,对于李前忠来说,更为重要的是,在几十年的苦心经营中,他已形成了自己的创作个性。这对于一个作家来说,才是至关重要的。

一个有自己风格特色的作家,他的作品中一定是站立着一个以作家世界观和文化观熔铸而成的有形或无形的"人物"。事实上,在李前忠的小说中,我们已分明感受到一个乡镇文化人的形象,尽管李前忠后来已由一个乡镇文化工作者转化为城市的知识分子,但是,农村的出身,以及长期在基层从事文化工作,这一切就注定了李前忠在骨子里是一个深受乡村文化影响的,未脱农民善良、质朴气质,又带着知识分子睿智和傲骨的乡镇文化人。确认这一点是相当重要的,我们将会看到,当时新式的世界观、文学观如何经由这乡镇文化的改造而化为李前忠独特的文学风采,而李前忠的文学个性,在根本上也是因为作者是从乡镇文化人这一特定的叙述视角去观照、描写生活的。

一

在李前忠几十年的小说创作中,我们并未看到他写过一篇闲适的美文,即使在经历了人生的风霜雨雪之后,他也没有像有的作家那样拉开与时代、生活的距离去话人生、叹世情。他的小说,或讴歌生活,或针砭时弊,都是贴紧现实之作,正如评论家黄培亮指出的那样,体现了强烈的社会责任感。

李前忠之所以固执于文学须反映、参与生活的观念，一方面是当他刚刚闯入文坛的时候，正值这种文学观念得以提倡并流行于世。另一方面也是因这种文学观念刚好契合了李前忠自幼于乡间耳濡目染而后又积淀在他脑海中的乡镇文化：一种经过乡村实际改造，已民间化了的儒家文化。这种文化的真义就是入世务实，而绝少超脱和出世。我想，只有看到这一点，才能理解为什么参与现实的文学观念一旦被李前忠接受，便会"落地生根"。

李前忠强烈的社会责任感，既表现为对生活的礼赞，也表现为对现实的干预。他"文革"前后至 20 世纪 80 年代中期的小说创作，多是以质朴明快的笔调去讴歌时代和人不同凡响的美质。而且，李前忠分明是着眼于以政治的角度去审视社会生活的：他六七十年代的小说，往往未能超脱当时很流行的配合政治任务的格式，即使是备受名家好评的《落地生根》也不例外。而 80 年代初的《三请女婿》《阿旺请戏》《出嫁前夕》等，实际都触及一个共同的主题：政治的变革如何给农村生活、给农民命运带来新的变化。仅仅是站在政治的层面去把握社会生活，自然使小说的文化层次肤浅化了。但是，李前忠这一时期的小说，仍然有着吸引人的魅力。首先，是选材角度的巧妙新颖。虽然作者的着眼点在政治，但他又很善于选取以富于地方风味的题材去构造他的艺术世界。他是一个乡镇文化人，对乡里民俗、地方掌故自然谙熟于胸，他的小说，往往就是通过这些风俗人情的描写，揭示时代的变迁。比如，"请女婿"是潮州人特有的礼俗，作者却于此写出农村几十年历史命运（《三请女婿》）。看潮戏是潮州人的癖好，作者抓住这一癖好揭示政治的变革给农民生活带来的变化（《阿旺请戏》）。由于作者所描写的生活散发着浓郁的地域文化气味，作品也就显现了独有的地方风采。其次，李前忠这个时期的一些小说，并不像当时的许多作家，仅仅满足于描写外在的社会变动。而是能够透过生活的表层，揭示这种外在的社会变动对人们心理的冲击和牵动，细腻地描摹出由这种冲击、牵动而产生的微妙的感情波动。这方面最突出的例子自然是获得 1983 年广东省新人新作奖的《出嫁前夕》。小说以女主人公杏花出嫁前的几小时作为情节的时间框架，细腻地展示出姑娘微妙复杂的心理活动。对于一个农村姑娘来说，出嫁意味着把自己的命运维系在丈夫身上，因此，当婚期越来越向她逼近的时候，杏花有点忐忑不安、惶恐。但是当听到兄嫂诉说对美满婚姻的期待，对过去恋爱历程的回味，她渐渐消除思想负担：爱人是一个诚实能干的男人，更重要的是，改革开放已预示着夫家美好的前景。于是，充溢杏花心头的，是对未来婚姻生活的憧憬和自信。这篇小说的成功，主要在于作家能敏锐地捕捉到政治改革在一个新嫁娘身上引起的微妙心理波动。而在我看来，作家这个时期的另一篇小说《梧桐树下》，在反映农村社会生活上则要更为深刻些。小说写活了一个老农民"老讲究"。"老讲究"有着潮州人独特的性格气质：表面上很精明而实际又很保守。如果说这种性格曾使他在"大跃进"期间避免了一场经济损失的话，在改革开放的年代无疑却成为一件包袱。当然，"老讲究"后来终于看清了形势，不但支持儿子跑生意，自己还开起一间杂货店。这篇小说在描写上虽不及《出嫁前夕》那样细腻、精致，但对生活的把握更为深刻：他写出了政治变革对地域固有文化心态的冲击。

李前忠后期（现阶段）的创作，从小说的主题到基调，都发生了很大的变化。他不再像以前那样，以一种单纯、诗意的眼光去观照生活，而是以深沉的眼光穿透生活的表象，写出生活复杂严峻的一面：他的社会责任感，在前期表现为对生活热切的讴歌，在后期则深化为对现实弊端的反思和揭露，这种反思和揭露，又分明带着李前忠作为乡镇文化人质朴的眼光和意识：长期在基层工作，使他对生活在底层的民众有更充分的认识和理解，对他们的疾苦有着更强烈的感受。因此，他没有前卫作家的贵族意识，相反，支配着他审视、评价生活的，是一种强烈的平民意识。这样，我们就不难理解他后期的创作，为什么对干群关系，对官僚主义，对特权意识会那么敏感，他后期几乎所有的小说，都触及这一母题：《水的困扰》揭露一个领导干部官僚主义作风给城建工作带来的恶果。《凤美村志纪实》刻画了某个县里一个部（科）级干部为了能成为史志记载的村里最先入党的党员而不惜篡改历史的以权谋私的不正心术。当然，写得最为精彩的还是《曹局长的钥匙》。曹是机械局局长，他有一个癖好：收藏、把玩钥匙。他随身系着一串共49把的各式各样的钥匙，他把这串钥匙玩得烂熟，要用哪一把，顺手一摸就能准确地取出。他整天陶醉在这串钥匙中，他觉得这是享用时光、修身养性的最好办法，这种迷醉甚至到了将它视为生命的程度。这里，作家抓住了人物的似乎难以理解的癖好，活画出一个明哲保身的官僚的灵魂：他的癖好流露出他极强的私欲和对工作的厌倦淡漠；而他的痴迷，正好表明他对自身弊端的麻木不仁。而评论界并未曾注意到李前忠的这篇小说，我认为它在把握生活、刻画人物上是达到了相当深度的。

还须提及的是李前忠这批小说抨击生活的情感态度，不是嬉笑怒骂，穷追猛打，而是一种不温不火、不辛不辣，甚至略带轻松幽默的反讽。这种反讽，含着几分超脱、几分蔑视。说超脱，不是那种置身现实之外的冷漠，而是一个经历了人生风风雨雨因而已洞明世事的中年知识分子对现实的透彻和睿智；说蔑视，是其体现了一个乡镇知识分子深藏不露的傲骨。李前忠写得相当冷静也相当含蓄。

虽然不能说李前忠后期的创作就没有缺陷。仅仅立足于揭露某个问题，某种现象，就必须影响到反映生活的深广度，但比起以前，他的思考更为深刻，笔调也更加老到了。

这就是我们在李前忠的作品中感受到的那个站立着的形象，一个积极入世又有点睿智，未脱农民善良、质朴而又保持知识分子傲骨的乡镇文化人形象，李前忠就是站在这样的角度去审度生活，去为现实而歌而泣，他的艺术个性，他的创作的得与失，都可在这里寻到根底。

二

李前忠的小说创作，几十年来始终不渝地坚持着传统现实主义的旗帜。也许，在创作方法、表现手段变幻无穷的当今文坛，李前忠仍然固守已有的文学格局是多少有点落伍了。但我认为，创作方法本来就没有先进与落后之分，现实主义于今仍显示着强盛的生命力就有力地证明了这一点。另外，对作家来说，重要的似乎不是追逐时髦，而是选择最契合自己个性的文学样式。这样，我们就能理解李前忠为什么并不热心追求西方现代小说的表现方法：我一直认为现实主义首先是对生活的一种精神和态度，一种直面现实人生的精神和态度，这种精神和态度与李前忠作为一个乡镇文化人入世务实的人生观应该说具有某种内在的联系。

所以，李前忠小说的风格，自然是笃实而绝少空灵。他追求的不是人性的深度，不是形而上的哲理境界，而是对生活真实而深刻的描摹。他的小说有较强的生活实感，在阅读时，总有一种被拉向现实生活的感觉。如读《凤美村志纪实》，我就难以忘怀其中一个细节：当组织部长下乡找林老确调查林腾飞真实出生时间时，林老确忙把老伴支开："你去守门，不准外人进来，这是我们党里的正经事。"一个动作一句话，便逼真地写出一个长期被人遗忘的老党员一旦被党信任的激动心态，写出一个几乎混同于普通农民那种夹杂着泥土气息的严明党性。李前忠的小说不少着眼于表现政治，由于作者能从生活出发，便能写出生活趣味、生活实感，写出一种甚至带着农民粗俗习性（如《出嫁前夕》写杏花兄嫂偷偷在厨房调笑斗嘴的细节）的原汤原汁的生活真实。不但如此，由于作者忠于生活，他甚至能透过生活表层写出深层的地域文化心理，一种潮州人特有的文化心理：粤东潮州语系地域有相对独立的地理环境和语言界域，少与中原文化交流，于历史传承下来的封建意识也就少受到外来新思潮的冲击。潮州地带又有较长的海岸线，很早就兴起商贸往来。这样，潮州人实际就承受着封建意识和商业意识的双重浸润，形成灵巧和愚昧、精明和保守的双重性格。我们在"老讲究"（《梧桐树下》）、方奇士（《老来富足》）等人物形象上就能感受到潮州人特有的性格气质。也许，李前忠并未有这种地域文化的自觉意识，只因生活原本就渗透着这种文化意识，他忠实地描写生活，自然能深刻地揭示这种文化意蕴。

李前忠的小说，使用的是比较传统的现实主义的表现手法。但是，将他前后期的小说作比较，又可看出一些变化。比如在情节的构造上，前期的小说很重视故事性，重视情节的奇巧，往往借助戏剧化事件推进情节，表现主题，即使是写得相当细腻的《出嫁前夕》，也安排了杏花和陈向生一落水一救人的巧合。后期的小说，就不再倚仗偶然性事件，甚至一般不展现情节的全过程。他多是采用"横断面"的写法，只选取其中最富表现力的情节片段，刻画人物，表现主题。比如《凤美村志纪实》，用篡改史志的一个生活片段便生动地表现了林老确淡泊功利和林腾飞以权谋私的不正心术。这种"横断面"的写法，使李前忠后期的小说显得简洁、平实。另外，在人物塑造上，前期的小说也注意运用生活气息浓厚的细节塑造人物性格，但人物个性并不很突出。后期的小说，人物大多呈现鲜活的个性。这里关键在于作者善于找到人物内心的痴迷点，写出人物心灵的奥秘：在《曹局长的钥匙》中，他抓住曹局长对钥匙几乎不可理解的痴迷，揭示了支配着这种癖好的明哲保身的私欲。在《明天进山去》中，作者也写出了颜部长身上的痴迷点，即对战争岁月联结着军民情谊的 42 支竹片的迷恋，为了不至于丢失，他甚至把这些竹片珍藏在枕头里。这种迷恋，映现的是颜部长当官不忘百姓的赤子之心。后期的其他小说，诸如《猫魂》《淡淡的哀愁》等，都有类似的特点。事实上，一个人，正如高尔基所说，总有他的私欲和幻想。而当人过分专注于这种私欲和幻想，便会形成甚至是不合情理的对私欲或与此相关事物的执癖和迷恋。只有抓住人物的这一痴迷点，才能揭示人物的心灵秘密，也才能体现人物的个性。李前忠笔下人物之所以个性鲜活，就是因为他找到人物塑造的这一奥秘。他掌握的武器确是比较传统的，但他的技巧又越来越娴熟了。

花城出版社推出李前忠个人小说集《落地生根》，这该是李前忠几十年小说创作的一个总结吧。其实，对于一个有自己个性的，能把自己对现实人生的思考和体验投注在描写对象上的作家，他的一本集子，同时也是一段人生的总结，李前忠这本小说集也不例外。

（本文载《韩山师范学院学报》1994 年第 1 期）

潮汕新时期长篇小说创作评论

郭启宏《潮人》：一部富于地方风味的力作

　　潮汕曾经为中国新文学贡献了不少著名作家，远的如洪灵菲、戴平万、冯铿，近的有碧野、秦牧等。但细细检讨一番，潮汕可有在新文学史上留下一部富于地方文化特色而又较为厚重的长篇小说？20世纪60年代，王杏元有一部对于潮汕新文学史具有里程碑意义的《绿竹村风云》，只可惜由于时代的局限未能对地域文化作更深刻的挖掘。而《潮人》，我以为是继《绿竹村风云》之后一部既能深刻反映潮汕历史变迁、现实风貌而又富于地方文化风味的长篇力作。下面我拟从几个方面着手探讨这部长篇小说。

　　先谈《潮人》的艺术构思。我以为这部小说在艺术构思上最大的特点是：寓政治风云于风俗人情之中，借人物命运演出时代变迁。《潮人》的情节框架是由两种关系构建起来的，一种是横向展开的关系，这指的是陈、林、蔡三个家族以及其他相关人物之间的感情冲突、恩怨纠葛，比如林家父子富于政治意味的矛盾冲突，陈奇木与杨碧君、蔡怒子与陈奇兰、林海文与林家姐妹之间的感情纠葛等。我发现作者在展开小说的横向关系的时候，用笔非常细腻，节奏也比较舒缓。郭启宏的戏剧创作往往触及文化人的生存空间，却不知这番写起市井世态风情来却特别鲜活。在小说中，人物的纠葛自然地带出民俗风情，政治斗争及人物关系的紧张气氛常常消弭在诸如"烧瓦塔"的游戏和悠扬委婉的潮剧曲乐声中。这样一张一弛，显得从容不迫。另一种关系是情节纵向发展的关系。在这部小说中，我以为推动情节发展的主要是两种力量，一是历史顺时序的自然推演，二是主人公陈奇木的命运遭际及性格发展。在小说中，我们可以看到，其他各式各样的人物在历史的舞台上是以被动者的姿态存活着的，他们的人生和人性都在历史的压抑下扭曲、挣扎着，而陈奇木是个例外，他的生命总能挣脱这种压制向前伸展，而且社会的每一次弹压似乎都只能引发他灵魂的向上提升。显然，作者是要把陈奇木作为一个理想人物去塑造的，在本书的"后记"中，作者把潮人精神概括为一句潮州俗语"欲拼正会赢"，我想他也是把陈奇木当作这一精神的载体去塑造的。不过，在我看来，用"欲拼正会赢"难以完全概括陈奇木的人格内涵。在小说中，我们看到，无论命运把他抛弃到哪里，他都能在哪里抓住机会，然后东山再起，这种正视现实和人生的务实态度，也是潮人精神的一个方面吧。我想，《潮人》的地方文化韵味，不仅体现在风物习俗的描写上，更体现在地方文化精神的挖掘上，对地域的文化构成来说，文化精神应该是更为深层的东西。

接下来再谈谈作家的叙事态度。叙事态度，说穿了就是作家在小说创作的艺术建构过程中，是以什么样的观点、立场、态度去进行叙事的。读《潮人》，更证实了我以前对郭启宏的判断，郭启宏既是一位富有饱满激情的诗人，又是一位对世界对人生有独到的思考和体悟的智者。在这部小说中，他的诗心就体现在对人生纯真状态的饱含激情的礼赞和对历史重压下人性和人生受到践踏和毁灭的悲悯关注上。这里我想提一下小说的爱情描写，比如陈奇木和杨碧君离别前在乱坟堆相会的情景，杨碧君边高声呼叫边拥抱奇木的超出常态的言行，让人体味到爱情那种惊心动魄的力量。小说还有一个让人唏嘘不已的人生片段，即黄小符的婚姻悲剧，当我们看到一个少女把自己的欲望压抑得了无痕迹，并平静如水地接受了历史和命运给予她的苦难时，我们确实感受到一种悲怆的命运感。当然，我们也在小说中领悟到一个智者对人生世相的透彻理解。这主要体现在作者反观历史的超脱眼光下，体现在他对历史的冷峻剖析上，也体现在他对历史的重压下人性的倾斜和沉沦的悲悯与宽恕的态度上。

最后谈谈小说的几点不足。其一是主人公陈奇木的塑造多少有点理念化，作者表现了一种人格力量，但血肉不够丰满。其二是作品语言的单一化，作品中的人物语言只是为作家的叙述而存在，作家的叙述和人物的表白甚至对话，看不出太大的区别。

陈海阳《途中》：社会剖析小说的继承与发展

　　《途中》是陈海阳的第一部长篇小说。坦率地说，在作者开始写作这部小说的时候，我是持怀疑态度的。长篇小说需要作者对社会历史有较为深广的把握和概括，需要作者具备一种把纷繁复杂、散乱无章的社会生活整合成一个独立而完整的艺术世界的能力。许多作家就是因为缺乏充分的艺术准备贸然出手终于形成败笔。但是，阅读这部小说之后，令我惊喜的是，摆在我面前的是一部略显粗糙却又格局恢宏的长篇小说，它的出现标志着作者的艺术水准又提升了一个层次。

　　《途中》是属于现实主义的。在我看来，现实主义与现代主义一个重要的区别是：现实主义关注外部社会存在，现代主义关注人的精神存在。当然，现实主义小说又有多种模式，《途中》属于哪种模式呢？作者曾经谈及小说的创作构思，就是反映20世纪90年代初中国改革开放迈不开步子"这个特殊时期各类人物的思想观念、价值取向、道德标准及生存环境的变化与重构"，这种通过社会各阶层人物及其关系的描写去反映社会历史的变动和社会思想意识特征的小说通常被称作"社会剖析小说"，社会剖析小说起源于茅盾的《子夜》，并在新中国成立后的"十七年"长篇创作中成为一种占主导地位的创作模式，诸如《创业史》就是承继了这种模式。但是在新时期之后，这种写作模式渐趋式微了，当我阅读《途中》的时候，我的惊喜一方面是因为看到这种久违了的小说模式的重现，另一方面是因为小说对原来的创作模式已有所改造和突破。

一

　　一般地说，社会剖析小说追求外部社会表现的广阔性，所以，往往选择各阶层人物作为典型去塑造。《途中》以20世纪90年代初改革开放遇到阻力步履艰难为时代背景，描写了不同社会阶层的几个人物各自对于时代和人生的选择。这些人物，有作为政界代表的清州县县委书记李伟和县长林祥坤；有作为商界代表的私营企业家林扬和高成发；有作为文坛代表的刘忠诚和林大河等。先看第一组人物，李伟显然是注入作者理想化倾向的一个官员代表。李伟不仅为官正派、清廉，更主要的是有较为开放的思想和远见卓识，许多人把私营业主和个体户视为资产阶级自由化的根源，他却视之为中国经济发展中的新生力量；为了发展清州经济，他主张把清州湾的一片荒滩租借给外商开发旅游度假区，为此招来"丧权辱国"的非议。作为政治对手的县长林祥坤，则是一个观念保守又懂得玩弄权术的官场老手。为了捞取政治资本，他不顾财政紧缺和重复建设，引进意大利瓷砖生产线，建瓷砖厂，并通过加大税收弥补资金缺口。当不堪重负的商贩和教师愤而示威时，他又阴险地把责任推到李伟身上，挑唆群众与李伟之间的矛盾，使李伟在清州陷入孤立的境地。小说的结尾，李伟奉命到党校学习，他的政治命运被笼罩在一片阴影之中。在这部小说中，李伟和林祥坤的矛盾冲突着墨不多，却勾勒出整个时代背景，展示着改革开放的步履维艰。

再看高成发和林扬。高成发原是一个农民，也有着生意人的勤劳和精明。起初，靠承包大队的服装加工厂掘得第一桶金，后来又把工厂开到清州城做外商、来料加工生意。但是，市场竞争激烈之后，高成发作为农民的弱点就暴露无遗，他眼光短浅，观念陈旧。他只是雇用乡里亲戚辅助管理，不懂聘用高级管理人才；不懂更新设备、技术，也不懂开拓多条销售渠道。最终因为海湾战争爆发，货运受阻，货款被骗，企业破产而自杀。这是一个令人慨叹的悲剧人物，一个曾经走在时代前面却又最终被时代淘汰的悲剧人物。另一个人物林扬就不同了。林扬也是白手起家的，有一般生意人的勤劳和精明。但是，在他的身上又可以看到一般私营业主所没有的禀性和气质。比如他有清醒的政治头脑，在私营业主的地位尚未被社会认同的时候，他就坚定地认为中国的改革不可逆转，而社会经济的发展必定需要私营企业的补充和支撑。这种清醒的政治头脑使他常常能走在时代的前面。又比如他有不断超越自我的人格力量。他靠贩卖青菜等起家，后来做起陶瓷贸易，当贸易生意竞争激烈的时候，他又筹借资金网罗人才开办陶瓷厂，走工贸结合的道路。在获知台湾一家大企业要在清州设厂并招聘副总经理时，他又想把工厂交给儿子自己竭力争夺这个职位，他想打进外商企业学习他们的管理和技术以后壮大自己的企业。在林扬的事业发展过程中，我们可以看到他那种敢于不断挑战、冒险的性格，借用小说另一个人物对林扬的评价："他的奋斗已超越了只争物质上的得失，也想获取人格上的独立和能力，追求一种无止境的精神满足。"正是这"追求一种无止境的精神满足"使这个人物充溢着光辉。林扬显见是作者用心刻画的，也是倾注了作者理想的一个新时代私营企业家形象。从现在看来，这个人物的塑造虽没有达到典型的高度，但无疑是比较成功的，我想这得益于作者的两副笔墨，即原生态的描写和理想化描写的交织。他身上有私营业主在资本积累初期的贪婪和野性，他对工人是吝啬的，常常延长工时而不付工钱，工厂效益不好时就毫不客气地裁员；但他又不是那种有心计有阴毒之气的人，他养情妇，但又不是那种贪图欲望满足的人，他的身上没有那种精神疲弱或萎靡的气质。他不断挑战自我的性格使他成为一个充满生命活力的人物，他把这种生命活力都倾注在他的事业之中了。而正是这种跳荡着的生命活力掩盖了他身上的劣质，使这一形象充满了吸引人的魅力。我想林扬这一形象的塑造是这部小说的一大亮点，尽管这个人物的塑造多少有点概念化的毛病，作家应该多在细腻的行为描写中刻画人物，但是，至少在我的阅读视野之中，还没有见到这样一位真实而又鲜活的私营企业家的形象。在此前的小说中，或者对私营企业主的描写过于理想化，或者过于漫画化，更重要的是不能揭示出改革开放初期这一类人身上勃发的上进、开拓的精神和野心。而从林扬身上我们可以看到两种私营企业家，一种是在激烈的市场竞争中黯然退场，留给我们一个悲壮的背影；一种则是紧紧抓住时代脉搏，野心勃勃地走向未来。

另一组人物是刘忠诚和林大河。刘忠诚是县文化馆剧作家，剧作曾获文化部群星奖。他的生活境遇却很窘迫，一家三口挤住在妻子学校十二平方米的宿舍中，甚至在一次大雨后山石把小屋子砸塌了，只能借住在办公室，但是刘忠诚身上有一种可贵的品质：执着。他不会因为清贫而放弃文学另谋高就，他宁可放弃让自己的剧作上演的机会，也不容许导演篡改自己的作品，他最后之所以跑往深圳是因为在清州感到缺乏自由的机制和空气。他在越来越世俗化的社会中坚持着纯文学的大旗，那种不向现实妥协的品格让人感动不已。而作为清州文联主席的林大河就不同了，他已出版了七八本小说、散文集，在文坛上小有名气，但终究抵挡不住世俗生活的诱惑。他嫌文联太清贫，想调往待遇较好的华侨信托投资公司，他有意识地引诱崇拜他的文学青年刘招弟投入自己的怀抱并和她保持着不正当的关系……在他的身上，已不是精神的原则而是物欲的享乐原则支配着他。在《途中》，林大河是作者着墨较多而且也写得比较成功的又一个人物。作者发挥他所擅长的心理分析的手法，把他被挤出社会中心处于边缘之后的卑微和失落，把他长期受压抑因而对于"物质"急切占有的微妙心态非常细腻地描写了出来。刘忠诚和林大河，让我们看到在改革开放的大背景下，知识分子的分化。在刘忠诚的身上，我们看到一部分知识分子在渐趋物化的社会空间仍坚守着自己的阵地；而林大河则让我们看到一部分知识分子对现实的妥协，看到文学和精神的溃败。

《途中》表现了作者对处于改革开放险关隘口的社会现实的剖析和思考，

这思考有时甚至是借助笔下的人物之口赤裸裸地说出来的，但在我看来，作者对于社会现实的把握还不是很深刻，但就反映生活的广阔性而言，作者是做到了。他为我们勾勒出了在特定时代背景下丰富而复杂的社会轮廓，让我们看到了各个阶层人物各自的政治选择和人生选择，以及他们身上道德观念、价值观念的流变，思想意识的变化——在自觉追求着对外部社会变动的反映时没有离开对人的精神世界的表现，这使作家对广阔而复杂的社会生活的反映并不流于表面。

二

《途中》对于社会剖析小说的突破主要体现在它的艺术结构上。适应于反映社会的广阔性的需要，和其他社会剖析小说一样，作者设置了几条发展线索：李伟与林祥坤的改革与反映改革的矛盾冲突；高成发和林扬在生意场上的挣扎和拼搏；刘忠诚和林大河对于文学及精神家园的不同选择……但是，和别的小说不同，这部小说没有设置统领全局的中心人物和中心事件，没有设置主线，更为重要的是，各条线索上的人物和情节与其他线索上的人物和情节之间并不构成彼此推动的连环关系，甚至有些线索人物之间并没有构成矛盾关系，比如刘忠诚和林大河这条发展线索。所以，和此前的社会剖析小说不同，这部小说并没有采用主线和副线同时展开而又互相纠结交错的网状结构，而是创造了一种几条线索平行发展的散发式结构。比起网状结构来，这种散发式结构显得有点随意、松散，同时由于线索之间缺乏联动关系，情节的推进比较缓慢，整部小说的节奏显得有点沉闷。但是这种散发式结构也有它的优势：

其一，社会剖析小说一般是表现作者对社会现实的思考的，而且这类小说家大都喜欢在小说中表达对社会生活的议论——茅盾的《子夜》在这一点上尤为突出。陈海阳是一位理性的作家，在他以前的小说创作中就已显现了理性思辨的色彩，这部小说更是如此，正如他在"后记"中所说的，这种结构恰好为他的表达"提供一定的自由度和随机性"，为他"塞进整个章节的议论，甚至一些'闲话''荒唐话''可有可无的话'提供了方便"。一般说来，对于小说中出现的大段大段的议论，人们是持批评态度的，作品的倾向性应该是从情节和人物的发展中自然流露出来的，而不应该通过议论直接呈现。这使这部小说难免带有概念化的毛病。但是，其中有些议论是精辟的，且夹杂着作家对社会生活的激情，这又给小说带来激动人心的思想艺术力量。

其二，也是更为重要的，当作家把他的笔力主要放在对小说结构的整体性描绘，放在人物之间外部的矛盾冲突的叙写时，他可能就忽略了人与人之间的内部精神联系，忽略了人心、人的精神表现的广阔性。而《途中》这种散发式的松散、随意的艺术结构，却可以为作者在表现人的精神世界时提供方便，也可以让作者的精力集中在人物精神状态的描述上。小说对于高成发、林扬、刘忠诚、林大河这些人物思想意识流变的表现就比较细腻。所以，在上面我就说了，这部小说在自觉追求着对外部社会变动的反映时没有离开对人的精神世界的表现。而反映那个特定年代人的思想意识的变动正是这部小说的又一个亮点。

这就是说，这部小说对于社会剖析小说结构模式的变革是成功的。

这部小说还略显粗糙，这和作者初次写作长篇缺乏充分的艺术经验有关。但是在人物塑造上，在艺术结构上又都有变革和出新之处，这对于一个业余的地方作家来说，这种探索所取得的成绩以及这种探索的精神是值得肯定的。

陈跃子《针路图》：历史嬗变的家族化叙事

　　家族化叙事是 20 世纪 90 年代以后历史小说创作的一种常见的叙述模式，以家族的兴衰去浓缩历史的嬗变，一方面可以让历史更为具象化、生活化；另一方面能够捕捉到隐藏在历史深层的宗法文化的脉络。作为一位潮籍作家，陈跃子当然深知宗族在潮汕社会所具有的强大的传统和深广的影响力，所以当他尝试书写潮汕近现代历史以及潮人的命运变迁时，家族叙事便是一种颇有深意的选择。

一

　　《针路图》反映的是自清末至抗日战争结束期间潮汕社会的历史变迁，作者把反映这段历史变迁的众多人物和矛盾冲突，集中浓缩在潮汕平原的一个小镇上，即陈、林、蔡三个家族之间，通过几大家族三代人之间的恩怨情仇和众多家族成员的命运沉浮，表现出这支被称为"中国的犹太人"的潮汕族群在近百年间历经磨难的奋斗史以及他们的灵魂所经历的艰难的洗礼。我以为，这部小说最为可贵的地方在于，作者对这段历史的书写是立体式的，至少，我们可以从三个层面去解读作者所构筑的艺术世界。

　　第一是社会政治层面的描写。从太平天国起义到中日甲午战争、辛亥革命、北伐战争、国共分裂、抗日战争，小说几乎囊括了中国近现代史上重大的政治事件。而且，作家是把政治事件与陈、林、蔡三个家族几代人的奋斗史结合起来描写的。正是在风云变幻的时代洪流中，经历了挣扎和苦斗，小说的主人公陈仰穆和他的大儿子陈海国，终于成长为一代商贾，二儿子陈海安和侄儿陈舍南、陈舍北终于成长为成熟的革命者。所以，尽管政治事件的描写并不是小说的叙述焦点，却是支撑小说的基本骨架，是推动主体情节发展和人物成长的主要环境因素。值得注意的是，作者显见是阅读和研究了潮汕近现代史大量史料的，出现在小说中的许多政治事件是这片土地上真实发生过的，如陈海安参与组织的丁未年间的黄冈起义、国民革命军东征潮汕等。这些政治事件的描写使小说具有气势恢宏的历史感。

第二是社会生活层面的描写。这个层面的描写是广阔复杂、包罗万象的，有三大家族错综复杂的家庭、亲戚关系与日常生活面、朋友及婚姻爱情关系与感情生活面、生意伙伴关系与经济生活面等，错综复杂的关系与丰富多彩的生活画面共同编织了一张生活之网。我以为，作者叙述的焦点在于日常生活面和感情生活面的描写。先看日常生活面的描写，日常生活面展现的是人物的行为方式和生存状态。小说开头有一片段，陈仰穆被诬陷勾结长毛余党，被迫远走南洋，清兵到陈仰穆的家乡饶村追捕逃犯，时值年三十陈氏家族祭祖，小说有一段祭祖画面的描写：

饶村这些年在奉政第祭祖，都由宣爷主祭。各家各户皆依着辈分高低，房头长幼，自觉地将各自的香案、方桌一一在祠堂内外铺排。启首当然是龛前那一方檀木大香案，案上的牺牲、果品、纸钱、香烛堆成小山，这些是宣爷代表全族老小献上的，每年都一样的需索和隆重。饶村人丁兴旺，每年都有分出的儿孙自立门户，这案桌也就有所增加，祠堂摆满了，就延伸到外埕去，煌煌一片，色彩缤纷。这时，各家各户的主妇，挑春榭的、拎花篮的，都虔诚地将敬奉祖先的礼品呈上来，那五颜六色的祭品，……还有那偶尔炸响的爆竹，……将过年的氛围渲染得浓浓烈烈。

潮汕人是一个移民族群，祖宗崇拜可以让他们抱团以群体的力量战胜困难和灾难以获得生存和发展，所以祭祖是隆重、庄严的典礼，即使清兵搜捕要犯，也要恭敬地在门口候到祭礼完毕之后。这是充满潮味的生活描写，而这类生活细节和生活画面，在小说中随处可见。比如陈仰穆毕其一生"起大厝"的行为，陈海国的当批脚送番批，陈家的孙女陈卓雅出花园（潮汕的成人礼）仪式的描写等，这些在小说中都是浓墨重彩之处，从中你可以看到这个族群独特的人生信念、行为方式和心理特点。

再说感情生活面的描写，这显然是作家的另一个叙述焦点。作者着墨最多的是陈家三代人的感情生活，有陈仰穆和蔡雁秋自由恋爱私奔而后又经历种种劫难的爱情；有陈海国与温雪菲之间充满别离和重逢的缠绵恩爱之情；有陈舍南、陈舍北两兄弟对于林绿衣的暧昧、纠结的爱情；也有陈卓雅与苏邦之间惊天地、泣鬼神的爱情。陈卓雅在学校读书时爱上富于才情的老师苏邦，日军侵占潮汕时两人一同参加抗战，在一次战斗中苏邦被俘，其时两人已是夫妻，日军为了让陈家开口，故意将苏邦绑在陈家门口一棵大树上。于是，我们在小说中看到了震撼人心的一幕，陈卓雅在日军的枪口下喂丈夫吃饭：

> 陈卓雅慢慢地走到苏邦跟前，……此时此刻，所有的语言都是苍白无力的，唯有动作才是最深情最有效的表达！陈卓雅一勺又一勺地给苏邦喂着稀饭，提勺的手慢慢地就不颤不抖了；陈卓雅又打开一个盒子，拿出了药品，一手托着药品，一手握着棉签，一遍又一遍地为苏邦清洗着伤口。那白色的药水，融化着血痂，涤净着尘污，瞬间变成黑色黏液，腥腥地滴落在黑土地上。随着苏邦脸上表情的变化，陈卓雅涨红的面颊也渐渐地被神圣的光泽取代而恢复了平静和坦然，一双泪眼透射着闪烁着深情和挚爱的光芒，……世界静止了，时间凝固了，连端着大枪的日本兵也忘记了任务，被眼前这一幕深深地惊到了。

这应该是超越了世俗甚至超越了生死的爱情。陈家的男子多是热血男儿，或下南洋谋生路，或参加革命，这就注定了他们的婚姻爱情生活不可能是平淡的，而是充满磨难和考验的。除了对陈家婚姻爱情生活进行描写，小说还用了许多篇幅描写了陈、林、蔡三家人错综复杂的感情关系，比如陈仰穆、林云耆、蔡湛秋之间同生死共患难的友情，蔡家孙辈蔡秉昌因为陈家购买了他家的荔园而产生的怨恨，林家大公子林荫墨对陈家媳妇温雪菲的暧昧恋情等。正是这些非常人性化的感情生活的描写，使小说充满了艺术魅力。

假如说陈、林、蔡三家几代人在近百年政治变幻中的奋斗史是小说的"经"的话，那么，几个家族成员之间错综复杂的社会关系、感情关系就是小说的"纬"，经纬编织，形成一幅色彩斑斓的历史画卷；假如说政治事件的描写是支撑小说的骨骼，那么日常生活面和感情生活面的描写则是小说的血肉，它们共同建构了一个庞大而又血肉丰满的艺术世界。

第三是文化精神层面的描写。小说有一个重要的物象——《针路图》，这原是陈家先辈传承下来的一部标明海上路径的书，几乎每一艘闯荡南洋的红头船都会有这样一部"指向行舟"的《针路图》。但是陈家的《针路图》除了标明针路，还记录了丰富的人生经验，因此，作家赋予了《针路图》形而上的意义，这是一部凝结了潮汕这一族群的人生智慧及为人之道的指引人生航向的大书，是一部蕴含着潮汕人以情义为核心的人文精神的大书。

小说众多人物的描写，是流贯着这种人文精神的。比如陈仰穆，作者是把他作为能够集中体现潮汕优秀人文精神的一个代表来塑造的。陈仰穆的人生道路其实是当年许多坐着红头船"过番"谋生的华侨走过的道路。他闯荡南洋，经历多次劫难，但每一次都能置之死地而后生。他具有强烈的进取精神和顽强的适应能力，正是这种性格特质成就了他的商业王国。但是这个人物最打动人的是他的重情义。他起初到泰国，身无分文，是泰国的同乡借给他六个大洋，他才得以做成头宗生意。生意做大了之后，他没有忘记乡里叔伯兄弟的恩泽，回到家乡后挑着满满十八担大洋接济乡亲。他爱妻子蔡雁秋，下南洋时在海上遇到风暴，漂流到日本被刚刚丧夫的佐藤纪香救起，佐藤纪香自从失去丈夫后就精神失常，错把陈仰穆当成自己的丈夫。但是陈仰穆宁死不和纪香一起生活，后来为了救林云霭，才不得不屈就。他和蔡雁秋聚少离多，尤其妻子离世，他不能见上其最后一面，非常伤心和内疚。他把荔园的豪宅拆了又建，建了又拆，旁人百思不得其解，只有女儿才了解其实是苍老的父亲借"起大厝、砌玻璃"来寄托对妻子的哀思。在陈仰穆的身上，我们可以深刻地体会到潮汕所强调的"义"的内涵，不是公理、正义，而是恩义、情义；不是强调为社会公义而献身，而是强调为家族、为家庭、为朋友而担当、守信、感恩。小说中陈家的佣人陈得清的女儿满莲，因为自己不小心引狼入室，致使陈家被谋财害命，为了报答陈家的恩情并赎罪，她扮成乞丐到处寻找仇敌，在外漂泊了五年，九死一生，甚至为了保护陈家的亲骨肉委身于一个丧失性能力的男人。这也是一个让人唏嘘不已的人物，她对报恩守义的执着令人动容。

小说还写了一群潮汕媳妇，她们的重情义体现在另一个方面，即对于家庭和丈夫的专一和信守，为了家庭，她们可以牺牲自我。蔡雁秋就是这样一个人物。她原是蔡家的掌上明珠，美丽、任性，对人生充满梦想。她原已被父母许配给郑家，但就在要结婚的时候，她碰到陈仰穆并一见钟情。她不顾父母的反对与陈仰穆私奔。嫁到陈家之后，她改掉了少女时的任性，相夫教子，在丈夫逃难时一个人支撑起了整个家庭。陈仰穆长年在外，她寂寞地独守空房。在夜晚，她的习惯姿势是"一个人坐着，身上披着一件紫色的外衣，肩上搭着一条毛巾，正双手合十，对着油灯投下的光晕发呆"。她喜欢放风筝，自嫁到陈家之后一直有一个愿望，让丈夫陪自己放一次风筝，这是多么卑微的愿望，但一直到死，她都觉得不好意思开口。蔡雁秋是潮汕媳妇的典型代表，为了家庭，为了恪守妇道，一点一点地泯灭生命的激情和活力，这样的人生似乎是保守的、刻板的，然而那种对于家庭的专一和信守却令人感动。蔡雁秋的儿媳妇温雪菲和孙媳妇林绿衣，也走着和她一样的人生道路，由任性的公主变成贤妻良母。至于孙女陈卓雅，敢于在日军的枪口下照顾自己的夫君，对丈夫的情义可以用义薄云天来形容了。

在这部小说中，我们看到，近百年的历史中，潮汕人和中华民族的千千万万人一样，经历了诸多劫难，除了政治斗争、民族矛盾，还有台风、洪水、旱灾等自然灾害，但是，他们靠顽强的适应能力、坚韧的生命力，靠互相救助、互相接济的仁义精神，生存着、发展着。陈跃子的文学创作一向有文化的自觉意识，通过描摹近百年来潮汕这一族群的奋斗史，揭示流贯于其中的独特文化精神，我以为是这部小说的主旨。概括而言，政治事件的描写是支撑小说的骨骼，日常生活面和感情生活面的描写是小说的血肉，而地方文化精神的描写则赋予了小说灵魂，有了灵魂，小说不仅骨骼强壮、血肉丰满，而且气韵生动。

二

接下来我想谈谈小说的叙述者和叙述话语的问题。小说的叙述者不应该完全等同于作家本人，正如德国的沃尔夫冈·凯瑟在他的《谁是小说叙事人?》中所说的，叙述者"是一个由作者蜕变而成的虚构的人物"。那么，在《针路图》中，叙述者是怎样的人物呢? 我的定位是：一个乡村诗人。

一方面，叙述者对于乡村底层民众的行为方式和生活状态是熟悉的，而且，他善于也敢于原生态地讲述乡村哪怕是粗鄙的民间故事、俚语、习俗，甚至描写人物时夹杂着在别的作家看来也许是难登大雅之堂的生活片段和生活细节。请看小说中陈仰穆和蔡雁秋新婚之夜的一个片段描写，蔡雁秋内急又不敢上屋后的粪坑，新郎只好临时端来一个脸盆抱着新娘撒尿：

"叮叮咚咚……"这洒落在铜盆里的大珠小珠哟，竟然发出如此撩人心神的绝响！

正是这一泡尿，给听房的人添了乐趣，也给饶村添上"免骗阿奶不曾尿夜壶!"这么一句俗语。正是这一泡尿，让听房的人听得悦耳，又给饶村留下了又一句俗语："好听过阿奶撒尿落铜盆!"然而，就因为这泡憋得太久的尿，让蔡雁秋从此落下了一急就要尿尿，做梦就要尿床的毛病。

小说还有不少诸如此类的片段，粗鄙却充满生活实感，而且大多读起来很生动，富于生活趣味。

另一个方面，在叙述者讲述的爱情故事中，包括陈仰穆和蔡雁秋、陈海国与温雪菲、陈卓雅与苏邦等，都有传统言情小说或戏曲中男才女貌、一见钟情模式的痕迹，其中体现着底层民众的审美趣味。

但同时，我们又可以强烈地感受到小说的诗性品质。小说对于人生深刻的体味和透视，对于感情生活和人性美的捕捉和表现，都可以让我们充分感受到叙述者诗性的眼光。小说中有一个片段，写陈仰穆经历了多次挫折，终于实现了"起大厝、砌玻璃"的梦想，但是，走进他建造的豪宅，他却怅然若失：

面对着这个空间，面对着这份空寂，他倒觉得虚幻起来，倒觉得是走在梦境里！人生的价值，创业的意义，难道是仅仅为了圆这么一个梦吗？……难道自己的人生价值就靠这空寂的豪宅来体现？不！这念头太荒唐了！此时此刻，他宛如一艘逆流而上的小舟，在费了九牛二虎之力时，在拼尽了最后一股劲时，却猛然发现重新回到出发点一样，感到从未有过的空寂。

当人物从现实中超脱出来，反观和叩问人生的时候，你可以感受到叙述者以忧郁、迷惘的眼光审视着现实。此外，小说中对于爱情、友情的表现，对于人性美的表现，同样呈现了诗性的光芒。小说写到日军侵占饶村，怀着复仇心态的涩谷闯进陈家，但是林绿衣温柔、圣洁的美却让他放弃了屠杀：

……他闻到一股异香，一股他久违了的、仿佛来自遥远的日本的、那樱花和母乳相交融的异香，那一刻，有一种召唤良知的声音从很远很远的地方飘来，……他抑制住自己的冲动，面对着这位姑娘的时候，他的心忐忑不安，他发现姑娘脸上的神态恬静得近乎圣者，纯净得超乎尘俗。

这是超越了政治、民族纷争的人性美。这类透发着诗性光芒的浓墨重彩的画面，在这部小说中还有不少。

和乡村诗人这一有点矛盾的叙述者相对应，小说有两套叙述话语，即夹杂着方言、俚语的粗陋然而充满生活趣味的口语化的叙述话语和典雅的诗性叙述话语。当叙述者讲述底层民众的生活状态时，基本上都使用口语化的叙述话语，而当小说进入人的心理世界和感情生活的时候，则使用的是诗性的叙述话语。两套话语的切换，使整部小说的语言显得生动、绚丽、多彩。当然，叙述者的讲述有时也会同时夹杂两套话语，读起来就有些别扭。比如小说中有一个描写陈仰穆和蔡雁秋新婚之夜缠绵的片段：

……十指连心，这手，是心的桥，一抓住了，心也就跳到嗓子眼了。这大手抚着小手，时而捏的是手指头，时而抚的是掌面掌心，……片刻就将两双手掌捏出汗来，捏成四只刚出笼的糯米粿……

"心的桥"当然是诗性的叙述话语，"四只刚出笼的糯米粿"则是口语化的叙述话语了，夹杂在一起虽然生动，却显得不搭调。这恐怕是作者以后的创作中要注意的。

长篇小说在潮汕是一种不发达的文体，而陈跃子的这部《针路图》，我以为是在潮汕新文学史上具有史诗品格的一部长篇小说。

林继宗"魂系潮人": 奔流的生命长河

林继宗创作了冠以"诗化散文式系列长篇小说"的四部曲——《魂系潮人》, 共 200 多万字。对于这个浩大的艺术工程, 作家是有史诗企图的, 那就是"从我写起, 向周边辐射, 向社会和自然辐射, 向潮人世界辐射, 从而更加别致地表现潮人"①。如何评价林继宗这一鸿篇巨制? 我想, 我们还不能说《魂系潮人》已经具备了史诗的艺术品格, 但是, 作家的这一系列小说, 在容纳社会生活、思想感情、文化意蕴的广阔性、复杂性上确实值得称道, 而浓郁的乡土情怀, 以及对人性、人情的挖掘和表达进而彰显小说传统的, 却是醇正的文学品味。

一

《家园》是系列小说的第一部。《家园》以"我"的成长作为叙述的主要线索, 而叙事的指向是在两个维度上展开的。首先是人与社会的维度。"我"小时候家庭经济困难, 十五岁开始赶海补贴家用, 考上高中却因为交不起学费不得不辍学去拉煤。"文革"刚开始父亲因为劳累过度病逝。知识青年上山下乡时奔赴海南屯垦。人近中年为了跟上时代的步伐要挤时间读业余大学。从这些叙述中我们可以清晰地看到, "我"艰难曲折的成长是与国家坎坷的命运遭际结合在一起的。以个人的命运去折射社会历史的变迁, 这也是诸多长篇小说惯常的叙事模式。但是, 《家园》叙述的重心不在时代, 而在家庭。在风云变幻的历史背景中, 我们看到的是父母子女如何相濡以沫, 父辈如何呵护、教育子女成长。20 世纪 60 年代经济困难时期, 由于繁重的体力劳动和营

---

① 林继宗:《魂系潮人·家园》, 北京: 作家出版社 2009 年版, 第 399 – 400 页。

养不良，父亲得了严重的水肿，还背着母亲偷偷将治水肿病的糠饼留给"我"吃。"文化大革命"的时候，红卫兵到处批判"师道尊严"，母亲严肃地告诉"我"，"中国的古训就是'天地君亲师'，老师比父母还要紧，师恩深如海，重如山哪！你千万不要去斗老师，斗老师不是人！"在某种意义上，《魂系潮人》类似于自传体小说，而《家园》是从"我"与家庭的关系展开叙事，后面几部则从"我"与时代的关系展开叙事。家庭不仅哺育"我"身体的成长，也哺育"我"精神的成长。小说中甚至有专门的章节讨论儒家的学说对民族、国家的影响，但更多地，我们是从作者的叙事中，看到文化传统是如何透过家庭，透过父辈的言传身教传承下去的。所以，作家将这部小说取名为《家园》是有深意的，时代在变幻，恒久的是人心中的家园。一个人的精神家园在其家庭和家族，一个民族的精神家园在其文化传统。

小说另一个展开的叙事的维度是人与自然。小说对于自然尤其是大海的描写，生动，细腻，富于魅力：

用肺呼吸的海豚，每隔几分钟就匆匆露出海面呼吸，否则就会淹死。小海豚有时浮不上来，老海豚就用嘴将它托上来，这种天性发展到主动救助水中不能运动的物体。……海獭也很有特性，你看，它一头潜入海底，寻到海胆、鲍鱼、牡蛎和贻贝等，就挟在两肢下的皮囊中，装得满满的，再挟块石头，于是兴致勃勃地浮上水面，一边悠闲地仰游着，一边将石头置于胸部作砧，那短胖的前肢便挟住贻贝、鲍鱼等，在石头上一次又一次地用力碰撞，一看壳破肉露，它便津津有味地吞食起来。

在赶海的章节中，小说有多处是对于大海的生动描写。一个作家，如果没有对自然、大海的热爱，是写不出这样富于感情的文字的。而小说，也因为这一类文字，显得更为空灵、开阔。当然，在小说中，海的叙事也与主题表达密切相关。大海是"我"成长的背景，"我"在大海中谋生，"我"从大海得到启示，某种意义上，大海也是哺育"我"成长的家园。把"我"放在家庭的、社会的、自然的、开阔的背景中去表达成长的主题，笔者以为是《家园》叙述的一个亮点。

《海岛》是系列小说的第二部。《海岛》叙述的是一批潮汕籍的知识青年到海南岛拓荒的故事。在《家园》中，"我"是小说叙述的焦点，而在《海岛》中，"我"是一个叙述者，所有的故事都经由在生产建设兵团担任报道组组长的"我"的叙述而展开。对于一个具有知识分子气质的叙述者来说，他对于那一段历史的讲述必然是带有反思性质的。农场的退伍兵谭石才偷偷在伙房后种了一株西瓜，西瓜成熟后被天天紧盯着"资本主义尾巴"的民兵队长李易峰发觉，不仅西瓜被砸烂，谭石才还要写检讨；种菜班的于仁，妻子身体太弱，为了给妻子增加营养，他悄悄在一片河谷地种了一片花生，养了几只鸡，又被李易峰发现，于是被当作走资本主义道路的典型受到批判等。这些都展现了极"左"政治对社会人生的破坏和摧残，是知青文学较为普遍的叙述模式，《海岛》显然也采用了这种叙述模式。但是，在这部小说中，"我"的叙述并不都带着政治反思的色彩。掩卷而思，小说给我们留下深刻印象的，其实是一群在蛮荒中农垦的年轻人的人生和爱情。农场的男篮和女篮队员谭石才和易冲，因热爱篮球结缘。但是婚后谭石才的大男子主义渐渐暴露出来，他甚至不允许易冲再去打球，理由是"有了丈夫的女人，还成天裸着两条白大腿"，不像话。性格和观念的不合导致他们最终离婚。离婚后谭石才一个人带儿子的狼狈生活促使他开始反省自己，他偷偷关注着易冲，希冀着破裂的家庭重新圆满。热爱打排球的李慧子，听说生产建设兵团要成立女子排球队，偷偷移了户口到海南建设兵团，后来排球队解散，她只能留在农场当割胶工。她爱上了农场的割胶能手刘顺。为了刘顺，她甚至放弃移民到洛杉矶的机会。可是当她有了身孕，刘顺却不敢承担。慧子承受不了一连串的人生打击，投江自尽。这一群年轻人，他们在无边的荒山和胶林中，顽强地生存着、斗争着、相爱着。他们有的满腔热血来到这里开天辟地，有的是被迫而来；有的在与自然、与政治的斗争中展现了顽强的生命力，有的选择逃避社会和人生；有的被极"左"政治扭曲了人性，而更多的人仍保有良知。我们还不能说作者完全超越了政治反思，但是，作者是以悲悯的情怀去审视这种种的角色和人生，去表达他们幼稚而又纯粹的理想主义，表达他们单纯而又僵化的灵魂，表达他们在患难中建立起来的爱情和友情。不囿于政治的、历史的反思，而是更注重人性、人情的表达，我想这是《海岛》具有较好的文学品格的原因。

值得一提的是，小说多次描摹惨烈的人蛇大战、人猪（野猪）大战，这是小说展示的另一个空间。作者对这个空间展开描写，用意是明显的，他要告诉人们，不能肆意地掠夺自然，"不要忘记那共生、共荣、共进的苍凉生态"。在第一部小说中，作家选择海洋去表达人与自然的关系，在这一部中，作者选择山川去表达人与自然的关系，但是，效果是一样的，那就是让他的创作获得更为开阔的视野。

《港湾》是系列小说的第三部。这部小说是以汕头港在改革开放之后的发展和变迁为主线展开叙述的。如果要寻找这部小说的关键词，那就是"竞争"。首先是外部的竞争。在计划经济年代，汕头港就是皇帝的女儿——不愁嫁，而到了市场经济时代，汕头港却面临周围东河港、特区港等港口对其龙头地位的挑战，正是这种挑战迫使汕头港整顿作风、改革管理体制。其次是内部的竞争。小说的核心情节是港湾修船厂副厂长赵景新与车间主任林凡竞选厂长的故事。修船厂常年亏损，党委书记杜应林想出一个策略，让两位厂长候选人分别担任第二、三车间主任，谁能够扭亏为盈谁就担任厂长，赵景新和林凡从此开始了为期一年的竞争。两人各显神通，赵景新善于运用奖励机制和协调人与人的关系调动工人的积极性，林凡推行班组和个人的责任制，甚至在车间内实行股份制改革，结果是两个车间都扭亏为盈。如何在竞争中发展是整部小说纵向展开的线索，但是，围绕这条主线，小说还横向展开了许多副线和支线，这些副线和支线，已经不是工作和竞争，而是人与人之间的亲情、友情、爱情的关系，尤其是爱情的描写，是小说最打动人的地方，比如林凡与苏阿兰、丁丽、丁香的爱情。在上山下乡的时候，林凡和苏阿兰一同在宣传队演戏，他们互相暗恋着对方，但是，由于家庭的差距，林凡最终不敢向阿兰表白，最后和另一个姑娘丁丽恋爱，但是幸福的生活没有持续多久就出现了悲剧，丁丽因病瘫痪。她不愿意拖累林凡，千方百计地说服对林凡有着好感的妹妹丁香嫁给林凡。林凡和丁香固然有着感情基础，可是他们最终的结合也是为了满足丁丽的愿望，只是在丁丽去世后，他们又因为双方的误会离婚了，林凡带着儿子艰难地生活着。当林凡与赵景新开始竞争时，已经是赵景新妻子的苏阿兰既想帮林凡带儿子又生怕丈夫和世人的舆论。这几个人物的爱情纠葛让人慨叹不已。在这部小说中，承担主题表达的无疑是企业的竞争，但是，如果仔细地阅读，你会发觉，关于主线竞争的叙述有些紧迫、理性、僵硬，而横向展开的爱情描写就显得细腻、感性、柔软得多，正是围绕着主线展开的枝枝叶叶的描写，使小说散发着文学的抒情气息。

在小说的虚构叙述中，作者穿插了记录汕头港变迁的纪实性文字。从清代的古樟林港，到1860年汕头的被迫开埠，到新中国成立后汕头港的新生，再到现在联结泛珠三角区域和海西经济带的海上重要交通枢纽，这一安排是巧妙的，作者其实是把小说的叙述置放在开阔的历史时空之中，小说也因此获得了厚重的历史感。

《潮人》是系列小说的第四部。它其实是由两组作品组成的：一组是表现潮汕人日常生活尤其是爱情婚姻生活的系列小说，另一组是纪实的，记录潮人中涌现的风云人物。第一组作品讲述了许多故事，这许多故事的关键词是情义。郑义泰一家被国民党通缉，眼看一家三口要被捉拿，妻子王阿珍为了保护丈夫背着婆婆离开，只身引开敌军。郑义泰的族兄郑义安，临近新中国成立时被国民党的军队抓去做壮丁，他的妻子独自带着只有四岁的儿子艰难生活着，一直等到40年后丈夫从台湾回到大陆团聚。这是小说开头作者讲述的故事，我们从故事的女主人公——两位弱小的妻子身上感受到的不仅仅是爱情，还有坚强的意志和担当的勇气。赵文卿和朱伟新是一对新婚夫妇，1976年天安门事件时朱伟新刚好出差北京，他参与了集会被抓，还传出被处决的死讯。赵文卿跳海自杀，同厂的小伙子段新光救起了赵文卿，并不顾赵文卿的身份照顾已经有身孕的赵文卿，后来还和赵文卿结了婚。可是当朱伟新奇迹般回到家的时候，尽管深爱着赵文卿，段新光仍然选择成全朱伟新和赵文卿。妻子早逝的柳成河爱上了萧侯兰，却遭到儿女一致反对，一气之下他一个人到海上孤岛管理航标。在孤岛漫长而又寂寞的生活中，另一个女人姚菲出现了。大方、泼辣、善良的渔家女细致地照顾着柳成河，后来，在知道了柳与萧的关系后，她生气地斥责萧丢下柳不管，但同时又选择成全柳和萧。这是另外两则故事，这两则故事叙述的焦点仍然在情义上，维系他们关系的，不仅是感情，还有仁义之心。在作者看来，潮汕人是这样的一个族群，他们从中原迁移到海边，他们的观念是开放的，但骨子里仍是传统的，仍然固守着传统的道德观念。

另一组作品是纪实文学，记录近现代潮人中的翘楚，包括商界巨人李嘉诚、陈汉士，汉学大师饶宗颐，著名画家许钦松、王兰若，词曲家陈小奇等，在叙述这些名人的成长过程的时候，作者非常注意剖析潮汕文化对他们的影响，表现他们勤奋、执着的性格和开放的胸襟。海纳百川，不断吸纳新的东西而蜕变、成长，是他们商业、学业或艺术道路的共性。

实际上，这部小说的题目——《潮人》已经透露出作者的创作宗旨，作家要在创作中描摹潮人这一族群，探讨这一族群的民性。而这两组作品刚好揭示了潮人性格中矛盾而又和谐统一的两个方面：固守与变革、传统与开放。

林继宗的"诗化散文式系列长篇小说"四部曲，创作时间不一，创作质量也并不是划一的。有些精致，有些粗糙；有些是精心布局，有些则稍显潦草。但是，正如上面所说，这一长篇四部曲在反映生活的广阔性上是值得称道的。时间上，它跨越了从新中国成立到现在的几个重要历史阶段；空间上，从一个人、一群人、一家企业的成长，到一支族群的命运变迁，从中你可以看到作者的雄心勃勃，看到作者对于广阔复杂的社会人生的表现力与概括力。

二

有些小说，值得称道的地方是作家思想的深刻性，这样的作家总是能够揭开生活的表层让我们看到惊心动魄的本质；有些作家，也许缺乏思想的穿透力，但是他对于人生的深刻感悟和发现常常能够触痛我们的内心；还有一些作家，他的表达并不深刻，但是他常常能够在素朴琐碎的生活中捕捉到诗意，让我们感受到生活中的温暖和感动。那么，《魂系潮人》打动我们的是什么呢？我想是人性、人情的表达。

在《家园》中，作者侧重表达的是亲情。亲情在日常生活中是人人可以感受到因而也是最难以表达的。如何书写这种大家都习以为常的感情，我以为作者的叙述策略是正确的，即以朴素的笔调，白描的手法，通过点点滴滴、枝枝节节的生活细节描写去表达这种真挚的感情。"我"的父母是潮汕底层社会普通的老百姓，父亲原是乡村小贩，后又在城市当过小店员和搬运工，收入微薄，但是，后来还收养了四个养子养女。为了养活八口之家，父亲四处奔波，拼命劳作。母亲有时为了照顾这个主要劳动力，"在稀稀的粥汤中为父亲捞一碗干饭。可当父亲吃饭时，他总是将大半碗干饭分给饥饿的子女们"。"我"长大了，为了补贴家用去赶海，那时家庭经济仍然很困难，但是，母亲对"我"这个养子体贴入微，知道晚上赶海寒冷，特意在白饭团里加上一颗熟鸡蛋。晚年，母亲重病瘫痪，生活无法自理。"我"悉心照料母亲，而母亲却一直内疚和不安。一次母亲大便失禁，想自己悄悄清洗，不料越弄越脏，她自己又羞又气，狠狠捶打自己的胸口。《家园》中的许多篇幅，实际上就是由这些原生态的生活细节构筑起来的，那些朴实的描写，渗透着朴素的爱。小说中有一些章节专门讨论儒家的学说，如果仔细体会，可以发现作者所表达的亲情，是带着儒家父慈子孝的浓厚的文化色彩的。

在《海岛》《港湾》和《潮人》中，作者侧重表达的是爱情和友情。而且，在他的小说中，"情"和"义"总是联系在一起的。比如在《海岛》中，谭石才等六人订立攻守同盟，偷偷在荒地种植蔬菜、花生、地瓜，后来，菜园被发现，谭石才知道于仁胆小怕事，孩子又刚刚出生，家庭负担重，主动站出来说于仁是被他强拉进同盟的。兵团的小学教师谭秋莲的父亲被扣上叛徒、反革命的罪名，谭秋莲因此也受到批判。就在她的团籍也要被开除的时候，兵团的战友甘小林、初灿光等冒着连坐的危险，纷纷站出来支持谭秋莲。在蛮荒之地，在人人自危的环境中，战友之间的相扶相持，让人在黑暗中感受到一丝丝的温暖和光亮。爱情也是林继宗小说经常表达的主题，但是，作者的爱情描写，常常是充满道德感的。《港湾》中小史和林珍的爱情就是一个典型。小史是一个不折不扣的刺头，经常赌博、斗殴，但在林珍的眼里，他其实是一个家境贫寒的可怜孩子，在帮助他的过程中，她慢慢对他产生了爱情。林珍对小史的爱情，是起源于仁爱之心的。从上面提到的《潮人》中段新光与赵文卿、柳成河与姚菲的爱情描写，我们也可以看到，推动男女主人公爱情发展的，其实主要是仁爱、道义。我想，这也正是林继宗写作的特点，在多数时候，他是以道德的眼光去打量这个世界，以道德的眼光去书写人性与人情的。

自然，乡情也是作者所要表达的，而且我以为乡情是贯穿他四部曲的灵魂。所谓"魂系潮人"，传达的就是作者的乡邦情怀。当然，我说乡情是系列长篇小说的灵魂，不是说其中哪部小说哪篇散文或哪首诗表达了乡情，而是说他的叙述、笔调都浸透了这种感情。《家园》是对于故乡风物人情的描摹，《海岛》以悲悯的眼光体察一群流落异乡的潮人的悲欢离合、爱恨情仇，《港湾》讲述这块熟悉的土地上发生的翻天覆地的变化；《潮人》叙述海内外潮人如何在追求、拼搏中蜕变的故事。"我热爱生我养我的故土"，"我热爱生我养我的潮人"，作者正是满怀深情地抒写着这块土地，以及在这块土地上生活着、追求着、奋斗着的人们。

坦率地讲，林继宗不是一个睿智的生活观察者，但是，他是一个热情的生活讴歌者。他细致地观察、表现着他最熟悉的生活——他是"真"的；他用道德的眼光去打量这个世界——他是"善"的；他热情地讴歌这个世界上美好的人性、人情——他是"美"的。我认为，《魂系潮人》奉献给读者的最有价值的东西，就是真善美！

三

最后，我想谈谈《魂系潮人》在艺术形式上的探索。作者把《魂系潮人》命名为"诗化散文式系列长篇小说"，著名作家丛维熙也充分肯定了他在艺术上的探索是一种有益的尝试："它将文学的三大体裁或曰三大因子有机地结合在一起，形成新颖的颇具个人特色和个人风格的诗化散文式系列长篇小说"。① 那么，如何理解、评价这一艺术探索呢？

首先，我以为这不是一部传统意义上的长篇小说。长篇小说需要具有贯穿始终的人物形象以及完整的故事情节。但是，《魂系潮人》不是这样的，每一部小说里，都没有贯穿始终的人物，没有连贯的故事情节。每一部小说，只是由人物、内容及环境相联系的系列小说组成。以传统的眼光衡量，这自然不能算是长篇小说。但是，文学史上已经有这样的先例，比如莫言的《红高粱家族》，就是把反映故乡的人物、环境相联系的系列中短篇小说集合起来称为长篇小说。所以冠以"系列长篇小说"也是可以的。

其次，所谓的"诗化散文式"，我的理解是它有两层含义：一是作家把内容相联系的小说、散文、诗歌联结在一起；二是在一篇小说中融合了散文、诗歌的因子。前一种情况是作者谋篇布局的一种尝试，后一种情况是作者在文体上的一种探索。但不论是哪一种情况，都产生了较好的艺术效果。

先说散文与小说的结合。在《魂系潮人》中，我以为散文或者散文因子的融入，既拓展了小说的表现空间和表现内涵，也调节了小说的叙述节奏，让小说的叙述显得更为舒缓、从容，让小说所显示的艺术境界更为开阔、深邃。比如《家园》中的赶海情节，作者融入了描写海洋的大量篇幅，这是散文的笔法。乍一看，海洋的描写与赶海的主题没有关系，但是，作者打开了另外一个空间，这个浩瀚的、美丽的空间与"我"生存的逼仄、辛劳的现实空间交融在一起，形成参差的对比。这个浩瀚的、美丽的世界是"我"的避风港，它是那样博大，似乎可以溶解人世间的一切艰辛、一切苦难。这样，

---

① 林继宗：《魂系潮人·家园》，北京：作家出版社2009年版，第1页。

海洋的出现让作品的艺术境界一下子开阔起来，小说中急促、压抑的节奏和氛围也变得格外舒缓、灵动。又比如《海岛》，小说中不少章节有原始森林的描写，那也是散文的笔法：

> 清晨，空气中弥漫着一股独特的树脂香味，轻轻飘荡的薄雾，浸泡着无边的绿色山野与低谷。环视四周，树干、树枝、藤蔓，以及布满青苔的岩石，到处挂着银白色的水珠，湿漉漉的，原始森林与水浑然一体，形成充满生机与活力的绿色的世界。
>
> 当太阳升凌中天，灿烂的阳光如万道金箭，从原始森林茂密的树冠中穿过，射向覆盖着厚厚树叶的地表时，林间无数的水珠，便五彩缤纷，金碧辉煌。阳光终于迫使山间茫茫的浓雾渐渐散去。这时，我看清了，森林里，到处是地衣、苔藓和不知名的奇花异草，林间因此而更加多彩多姿。

《海岛》主要展开的是政治斗争的空间，这个空间是残酷的、压抑的、沉重的。而自然的描写则展开了另一个空间，清新的、多彩的、空灵的，这同样也形成了参差的对比，同样也调整了小说的节奏和气氛。当然，更重要的，小说也通过自然的描写传递了作家的理念：人类不能肆意破坏自然，人类必须与自然共生、共存、共荣。自然的描写使小说所展现的空间更为开阔，也深化了小说的表现内涵。

《魂系潮人》中散文的篇幅并不只针对自然描写，其中还有不少讨论传统文化的章节。这样的安排在结构上稍显突兀，但是，由于作者在表现生活时是基于一种道德的眼光，对传统文化尤其是儒家文化的探讨和议论也无疑深化了小说的思想内涵。

再说诗歌与小说的结合。林继宗是一位具有诗心的作家，但坦率地讲，他并不具有诗歌创作的天赋，他的诗歌比小说、散文要稍逊一筹。但是，在小说、散文中融入诗歌，又达到了增添抒情氛围的艺术效果。比如，《海岛》中写到知识青年开辟蛮荒的时候，就穿插了《伐木》：

> 斧头　砍刀　锯子　炸药
> 砍去盘根错节的藤蔓
> 锯开百载千秋的年轮
> 那呼啸的声浪惨烈而悲壮
> 惊天动地哗哗响轰轰然
> 倾倒的树身蘸着日月光
> 那木质呀坚实细腻而柔韧

　　这首诗传递的情感是复杂的，有开天辟地的英雄主义气概，有大自然遭到任意践踏的悲伤，也散发着苍凉悲壮的气息。有时候，小说的讲述是难以表达这种纠结缠绕的复杂情感的，但是诗歌的表达可以直击人们柔软的内心。为什么作者要在小说、散文中融入诗歌的因子，我想最主要的是，他是一个情感丰富、热情澎湃的作家，他又善于挖掘人性、人情，所以在叙述中情不自禁地歌唱就自然而然了。

　　在某种意义上，小说、散文、诗歌几种文体的交融，是作者叙述方式的切换，或讲述，或描写，或抒情。就如一条大河的奔流，在山间是跳荡的，在开阔的平原是平缓的，在险峻的峡谷是湍急的。如果是一泻千里就缺乏这种丰富的韵味了。

　　从一个贫穷人家的孩子，成长为一家国有企业的管理干部，一名作家。这得益于林继宗的努力，也得益于生他养他的这一片文化土壤。林继宗是感恩这片土地的养育的，就如他自己说的："潮人，一生一世的恩人。"《魂系潮人》这部几百万字的巨著，也可以说是作家对生于斯长于斯的这片土地的回馈。我们或许还可以从他的创作中挑出这样或那样的毛病，但是，必须对他的感恩之心致敬。

（本文载《文艺报》2016 年 4 月 25 日）

陈继平《埠魂》：寻找红头船故乡史诗般的岁月

陈继平的《埠魂》出版了，这是我期待已久的一部长篇小说。继平在小说的题记中说，"在这片柔美的土地上，我寻找史诗般的岁月和荡气回肠的遗响"，小说的意图是显见的，就是以粤东红头船的故乡樟林港的兴盛和衰落为背景，以樟林港陈氏家族一家三代的命运变迁为主要线索，反映潮汕地区在开埠前后史诗般的历史巨变。对于这部小说，我想谈三点看法：

第一，小说的叙事模式。小说采用的是"历史—家族"的叙事模式。"历史—家族"的叙事模式其实已经成为长篇小说的一种主流的叙事模式，它有两种创作倾向：一种是追求历史的缩影式书写，以家族的兴衰和人物的命运演绎历史的发展。诸如《子夜》《红旗谱》等都是这种创作倾向的典型代表。在这种创作倾向中，家族及人物的命运变迁只是历史的注脚，人物命运及人性的书写充满历史的必然性。另一种创作倾向起源于20世纪90年代的先锋小说。在先锋小说中，历史只是一个框架，一个背景，甚至只是一种氛围，作家无意探讨历史，作家着力表现的是对一定历史背景下人的命运、人性的关注。比如苏童的《米》，就是这一类。在这种书写模式中，家族和人物命运是充满偶然性的，历史的书写也充满弹性。

当然，还有一种写法，企图在历史与家族、与人物命运之间保持一种平衡，比如陈忠实的《白鹿原》。继平的《埠魂》我认为也有这种企图。在这部小说中，历史与家族是二元并举的。樟树埠的衰落和沙头埠的兴起、吴忠恕的起义、潮汕的大饥荒等，这些历史事件的书写构筑了小说的基本骨架，其中还穿插了细腻的民俗风情的描写，民俗的描写使历史的呈现更富于质感，使历史的面目更为清晰。在小说中，我们看到，家族和人物虽然与历史是牵连的，但作家对家族、人物的书写又具有一定的独立性。陈家的衰落固然有历史的必然性，但是，这个家族的败落更多是源于人性的病态和堕落。陈老舵作为族长，不仅因为他富甲一方，更重要的是他有领袖的风范和魅力，尤其是在樟树埠处于危机的时候，是他挺身而出化解危机。可惜的是，陈家一代不如一代。儿子陈家柱聪明、痴情但是性格懦弱，碰到困境常常躲避，碰到挫折就萎靡不振，实在不能胜任一家之主。陈老舵的两个孙子，一个傻，一个狂，陈家的败落也就难以避免了。这部小说，不是从外在的政治、经济等因素来揭示家族的败落，而是从人性和生命的角度来叙述家族的沉沦，这样，人性、命运的描写就相对独立于历史而获得表达的自由了。我们在小说中能够看到，继平小说那种一如既往地对人物病态性格的极端化渲染，看到他对人的生存状态的寓言化揭示。既具有深厚的历史感，又散发着文学的气息，这是这部小说成功的主要因素。

但是，在作家小心翼翼地保持人和历史的距离的时候，另一个问题出现了。在小说中，我们看到人物形象是封闭的，或者说人物的性格、人物的精神世界是封闭的，时代的变革没有在人物的心理、精神中引发矛盾和变化。对于一部反映历史变迁的长篇小说，我们有理由期待出现一个有厚度的，能够体现时代变迁在内心所引发的矛盾、撕扯、痛苦、蜕变的人物形象，遗憾的是，我们还没有看到这样有力度的人物形象。

第二，作家的叙述立场。现当代小说创作，很提倡知识分子的写作立场。这种知识分子的写作立场，不外乎两种：一种是文化启蒙的立场，表达对民众不觉醒的关注和批判；一种是人文道德的立场，对悲剧命运的怜悯和对社会不公平的义愤。这两种叙述指向不同，但是，都是居高临下地表达生活，生活和人生都被纳入作家既定的逻辑和图式之中，什么是真善美，什么是假丑恶，一清二楚。这类小说的特点是高度理性化，富于思想性，但是缺乏文学的感性气息。《埠魂》不属于知识分子写作，继平并不是站在高于生活的层面去反映生活，而是以低于生活的叙述立场去叙述生活。生活中的一切都能够被清楚地归纳和演绎吗？显然不是的，所以，在《埠魂》中有两个关键词：宿命和神秘。每一个人总是企图控制自己的命运，从陈老舵到仇敌洪占鳌，以及一直觊觎着族长位置的蔡荣发等等，但是，最后，他们都发现命运总是宿命地偏离他们构筑的人生轨道，甚至他们越挣扎，就偏离得越远。此外，小说留下了许多神秘之处，正月反复出现的相同梦境，有时发傻有时聪明的立秋，还有总在关键时刻不知从哪里冒出来的疯子等，这一切让樟树埠充满着神秘感。这种宿命和神秘的描写，背后所蕴含的立场是明显的，即对生活和人生难以把握的无力感。这是现代主义的写作立场，不是现实主义的。现实主义的作家，大都是自信满满能够看清楚生活和人生的作家，而现代主义的作家，都是持怀疑、不确定的眼光观照生活和人生的。而我以为，比起理性和必然性，偶然性和神秘性是更能够产生文学因子的。

第三，幽默调侃的叙述风格。继平的叙述笔调是幽默调侃的，他习惯讲述小人物的命运，他觉得自己就是一个小人物，所以，在叙述这些人物的命运和人生时往往采取自我嘲弄、自我调侃的笔调。但是，《埠魂》是要叙述历史的，是要叙述大人物的，所以，以往轻松、调侃的笔调还可以用吗？我读后觉得小说还是一如既往地采用这种叙述笔调，而且，以轻松、调侃的笔调写历史，写人物的壮举，甚至写浪漫的爱情（比如守旧的、刻板的何先生与秋花的爱情），却产生了一种别样的艺术效果，正剧和喜剧掺和在一起的艺术效果。这种有点混搭的叙述风格我以为有时可以让小说更有意味，更富有张力。

总的来说，我以为《埠魂》虽然留有遗憾，但的确是一部成功的长篇小说。

潮汕新时期散文创作评论

郭启宏：理性和感性的兼具相融

郭启宏，1940 年生，广东饶平人。北京人民艺术剧院一级编剧。代表作有剧作《司马迁》《南唐遗事》《李白》《天之骄子》，长篇小说《潮人》及散文集《四季风铃》。

郭启宏的诸多剧作我是读过了的，从《司马迁》到《南唐遗事》《李白》《天之骄子》，古代"士"的悲剧命运，让人有一种喘不过气的压抑感。但一册《四季风铃》，读了却是另一番滋味。打一个并不很恰当的比方，就像古代文人手中一把散发着墨香的折扇，清淡、悠闲、舒雅。这种风格在"风物杂咏""有闲书话""文心艺品录"几个小辑中体现得最为充分。"风物杂咏"述说的是作者对于诸如红豆、折扇、戏台、吃食、饮酒这类积淀着深厚的文化内涵的物事的吟咏，这是一种自我把玩，但玩的不是阿猫阿狗，从中自然见出一种文化品位。"有闲书话""文心艺品录"则述说访书、藏书、读书、品戏之乐趣，字里行间洋溢着悠然自得的神态，请读读这段文字：

本世纪初，孙中山曾对一个日本人说："我一生的嗜好，除了革命之外，只有好读书。我一天不读书，便不能够生活。"无独有偶，半个世纪后，毛泽东对另一位日本友人——田中角荣也说过类似的话："我有读不完的书。每天不读书就活不下去。"真是不可一日无此君！补天的伟人尚且如此，何况碌碌吾辈！一天二十四小时，一小时六十分钟，谁也留它不住。于是冥冥中又响起那亲切的呼唤：且读书去！

——《且读书去》

同是文化味道很浓的散文，但是在这里你看不到余秋雨、张承志那种对于现实的焦灼的关怀，相反，透过这种轻松的不无幽默的语调，我们可以感受到一种闲适自得的文人雅兴。这说明郭启宏的写作是与主流现实保持了一定距离的，或者也可以说他是站在现实的边缘品味生活和人生的。这种写作姿态和写作风格，可以上溯到周作人、林语堂的散文，甚至是晚明的小品。对于周作人的美文，我是很喜欢的，但是，在一个血与火的年代，能那样闲适自得，这未免有点残酷。而在今天这个物欲泛滥的时代，读着郭启宏这类闲适、淡雅的文字，却自有一种悠长的韵味。

接下来我想谈的是郭启宏散文理性和感性兼具相融的特征。我个人认为，迄今为止，郭启宏的剧作塑造得最为成功的人物形象是诸如李白、李煜、曹植这类率真任性的文人形象，因此，在我的想象中郭启宏也应该是这样一种人格类型。现在读他的《四季风铃》，果然是见情见性之人。尤其是《悟以往之不谏》《梦里小阁楼》这类浸透着感情汁液的文字，读了令人慨叹不已。但不能因此就认为郭启宏散文的魅力就在于他的感性的文字，真正体现其散文的风采的，应该是他的理性力量。这种理性力量，主要体现在以下两个方面：

第一，郭启宏总是拉开一段距离，以一种超脱的眼光去看世态人情，他的感情也因这一"间离"而冷却和沉淀。就如他的《悟以往之不谏》，这篇散文以沉重的笔调记叙了一件往事："文革"期间，被划成右派的哥哥要"我"代传递一封上书中央希求摘帽的万言书，"我"害怕受到牵连把信件烧毁了，后来为了弥补自己的过失又忍气吞声央求一位同乡同学帮忙，哪知反而受到人家的嘲弄。受尽磨难的哥哥四十八岁便撒手西去，这更加深了"我"内心的悔恨。在文章的最后，有这样一段耐人寻味的文字：

又许多年过去了，恩恩怨怨都如浮尘。我常常想起哥哥，有时竟从梦中哭醒。……我似乎从理不清的头绪中理出了一种"超越"，那不是我和他两兄弟之间的感情纠葛，或许最终存留下来的是几分苦涩。我偶尔也会想起那位同乡同学，但我感觉到的已经不是什么怨恨之类的东西，而是一种由历史揭示出来的令人痛苦的嘲讽。因着这嘲讽，我理解了曾经憎恨过的许多人和事；也因着这嘲讽，我的毫端远离了造作的潇洒，而现出举重若轻的涩进。

因为以超脱的眼光去审视，悲伤和悔恨便化为"几分苦涩"，憎恨也成为一种嘲讽。情感不再是宣泄而出，而是在理智的过滤下点点滴滴渗透出来。感性的文字于是显出了理性的深刻。自然，要做到超脱也非易事，要有深厚的人生阅历，以及在此阅历基础上对人生的了悟，那应该是人到中年生命渐趋成熟之后才会有的一种品格。而郭启宏，他的笔端显见已流露出阅尽人世沧桑的那一份中年人的成熟。他在《四季风铃》这篇短文中曾描述过风铃在不同季节的不同韵味："冬之激越，夏之懒怠，春之温馨，秋之恬淡"，我觉得，郭启宏的散文，就好比秋天的风铃，"那精神，那韵味，分明透出一份绚丽后的平淡"。

第二，郭启宏的散文，显现了一个史学家的见识力。作为剧作家的郭启宏，近年佳作迭出，我想这既取决于他作为一个文学家的才情，也因为他具备了一个史学家的见识力。尤其他对于历史人物的理解和分析，每有新鲜独到的见解。同样，在他的散文中，不论是谈人生或论艺术，也每能见出他理性的穿透力。比如《太白飘然乎》，在许多人的眼里，李白是飘逸洒脱的，而在作者看来，"李白的大幸在于他清醒地认识到'达则兼济天下，穷则独善其身'，他的大不幸则在于'达'不能'兼济'，'穷'不能'独善'，于是，他使自己在'入世'与'出世'的矛盾冲突中度过了六十二个春秋"。这应该是对李白这一历史人物的独到而深刻的把握，设若作者对中国的"士"文化缺乏深刻的理解，他就难以有此独到的发现。在郭启宏那些谈书论艺的文章中，我们常常能感受到诸如此类的新鲜独到的发现。

既具有文学家的才情，又具有史学家的见识，这就使得郭启宏的散文虽然血肉丰满却不会像当今的"小女人散文"那样温软得让人腻味，感性和理性的兼具相融正是他散文的特征。当然，郭启宏的散文也有缺陷：有时太讲究结构，就难免有斧凿之痕迹，有时太讲究语言的典雅，读起来就有点不太自然。是不是郭启宏在写作时还未能从剧作家的角色中转换过来？戏剧和散文毕竟是两类不同的文体，而散文，我以为最高的境界也正是质朴自然。

李英群：智慧风趣的闲话散文

　　李英群，1936年生，男，广东揭阳人。潮州市潮剧院二级编剧，广东省作家协会会员。著有散文集《韩江月》《记忆中的风铃》等。

　　我一直认为潮汕这块文化土壤是较适合散文生长的、能代表当今潮汕文坛的创作水平的，应该是一群散文作家，而李英群是其中一位较有自己特色的老作家。在出版第一部散文集《韩江月》的时候，他的写作还受到某种传统思维模式的制约，还寻找不到自己的个性。而1999年出版的《记忆中的风铃》，原来被遮蔽的创作个性显现出来了，浮现在我们面前的写作者，正是那个我们在平日中看到的侃侃而谈的智慧而风趣的李英群。

　　在《记忆中的风铃》中，我以为最有价值的文字有两类，一类是记人的，收录在《大雅小雅》中。这类篇章多是回忆故人与朋友的，作者是怀着深切的感情去记叙他们或辉煌或平淡的人生的。因此，在读这类作品的时候，我常能感受到浸漫于其中的一种感念，这种感念有时来自对人物坎坷命运的关切，比如他的《细细老弟》，写儿时一个伙伴，后来被人领养并带到泰国，几十年来一直苦苦拼搏，却因没有发财一直未敢回唐山。人物的命运令人感慨不已。感念有时又来自对人物精神之美的感动和慨叹，比如他的《阿人叔》，写他所认识的故乡的一个小伙子，抗日战争时被日本兵抓去养马，后来冒着生命危险将日本兵要进村的消息传给乡亲，最终惨死在日本兵的刺刀之下。作者在描写阿人叔短暂而灿烂的人生的时候，字里行间是充满了深切的感情的。但是，我在这里还想指出的是，这批人物素描，作者不仅仅，甚至也可以说主要不是传达他的情思和感念，更重要的，是要表达他对于人生的省察和反思。上面提及的《细细老弟》，作者对细细老弟人生的慨叹其实已融入他对于命运的反思；还有他的《本基兄》，本基兄是儿时一个伙伴，勤勤恳恳、任劳任怨当了40年干部，退休后因失落而终日烦闷不安，后来在天台搞了一个空中菜园，觉得生活非常充实。我想在这篇作品中，作者所要表述的，是一个人如何给自己的人生定位，如何寻求自己的人生位置的问题。再如他的《小薇》，小薇年轻时家庭经济很一般，但知足常乐，日子过得很舒心。后来丈夫发了财，购买了一套200平方米的住房，整日忙于擦地板、开窗关窗，生活反倒过得很辛苦。在这里作者所提出和省察的一个问题是，什么样的人生是快乐的，占有物质的人生是否就是快乐人生？我觉得，作者多是以一个民间的知识分子平和、通达的人生态度去省察人生的，不能说这些作品表达了多么深刻的人生哲理，但它能使人从世俗中转向静谧、超然的境地。

一方面是怀着深切的感情去关注这些人物，另一方面又以学者的视角去思索和省察各式各样的人生。所以，李英群的这类作品是诗情和哲思的融合，而正因为有对人生透彻的思索和省察，他的深切感情才会得到节制而化为淡淡的感触和喟叹，他的作品才会是发人深思、令人回味的。

另一类作品是说理的。这类作品在集子中占了大多数，包括《大雅小雅》中的部分篇什及《千字百味》一辑。这些文字表现了作者对生活极其广泛的兴趣，小到日常琐事，大到国家大事，都能显现作者机智而谐趣的笔调。这其中有对人生的品味，如《雨天话题》《难得感动》等；也有对文化的体察，如《滴茶》中由"滴茶"这个方言词联想到潮人闲适恬淡的文化心态；而更多的是对生活世相的评论。这评论自然不是绷起脸孔的学者式的深究，而是带着个人色彩的，有时甚至是片面的品评和"戏说"。比如他的《哭嫁》，由旧时姑娘出嫁的"哭嫁"，联想到当今的"笑嫁"，然后，作者出人意料地提出一个看法："哭着出嫁者离婚率低，笑着结婚者离婚率高"，因为"哭嫁者多想到婚后不只有欢乐，也有麻烦甚至痛苦；笑嫁者只想到享受爱情，缺乏对家庭中那些烦恼的，没多少浪漫色彩的油盐酱醋、孩子尿布的思想准备"。这自然是片面的推导，但蕴含着作家对人生深刻的体味，更重要的是，它显现了作者的机智和风趣。老实说，相对那种严密周全却了无生气的放之四海而皆准的真理，我更喜欢这种虽片面却透着机趣的见识。读这些文字会使我联想到周作人的小品，遗憾的是，李文缺乏周文背后博大的文化背景作支撑，多是就事论事去议论，文章显见流于浅显。

总体来看，李英群的散文是主智的，而非主情的，所以他的散文的叙述方式就不是倾诉式的，而是闲话式的，或更准确地说是聊天式的。他的叙述语言少用书面语，而是夹杂着潮汕方言口语，且少修辞，少渲染，读来亲切自然；就句式而言，少对偶或排比式的整句，也少沉闷冗长的句子，而是长短相间的散句，这长短相间的散句，形成了舒缓自然的节奏和闲适的氛围，读来确有一种听朋友谈心闲话的味道。当然，有些地方叙述过于方言化，如果用普通话阅读，又有些生硬和拗口，这是不足之处。

黄国钦：仁者的散文

　　黄国钦，1974 年开始文学创作，一开始既写小说，也写散文。大约从 20 世纪 90 年代末开始，他就把主要精力放在散文创作上。迄今为止，他发表的散文已一百多万字，并出版《心路屐痕》《梦年纪事》《兰舍笔记》《花草含情》等多部散文集。曾获中国当代散文奖、首届秦牧散文奖、首届"九江龙"散文奖等。在广东当下的文学创作中，潮汕的散文创作是占有重要地位的，而我以为，黄国钦是潮汕散文创作的一个代表性作家，一个已经形成自己艺术风格的作家。

一

　　国钦的散文大体可以分为地域散文和人物散文两大类。

　　先谈地域散文。这是最能够代表国钦散文创作水准的一类散文，他的代表作《烟雨潮州》《向南的河流》就属于这类散文。从现代散文发生、发展的历史来看，地域散文作为一种创作潮流应该是在二十世纪八九十年代之后，那个时候的人们开始意识到地域文化的重要性。文学当然不等同于文化，但是，好的地域散文创作，作家在描摹自然、社会和人生的时候，必定是揭示地域的群体文化意识和社会心理的，比如汪曾祺写高邮，我们能够领略到江南文化中雅致的生活情趣。贾平凹写商州，我们能够感受到粗犷、豁达又略显保守的商州人精神。同样地，国钦写潮州，也能够在民俗风物的描写中展示潮州人的文化精神。比如他的《烟雨潮州》，写的就是家乡的名物风情、日常生活，从玲珑剔透的潮州民居到充满神秘、灵气的一座座古井，从精细的工夫茶到婉转清丽的潮剧，从心灵手巧的绣女到鬼斧神工的木雕师傅，在作者诗意化的描写和渲染中，潮州那种儒雅恬淡的文化氛围，那种灵慧纤细的民性跃然于纸上。在国钦的这类作品中，包括他的《潮州四题》《春诗——潮州元宵民俗侧记》等，我们可以看到，风物人情并不只是镶嵌在生活画面上的装饰品，作者的意图是通过这些去揭示一种更为内在的、富于地域特色的文化精神；作家不仅是展现一些有意思的生活片段，而且让我们感受和联想到这片段背后一点一滴的线索、千丝万缕的来历。所以，他的散文，常散发出悠远深厚的文化韵味。

我以为，国钦是以一个地方文化代言人的身份在写作的，他对于潮州近乎偏执的爱的描写可以清楚地显示这种写作姿态。与此形成鲜明对比的是他对另外一些城市的描写，比如《上海，一个不逝的记忆》，一次旅行，让"我"在感叹这座城市的从容不迫、雍容大度的同时，也见识了上海人的精于算计，见识了他们居高临下审视外地人的优越感。这样的描写说明作者审视这座城市的比较超脱的立场和姿态。所以，你也可以批评国钦以地方文化代言人的身份写作的时候，缺乏一种理性审视的眼光，缺乏一种现代意识的观照。但是，当国钦用赞赏的、仰望的姿态写作的时候，地域文化中神秘的、灵性的现象被保留了下来。比如《春诗——潮州元宵民俗侧记》中潮州人祭拜神灵的习俗描写，《那天我在畲寨逛荡》中所讲述的畲族始祖由龙犬变为人身狗头的神话，作家虔诚的叙述、谦卑的聆听让我们领略到潮汕这个民系神秘的、巫性的一面。有时候我们需要作家深刻、理性的眼光去观照生活；有时候我们又觉得，比起理性和必然性，偶然性和神秘性更具有感性的文学气息，更能够产生文学的因子。

《向南的河流》属于地域散文的另一类，不是讲述日常的生活，不是描摹风情民俗，而是讲述历史，讲述韩江这一条河流的历史。这是中国唯一一条自北向南流入大海的河流，是哺育了中国南方客家人、潮汕人这两个有着独特文化民系的河流，也是一条曾经被称为恶溪的桀骜不驯的河流。作家讲述着千百年来人与河流抗争的历史，从唐代韩愈驱逐鳄鱼并写就流芳千古的《鳄鱼文》，到北宋历任知府修筑堤坝和城墙，明代的镇海将军王光国修整城门，清代知府吴均跳进滔滔河水以身祭水……一任任的州官，与一代代的先民一道，"筑堤镇水，建城安澜"，写下了可歌可泣的故事。这篇散文的素材显然来自作家对史料的搜集、考证与整理，但是，在写作的时候，作家不是铺陈这些历史材料，不是热衷于历史的考证与研究，而是依靠丰富而巧妙的文学想象，将枯燥的历史材料，记叙演绎成为一篇具有很强可读性的历史散文。比如，作家在写到韩愈被贬潮州时有一段虚构性的描述：

遥想当年，偌大的中华，却只有三几千万人口，这一路走来，八千里官道，竟看不到多少人烟，只是山连着一座山，林连着一片林。刚出长安的时候，感到的还只是干冷，看到的，是掉落了树叶的杨柳，枯萎了的干草，飘落的雪花，和若有若无的浅浅的脚印。越往南走，村落和人烟，是越发的稀少，天气，是越发的感到湿寒，冷入骨髓。一天，一天，倒是路旁的山岭，渐渐多出了些许绿意，路边的山林，多出了油油的叶片，路下的枯草，渐渐洋溢出生机。就这样水陆兼程，经过两个多月的长途跋涉，公元 819 年 3 月 25 日，韩愈终于到达了潮州。

这显然是作家虚构性的描绘，季节和自然景物的变换、长途跋涉的行程、心理的微妙变化等等，寥寥数句，却有着小说的意味，文字的画面感也很强。如果说国钦那些民俗风情散文显示了他表现文化心理的能力的话，那么这类叙述地方社会变迁的散文显示的是他诗意地想象历史、书写历史的能力。在历史数据与事件的背后，表达对人物命运与人物心理的关注，表达作家对生活的诗意化的想象，让作品散发出深厚的历史意识与诗性情怀，这是国钦地域散文创作的另一个特征。

上下几千年、纵横几千里的广阔历史时空，几十个历史人物的轮番上演，人与自然的纠缠与搏斗，作家的眼光已经溢出潮州而投向更为广阔的社会人生。《向南的河流》无疑是一篇具有大气魄的散文。一条大河是必须有一部与之相匹配的作品的，国钦这篇散文是配得上韩江这样一条河流的。

二

国钦散文的另一大类是人物散文。其中既有记叙历史人物的，如《九江焚稿》等；有记叙邻人师友的，如《重读林非》《花草含情》《流浪的朋友》等；当然也包括自传体散文，如《我与中山装》等。

《九江焚稿》是国钦继《烟雨潮州》《向南的河流》之后又一篇代表性作品。这篇散文记叙的是晚清一代儒学宗师朱九江。九江 13 岁的时候其才学就深得两广总督的赏识，但是，他直到 41 岁才中进士。之后，远赴山西任候补知县 190 天便辞职回乡，开始他的治学教书生涯。他的学生，包括了晚清考中状元的梁耀枢，在近代史上叱咤风云的梁启超等。他淡泊名利的高尚人格，视野开阔、兼容并蓄的治学和讲学风格深深影响了一代代学子。晚年，他潜心著述，撰写了多部著作。但是，去世前，他却把自己的著作全部焚毁，没有人明白其中的缘由。这篇散文显现了作家人物散文的两个方面的特征：第一，他的这类散文的叙述指向是人物的命运，他往往是截取一个或几个生活片段勾勒人物的命运，他常常以悲悯的眼光体察笔下的诸种人生。一些人物散文，作家的叙述指向是丰富复杂的人物性格，作家或者着力揭示人物心理嬗变的线索，或者展现人物个性形成的过程、人物性格的多个侧面，这是小说家的写作套路。第二，还有一些散文，作家着力挖掘的是人物的文化心理或者文化人格，这是以余秋雨为代表的文化散文经常选择的写作套路。但是，国钦的选择稍稍不同。他写人物，不会纵向描述人物性格或者人物心理的发展变化，他更多的是截取人物的几个人生片段。比如写九江，他选取的就是三个片段：少年得志、中年的落寞、晚年的奉献与悲剧。九江的一生给世人留下两个谜：为什么在山西任候补知县 190 天便辞职回乡？为什么去世前会焚毁自己耗费毕生心血写就的著作？如果要揭示人物的性格特征、表现心理嬗变的线索，又或者要挖掘人物的文化心理、文化人格，这两个空白恰恰是需要作家去填补的，是需要作家运用想象去解读和还原的。但国钦没有试图去解读，他保留了朱九江人生之谜，使得人物命运的偶然性、悲剧性也因此凸显出来了。有时候，国钦是试图走进人物的内心的，但更多的时候，他是超越出来，用悲悯的眼光体察他笔下的人物，看着他如何意气风发，如何在落寞中奋发，又如何走向虚无和绝望。

国钦这种截取某一个或几个人生片段勾勒人物命运的写法在他的系列散文《花草含情》中体现得更为充分。比如其中的《玉兰》，写邮电局一个职工步曹，步曹"是一个黑脸的人，有时候很凶"，喜欢在晚上扛着鸟枪打歇在高大玉兰树上的鸟。"文革"的时候，造反派看上步曹，让他当打手，步曹不愿意，于是被批斗。后来，高大的玉兰树被台风吹倒，步曹也不见了。这篇散文，描写步曹的只有两个生活片段，篇幅百余字，人物留给读者的只是一个剪影。但是，步曹的命运，以及隐含在字里行间的人生慨叹却给人留下深刻印象。《无花果》也一样，写小城的一个姓郭的牧师，院子里长着两棵无花果树。牧师在家里写字读书，偶尔会用竹竿沾上胶，给我们捕无花果树上的蝉。后来"文革"发生，牧师被批斗，女儿被迫与他划清界限，儿子被打死。奇怪的是，无花果树也不结果了。我个人很喜欢这一组散文，用"兴"而非"比"的手法，不是以花草树木"比"人，而是由花草树木联想到人，写出花草树木与人的命运的关联性。作家笔墨简洁，字里行间散发着很强的人生观、命运观。我总是觉得，在国钦文字叙述的背后，有一种浓郁的人道情怀。

国钦人物散文的另一个特点，就是他常常把人物放在特定的时代环境中去描写，他笔下的人物常常与时代处于纠缠状态之中。或者，他描写人物在时代困境中勃发，比如晚清乱世中的朱九江。又或者，表现人物在时代中的受难、挣扎，《花草含情》中种种人生悲剧，就留下深刻的时代烙印。自传体散文《我与中山装》也是这样，一件中山装，写出一个家庭的悲欢离合，写出时代的兴衰成败。有时候，你会有一种感慨，对于新中国成立后在种种政治波折中成长起来的作家来说，表达时代对人生的影响，是一种思维定式。而赋予人物以时代的内涵，让他的这类散文读起来有一种历史的厚重感。

三

有些作家是仁者，有些作家是智者。仁者执着人生，智者超脱人生。仁者执着于感情的抒发，智者追求思想和趣味的表达。国钦无疑是一个仁者。读他的散文，我常常想起两个字：温厚。

国钦长得高大魁梧，令人奇怪的是，他的文字不是粗犷的，而是细腻和温情的。记得十多年前我读过他的《人在千里不忘家》，写他有一年夏天在北戴河，忽然想起了家，一股思家的辛酸涌上心头，于是那天上午一连往家里寄了两封信还拍了一封电报。不知为什么，这一篇本来很家常的散文却深深打动了我。当然，国钦的散文不只是表达一种人伦之爱。他的人物散文，表达着作家对于笔下人物命运的体察和关怀，我们能够从字里行间感受到深切的人文情怀。他的地域散文，表达的是家园之爱，他对生他养他的这片土地既有深切的了解，也有深切的爱，如《烟雨潮州》：

潮州还是井的天下。雨、水、井，清洁了潮州的一方天地，也滋润潮州的一方人情。清晨和黄昏，汲水的哥们姐们，便围着宅后的井台。一眼小小的砖石井，飞扬着四五支脆脆的潮音，和着青苔绒绒的井埕、和着井埕边三月里新芽嫩绿的蝉桂，那一份情调哟。潮州的井水别一样的清冽甘甜，喝这水的潮州男子春山灵秀，喝这水的潮州女子春水柔柔。这灵山秀水，阴阳合一，便生成了潮州男子的鬼斧神工。三家巷的金漆木雕、上东堤的麦秆剪纸、开元街的花灯香包、枫溪镇的通花陶瓷。潮州男子的一双巧手，全不让潮州女的抽纱绣花。单单三家巷的金漆木雕，便刻出潮州男子的千古绝唱，百世风流。这些潮州男子，一把木锤，一撮雕刀，便在潮州通衢热闹大街上的这条怡静小巷里，雕刻了一座古城的历史，一首淡淡的民歌，和一份潮州人钟灵秀气的精神。

作家笔下的意象，是浸透着温婉、深切的感情的，他的文字是饱含着感情的汁液的，你甚至会觉得他对家园的描述有一点理想化，他对于家园的爱有一点偏执。

与仁者的情怀相关联的是国钦散文独特的表达方式。这种表达方式，我用"诗性倾诉"去概括。在抒情方式上，他有时会用象征、暗示的表现手法，比如《花草含情》等，但是，更多的，他是用倾诉的、直接抒情的方式，是用感情直接告白的方式；在语言表达上，他的用词是清雅的、富于诗意的，而且他喜欢用叠音、排比和反复抒写的修辞手法，达到徐缓、委婉的节奏和复沓回环的旋律。所以，他的散文不仅有情感之美，也散发着音乐之美、旋律之美：

一曲唱腔悠长悠长的潮剧，用漫漫五百年的历史，唱出了一个全国十大剧种的名儿，那些清清丽丽的歌喉和风摆杨柳的台步，想来必是源于轻声细语的潮州方言和雨伞下脚尖儿款款莲移的行姿。

——《烟雨潮州》

生长在潮州这块土地，每天每夜，总有一种异样的神韵在吸引着我，昭示着我，那是一种遥远历史的回声，那是一条丰沛大河在澎湃，那是冥冥中远古的先民在吟哦。

——《向南的河流》

这是国钦常用的叙述方式，诗性倾诉的语调和方式。这种诗性倾诉的语体在情感结构上是单纯的，但是那种如细流般漫过你全身的感情会浸润着你，那种富有音乐感、节奏感的旋律会感染着你、溶解着你，这是他散文艺术魅力的所在。

每一位具有自己艺术风格的作家都会形成自己独特的语体，我以为，"诗性倾诉"就是黄国钦散文具有标志性的语体特征。

林桢武：生存本真的诗意探询

　　林桢武，1965 年生，男，广东饶平人。《潮州日报》副刊部主任，广东省作家协会会员。出版散文集《拉曾集》等。

　　我常常觉得林桢武和我一样，是生活在自己臆造的精神世界中，与世俗社会保持着一段距离：有时读他的散文，我能体会到一种发自内心的隐约的感动，这种感动大约是缘于彼此相同的人生态度吧，而当我想细细去深究时，又分明觉得难以清晰把握。近日读到《夜空》中的这样一段文字时，平日的感受骤然强烈，也渐趋明朗起来：

　　有多少年我没有跟这样的夜空对视了，……回想这些年来，寂寞的苦读，纷繁的人事，忙乱的工作已夺去了我的所有时间，我活在一个充满着人的琐碎和无聊的空间，这个世界似乎变得愈来愈狭小。然而，这么些年，我又何曾觉察出这一点呢？究其原因，……是自己长期失落了自己的缘故。是我，我已经好久没有这样面对浩瀚的夜空，面对自我的心灵，好好想一想我存活在这个地球上的状况。

　　作家跻身于大众的生活状态之中，把眼光投向喧嚣的俗世之外，向世俗的生存方式发问。桢武这段内心独白，显现的正是一个处于俗世的诗人，抽身于世俗生活之外，对存在本真的省察和探寻。事实上，桢武的大多数作品，究其根底，都触及这一艺术母题，都是对人生本真的聆听和感悟。比如他的《永远的遗憾》，让我们感悟到伴随着人类的一种永恒的矛盾：人总是期盼和向往着完美，而人生又永远只能是以缺失的形式存在，人生的美和悲壮，便是诞生于这永远的遗憾了。在桢武这一辑散文中，写得最沉郁老到的无疑是他的《一棵树的联想》，那棵窗外孤零零站着的老柳树，使我无端地想起鲁迅

《秋夜》中的"落尽了叶子"的枣树。它们都是寂寞的，只不过枣树的寂寞是与周围环境的隔膜，柳树的寂寞是不知道从何而来也不清楚因何而死的寂寞，其实人生不也是一样，人并不知道从哪里来，也不知道将往何处去，生命原本便是充满了偶然性的。这篇文章之所以显得沉郁老到，是因为融入了作者这种对于人生悲剧性的深刻体味。

对生存本真的关注赋予了桢武散文诗性的品格，但这并不意味着他的散文是不食人间烟火的。恰恰相反，他的散文常常显示了对于普通人生、对于民生状态的关怀。比如他的《二十年前的家乡》，我读后至今仍不能忘怀那"一副眼镜似要掉下来，脑后用一根细线系住"的卖猴糖的老头，还有到镇上运粪便，不小心洒了一街的山乡妇人。在桢武的作品中尤其是在其写实性的散文中，有不少这种趣味横生的工笔描摹，这使他的散文充满着新鲜感和人情味。我想，对一个执着于功利的人来说，是不会去追问关乎人生的形而上问题的，更不会津津有味地去品味那种琐碎的民间生存状态。探求生存的本真也好，关怀民间的生活状态也好，其实都体现了桢武一种超越功利的较为恬淡的心境。

他的文辞比较简朴，少有年轻人那种浓艳的色彩；他的节奏很平缓，常常采用"的""了"这样的词结句，给人一种平和舒缓的感受，就像一个老者从容的叙述。但是，更为重要的是，他的散文少有年轻者的激情和柔情，潜藏于作品之中的，是一种经过沉淀了的，略带苦涩的冷静。熟悉桢武的人，都能从他寡言寡语的神态之中感受到一种强烈的个性，这种个性是源于"孤独和怯弱"的童年？还是源于那个畸形的时代和粗劣的自然环境？抑或是因为他对人生有着深透的悲剧性的感受？但是不管如何，我们在桢武的散文中能感受到由这忧郁的个性酿就的深沉情感，这种情感沉积在他的作品中，可说是他散文的底色了。即使是在他趣味横生的描写中，我们也能体会到这种淡淡的情调，就如在《二十年前的家乡》中，他饶有趣味地写卖猴糖的老头，写"招来一顿恶骂"的山乡妇人，但从中我们能体会到那种混乱时代中世态的炎凉、人生的沧桑。潮汕散文一向较为繁荣，但充斥报刊的大多是甜美的美文，相对来说，我更喜欢桢武这类略带涩味的文字。林桢武追求周作人、汪曾祺式的冲淡平和的散文境界，但由于尚缺乏大师们广博的思想和丰富的经验，有些文章于淡泊中略显清浅；他为文较少讲究谋篇布局，这一方面使他的作品浑然天成，较少人工痕迹，但有些文章又显得过于随意。当然，我觉得这些并不很重要。沿着这样的路子，相信桢武也会越来越显现出他的大气来。

邱喜桂：山川胜迹的文化感悟

邱喜桂，1949 年生，男，广东潮安人。广东省作家协会会员，现于潮州市某机关任职。曾出版散文集《旅影游踪》。

游记是散文的一大门类。当代游记有两种写作模式：一类是以纪实的笔调描摹自然景致，抒写作者对自然山水的欣赏、赞叹之情；另一类是寻求自然与政治的对应，即从自然山水中演绎、升华出某个政治命题。这类文章的开山鼻祖是杨朔。杨朔开启了游记写作的新思路，使山水游记不再流于写景抒情而富于思想或哲理的内涵。但这种故意借山水去做政治文章的写作套路多有生硬造作之感。而 20 世纪 90 年代初余秋雨文化散文的出现可以说为山水游记开拓了新思路。和杨朔一样，余秋雨也不是以虔诚的心态去倾听自然的韵律和音响，而是着意开掘山川名胜的人文内涵。但是，余秋雨寻求的不再是自然与政治的对应，而是自然与文化的对应。在他看来，中国文化的真实步履是落在山重水复、莽莽苍苍的大地上，揭开历史的尘封，封存久远的文化内涵就会奔涌而出。的确，对于中国的大多山川胜迹来说，它们已不是纯粹的自然景观，而是有着丰厚文化积淀的"人文山水"。这样，挖掘山川胜迹的文化内涵，一方面可以使游记更具有思想深度，另一方面又避免了杨朔那种故意为山水贴上政治标签的生硬和造作。正是因为如此，在余秋雨之后，寻求自然与文化对应的写作套路为不少作家所借鉴。

邱喜桂的游记散文也是借鉴了这种方式，他的散文往往是借助山川胜景展开对往昔的回忆与追踪，但是这种回忆与追踪不仅仅是简单的发思古之幽情，而是一种复杂的审美：他拂去历史的尘封，深情地抚摸历史的肌肤，把这里曾经发生过的历史的更迭、人文的蜕变袒露在我们的面前，并由此思考、感慨文化和人生。比如，他的《武夷宫感怀》，作者以武夷山的冲佑观作为构思的焦点，然后辐射开去，展开对几百年大宋王朝兴衰成败的感悟和思考。

小小的冲佑观，在南宋时期竟然聚集了三位大学者：理学大师朱熹、大诗人陆游、大词人辛弃疾。他们都是文化巨匠，而且都是因为主张抗战而遭贬冲佑观。作者从他们的命运际遇可以看出整个宋王朝的缩影：宋朝的开国皇帝赵匡胤是靠兵变执掌政权的，他深晓执掌兵权的重要性，害怕武将建功立业威胁自己，所以一向嫉恨武将，且采用"弱兵御边，强将镇内"的安全策略。这种治国的基本策略，"把赵宋王朝弄得兵连祸结，狼烟四起，以致二帝被俘，'北狩'而去"。后来，赵构在杭州建立南宋小王朝，由于害怕失去帝位，宁可偏安一隅，也不想抗金复国，朱熹、陆游、辛弃疾就是因为主战而被贬。但这三位毕竟还是文人，宋王朝对武将是嫉恨，对文人相对而言是重用和宽容的，三位大文人只是被贬而不像岳飞那样惨遭毒害即是证明。这种重文轻武的治国方略，为宋代的文化繁荣营造了良好的环境。这样，面对几百年的大宋王朝，作者油然而生一种复杂难言的历史感慨。

"一部宋史，想起来实在令人心情复杂。我既为它的灿烂文化点头微笑，又为它的备受欺凌扼腕叹息。而这矛盾，居然包容在统治了很长时间的宋代，犹如一个历史跛子，一拐一拐地走了 319 年。"我很欣赏邱喜桂这篇文章中的一句话，"没有文化底蕴的山水显得苍白"，同样地，没有文化底蕴的山水游记也是苍白的。这篇文章的篇幅并不长，但蕴含了作者对宋王朝几百年历史变迁的追踪和反思。作者的述说过程，其实暗含着对历史的理性思考，暗含着清晰思辨的智慧闪光。同时，在作者的述说中，我们也可以感受到一个文化人在浩大的历史时空中对历史、文化的关怀和深切的体味，在他展开历史的时候，其实是在展开一个传达心灵感受的宏大场所，所以，作者的述说，是浸透了理性和诗性的。

文化散文是需要学识的，尤其需要作者对历史文化独到的发现和思考。邱喜桂的散文并不是每篇都蕴含着深刻的思想或哲理，但他的思考往往是独到的。比如他的《沉思藏经洞》，这一篇是反思敦煌文化遗产流失的悲剧的，余秋雨也写有一篇同类题材的散文《道士塔》，但两位作家思考的着眼点是不同的。正如余秋雨所说的，他的散文有一个基本主题，那就是文明与愚昧的冲突，所以，他把敦煌文化流失的主要原因归结在莫高窟的主持王道士身上。尽管他觉得让王道士"这具无知的躯体全然肩起这笔文化重债，连我们也会觉得无聊"，但作品却通篇充斥着对王道士的无知的轻蔑和嘲弄。在作者看来，正是这种无知，致使敦煌大多文化遗产遭践踏和流失。但是，邱喜桂的《沉思藏经洞》却把敦煌文化悲剧归结在清王朝这架僵硬的官僚机器上。其实，王道士虽然无知，但他也意识到"洞中的文物非同寻常"，并千方百计向县令、道台乃至慈禧上报，但并没有得到哪一级官吏的重视。执政者对经卷的漠视也使王道士怀疑敦煌的价值，这才有了后来经卷的大量流失。所以，在作者看来，"王道士固然该骂，但更该骂的是清王朝及河西走廊的各级官吏"。我们当然不能说邱喜桂的《沉思藏经洞》比《道士塔》写得更为精彩，但在对历史的反思上，我认为邱文比余文更切实，也更深刻。

邱喜桂的散文也有一些作品主要不是表达对历史的思考，而是表达对人生的感悟，比如《灵塔寻踪》。灵塔是布达拉宫供奉历世达赖金身的场所，饶有趣味的是作者发现从五世至十三世达赖中，唯缺六世达赖的灵塔，这引发了作者探索的兴趣，原来是因为他"耽于酒色，不守法规"，为布达拉宫高层所不容。但是，在作者看来，六世达赖的反叛清规戒律，敢于表达对爱情与自由的追求恰恰体现了他人格的率真及灵动的生命形式。这种率性而为的品格及活泼的生命体验，使他深得藏民的喜爱。虽然没有灵塔，但人们仍称其为"永远的仓央嘉措"。我个人是比较喜欢这篇文章的，虽然这一篇没有《武夷宫感怀》那种深刻的理性思考，但这种充满人性的独到文化感悟却使文章富于诗性意味。事实上，文学固然需要对于社会历史的理性思考，但更需要这种富于人性意味的诗性感悟。当我们今天面对历史的时候，历史已被坚硬的外壳包裹，原来活泼多彩的人生也被抽象化和凝固化了，而对于作家来说，他的责任就是剥开历史的外壳，用诗性的眼光去激活这抽象化、凝固化的人生。在阅读余秋雨散文的时候，我很佩服他广博的学识以及在此基础上对历史对文化深刻的理性透视，但他偏爱对历史的思考，相对而言缺乏对生命存在的诗性感悟，则是不争的事实。

总之，或是对历史文化的理性透视，或是对生命存在的诗性感悟，这使邱喜桂的散文具有一定的文化或文学的品位，散发着浓厚的文化韵味。

在艺术表现上，虽然是承接了余秋雨散文的思维方式，但邱喜桂的散文也有自己的写作特点。余秋雨作为一个学者式的作家，对民族文化有一种整体思考的眼光和意识，所以他的想象，常常是上下五千年，纵横几万里，文章有一种大开大合的气势，但有时难免流于空疏和造作。邱喜桂的写作则只是作为一个游历者，对山川名胜触景生情式的思考和感悟，作品自然缺乏余秋雨散文那种开阔的思路和境界，但他对历史的体察和思考却是细微、切实的；余秋雨是一个理想主义者，所以他的叙述总是贯注着炽热激越的情愫，语言骈散相间，极具抒情魅力，但这种偏于抒情的语言极易陷入过度煽情的误区；邱喜桂的叙述相对而言是平和、质朴的。语调的平和因为没有强烈感情的逼迫而容易营造一种亲切、轻松的氛围，而语言的质朴也会让读者有一种亲和感。当然，有时行文过于平实艰涩，也会弱化散文的文气，使他的一些散文在文气上不够顺畅，这是他的散文个别篇章中存在的毛病。

黄少青：中年人平和温婉的言说

　　黄少青，1947年生，男，广东揭阳人。广东省作家协会会员，现于揭阳市某机关任职。曾出版散文集《山河留影月留痕》。

　　黄少青在我眼里应该是一位睿智的长者，但出乎意料的是，他的散文大多是抒发感情的，他是属于外表平和，但感情丰富且比较敏感的那一类作家。

　　马克思曾经说过，人是社会关系的总和。但是一个人在社会中生存，有些更为看重政治关系或经济关系，有些则更为看重感情关系，这样的人似乎只是活在各种各样的感情牵扯之中，黄少青便是这样一位作者。他的文章有写亲情、乡情的，但写得最好的，却是对曾经和他的人生牵扯在一起的某人或某事的追忆和怀恋。比如他的《常在念中的"忘年之交"》，写他在粤北时结识的一个热情而又很有才气的小伙子。尽管小伙子比"我"小十多岁，两人却因共同的爱好成了"忘年之交"。小伙子有一个长得很漂亮的女朋友，那时"我"已隐隐觉得这姑娘有些冷漠和自私，但不愿意向小伙子谈起。后来"我"回了趟家乡，得知小伙子也结婚了。过了几年后，小伙子突然来信说他已离婚，而"我"当时"因自身事务繁冗，心绪也较乱，所以只给他写了一封简短的回信"。之后，"我"和小伙子便断了联系，而"我"却一直处于深深自责之中，为没有在结婚前及时给予他劝诫，也为没有在离婚时多给他些许的精神支持："但我却错过了责任，甚至无意间挫伤了人那渴求安慰的心，对此，我永远不能原谅自己！"这篇文章虽然是用质朴的口语写作的，但是，作者对小伙子命运的关切和牵挂，及其在作品中表现出的坦诚和歉疚，读来令人感动。《常常波荡于心的纯美》也是写得较为出色的一篇。作者写了在粤北山区下乡时期的两个生活片段。一个片段写"我"在闭塞、贫乏的生活环境中，有一天惊喜地在溪涧边的苇丛里发现了一株野百合花，那时生活是艰辛而单调的，这一株野百合花的出现像是为"我"灰色的日子"抹上了一道亮光，又像满是柔情的轻抚，慰藉了我内心的焦灼和茫然"。多年之后，"我"因生病到某城市住院，在医院碰到一个护士"兰姨"，她对"我"热情的帮助、细微体贴的护理和柔声的安慰，使"我"想起了那株莹洁如玉的野百合，后来在"我"的印象中，"兰姨与野百合就常常交迭在一起"，"而且这印象不会随着时间的流逝而淡去，有时反而更加明灿"。我觉得这篇作品在少青的散文中是艺术上较为精细的一篇，意象的象征、氛围的渲染都恰到好处，文字也仿佛散发着野百合般的清香。但让人感动的仍是作者的诗心，具有这诗心的人，才会执着地感念自然和生活给予他的恩赐，才不会让世俗侵蚀他深藏于心的纯美。

说黄少青的散文是抒情的还不够，还要说明的一点是他所抒发的是一个中年人略带苦涩、略带韵味的感情。正如上面所说的，他的散文多是对过往人事的追怀，当他回过头去体味这人和事的时候，就有一种理性的反思蕴含其中。而感情因这理性的反思也过滤、升华为一种意味深长的体验。比如他的《往事已非》。作品叙述了"我"在粤北山区下乡时和一个女子的感情经历。那时她是知青中的组长，有一次"我"意外工伤，她出于对下属的关心来看护"我"，两人从此有了一种微妙的感情，而她对"我"的关照和呵护也使"我"顿感人生的明丽和美好。但是在那个年代里，因为政治背景不同，相互间便只能小心翼翼地守护这种感情。后来她升迁为知青队长，"我"也下到工区，相互来往便日渐减少。再后来两人先后结婚，而婚后再次重逢，彼此已是人到中年，正是"往事已非那可说"。我觉得这篇作品典型地体现了一个中年人对于人生的思考和体验。对于一个年轻人来说，他往往是天真地坚信着自己的理想，所以一旦理想在现实中碰壁，便会生出一种呼天抢地的悲痛；对于一个中年人来说，他已经历过无数次的挫折，所以他能接受人生的变数和命运的无常，挫折对他而言所引发的只是一种对人生苦涩的感喟。在少青的这篇作品中，我们感受到的恰恰是这种带着苦涩的，然而又是意味深长的人生体验，那是一种参不透生命秘密而又认可了人生变数的生命感喟。在他的《岁月沧桑存浩叹》《在那没有卡拉OK的年代》中，作者抒发的也都不再是普遍意义上的感情，而是这种因经验理性的渗入而过滤和提升了的人生体验。我认为，对于文学而言，表现体验应该比表现感情更具内涵也更耐人寻味。

与之相联系的是少青散文的叙述方式，不是惊天动地的呐喊和激愤，也不是华丽而伤感的倾诉，而是一种平和而温婉的抒发。请看《往事已非》结尾的一段描写：

而夜也已深了。我们没有再继续说不完的话题。我骑摩托送她回家。一路上，她若有所思，话语不多。我呢，一面集中精神于路面，脑子里却反复吟诵着古人的一句诗：往事已非那可说。是的，往事杳杳，如今那堪回首重提啊！

这是重逢之后的分别，作者用平和的语调去抒发浓郁的感情，用质朴的语言表达深刻的人生感喟，这的确是典型的中年人的文体。

少青还有另一类散文即游记。写得较好的有《滕王阁思绪》《走近八大》《御碑亭前的沉思》等。这段时期，游记最流行的是余秋雨式的写作模式，即由山川胜迹引发出对历史或文化的思考。但少青的游记往往引发的是对人生、人心的思考和体验。比如对于朱元璋建"御碑亭"，世间多持批评态度，而作者却由此引发出一段关于人生的评说："仔细想来，世间万物皆无不处于矛盾之中，而人，从思想到感情，从心理到行为，往往更是充满各种复杂矛盾的载体，是不可能也不应该以简单的眼光来看待和认识的，对于朱元璋这样的帝王来说，尤宜作如是观。"又比如《石之游》，除了对攀登石山的艰辛有所感慨之外，还由下山时乘坐索道的惊喜，而引发对人生的联想："人就是这样，不亲历一些险境，也许人生就少了一些色彩。"所以，也可以说作者其实是借山川胜景表达自己对人生、人心的思考和体验，尽管这些思考和体验有时很难说很深刻，但体现了一个中年人对生活、对人生的包容的、温润的眼光和宽厚豁达的心态，我想这正是他的这类作品的价值和艺术魅力所在。

当然，少青的抒情体散文也有缺点，有一些作品局限于抒情而缺乏理性的支撑，内涵就显得单薄一些。另外，文字表达平和质朴但有的还不够简练，这也是一个不足。

少青虽长期在行政部门工作，却一直执着于文学，一直保持着对生活的一颗诗心，我想仅仅是这一点就很难能可贵了。

魏清潮：借景抒情散文的新变奏

近五六年来，魏清潮的文学创作进入了一个高潮期，他已接连在《散文》《散文百家》《散文选刊》《人民日报（海外版）》《作品》等刊物发表数十万字的散文。其实，魏清潮在20世纪80年代就开始文学创作了，只是，也许长期担任行政干部的角色难以让他持续保有对于文学的情怀。而现在，文学的热情在他的内心重新点燃，在观察生活时已逐渐从一个管理干部的眼光转换成为一个文学创作者的赤诚的诗性眼光，在现实人生的基础上，他开始营造自己的文学人生了。

魏清潮的散文创作所走的是传统的路子。他的散文大致可以分为两大类：一类是借景抒情的，比如《竹海》《拜雪》《厚重的原始森林》《秋天的伊春》等；另一类是托物言志的，诸如《鹰之重生》《蚁魂》《独活》等。借景抒情、托物言志的写作套路在杨朔之后的很长一段时间内几乎成为当代散文的主流，也曾经饱受人们的诟病。而人们的诟病，严格来说并不是针对这种写作套路本身，针对的是作家过于功利化的表达——创作者常常急于摆脱自然、物（或现实）的世界而进入象征性的、隐喻性的（这种隐喻又往往具有明确的政治指向）世界，急于用自己构造的隐喻系统去完成对自然、现实的反映、改造和提升。如此一来，生硬、矫情、做作的弊病就在所难免了。魏清潮的个别散文，也存在主体稍显生硬地改造客体的弊病，但从其大部分的散文，我们可以清晰地感受到，他是作为自然万物的体察者、聆听者存在的，他对大千世界的丰富性、复杂性，对这个世界勃发的生机、活力以及所展现的美有细腻的表现：

红树林深处，各种海生动物妙趣横生。滩涂鱼可以长时间离开水，甚至爬到树上休息，属两栖水生物。它弹跳自如，猛然一跃，可以跳过超过自身三倍的距离，故又称跳跳鱼。滩涂鱼求偶的方式也很独特，雄性滩涂鱼会摆出各种姿势跳"求偶舞"，吸引雌性滩涂鱼进入自己的洞穴，步入"洞房"。……雄性的招潮蟹的双螯一大一小，其中一螯很大，约占体重的一半，……有着大螯的招潮蟹很像一个拉小提琴的人，西方人称其为琴蟹或提琴手蟹。涨潮时，雄性招潮蟹常用力挥舞大螯，似在召唤潮水，因而称为招潮蟹。

——《海风吹过红树林》

应该说，魏清潮是一个有较强描绘能力的作家，他的散文大都是由这样具体、生动的细节支撑起来的，比如成千上万的蚂蚁抱成一团从烈火中突围的画面（《蚁魂》）；老鹰为求得新生惨烈地撞落旧喙、拔下老化趾甲和钙化的羽毛画面（《鹰之重生》）；一株老得已经挺不起枝干的樟树怀抱中耸立的两株英姿勃发的小樟树（《厚重的原始森林》）等，这些细节的描写，让他的散文，有着很强的画面感，有着丰满的血肉，散发着文学的魅力。更重要的，这种体察入微的描写，其实蕴含着作家对自然万物的基本态度：在他的笔下，一朵花、一只蚂蚁、一只鹰、一头牛、一片森林，它们都拥有属于自己的神秘世界，拥有自己的生存逻辑，它们在人类面前勃发着自在的、坦荡的美。事实上，魏的散文，固然有取材于历史文化的，有表现世俗生活的，但是，我总觉得，当他的笔墨从逼仄的生活空间延伸到自然万物，当他展开人与自然万物的对话和交流，尤其是当他面对的是壮阔、粗犷、雄奇的自然，面对的是富于活力和意志力的生命存在的时候，他的诗情就能得到充分体现，他的笔下就能展现出万千的气象，他的作品的格局就会豁然开阔起来。

不是生硬地以自己构造的隐喻系统去改造和提升自然，而是赋予自然独特的美和表现价值，我想这是魏清潮散文对传统借景抒情式散文的一个突破。

当然，对于一个作家来说，仅仅具备对于生活的描绘能力，仅仅能够生动、细腻地描写生活是不够的，他要在描写生活的同时融入自己的诗性情怀，融入自己的思考和感悟。也许是行伍出身的缘故吧，魏清潮特别善于挖掘在恶劣的环境中所迸发的大无畏的精神和顽强的生命力，特别善于表现在逆境中展现出来的乐观的人生态度。《拜雪》中的老军医，冒着严寒在 20 多公里的边境线上巡诊，最终倒在零下 30 多摄氏度的雪地里，他被冻成"一尊白色的雕塑"，那是寂静的，却又是多么震撼的画面，让人强烈地体会到生命的崇高感。同样是在雪山上，《六月雪》描写的是另外一种场景。在阿尔卑斯山的一个残疾人开办的小酒馆里，一位断臂的服务生，"面带微笑为我端来一小杯红酒"，一位坐在轮椅上的姑娘收拾着餐桌，"见我在看她，她笑着对我点点头"。残疾的身体也能让人感受到生命的尊严，感受到人性的温暖和美好。在另外一类散文中，魏清潮表达的是对人生的思考和感悟，而且这种感悟，不是小我人生的琐碎体验，而是豁达浩大的人生体悟。在《厚重的原始森林》

中，看到了几百年的苍老母树把养分和新生给了子树，作者即由自然界的新陈代谢联想到人生，"几十年的人世，只不过是匆匆过客，稍纵即逝。但是，历史也是由几十代、上百代、上千代人奋发的足迹连成的"。在《生死地》中，从孙女的出生，联想到多年前在同一个医院猝然去世的弟弟，作者也有着类似的感慨："世界上每天都有无数的人出生，无数的人死去，生与死是为了达到生态的平衡、善与恶的平衡、青春与衰老的平衡，生死犹如日落日出，人们必须遵循自然规律，随缘顺缘。"这是作家经历了人世的诸多风浪和波折，对人生有了超然、通透的理解而后发出的感慨，是超越了个体人生的恩怨之后对生命的整体性的深刻感悟。

所以，魏清潮散文营造的是一个开阔的艺术空间。一方面，他常常把描写的场景从社会延展到自然；另一方面，他常常超越个体存在，从人类整体存在的层面思考和感悟人生，他是在天地之间唱响激越的或豁达的人生之歌，这就铸就魏清潮散文鲜明的艺术风格：雄奇的风骨、豁达的境界和辽远的情怀。

二十世纪五六十年代的借景抒情式散文，作家寄托的是政治寓意；二十世纪八九十年代，作家喜欢借山水表达对历史文化的思考，而魏的散文，表达的是人性的力量和人生的思考。如果说对自然万物的细腻生动的描写是魏清潮散文的血肉，那么，对人性的表现，对人生的思考和感悟就是他注入作品中的灵魂。而且，在很多时候，他的散文的灵与肉是水乳交融的。我很喜欢《拜雪》中的一段文字：

看辽阔无垠的雪域，听一曲未了情的静夜思，轻轻的、静静的飞雪，让你感受到冬的诗情画意。沉默是一种力量，生命在这里驻足、沉思、休息，孕育着新的生机，让你惊讶感叹生命的活力和美丽。

好的文字，就是这样的，物与我、心灵与自然在交流中融合在一起。与这种物我相融的境界相联系，作者对人生的体悟，不是赤裸裸地诉诸理性的表达，而是呈现介于理性与感性之间的状态，而恰恰是这种游离于理性和感性之间的表达，让魏的散文，散发着文学的感性的魅力。当然，不是说魏清潮的所有散文都能够做到这一点，他的有些作品，包括上面举出的一些例子，作者有急于站出来言说的嫌疑，有急于用哲理化的语言对人生进行诠释的弊病。但是，总体而言，理性与感性的融合，应该是魏清潮散文的一个艺术特征。

最后，我想再谈谈魏清潮散文的结构方式。借景抒情类的散文，一般喜欢围绕意境的创造来谋篇布局。魏清潮也有一些散文是这样做的。但他的大部分散文，不是聚焦于某一点，而是借用电影蒙太奇的表现手法，通过扑面而来的一个个画面的闪回、重叠或者对比，抒情或言志。《蚁魂》是通过画面叠加的结构方式，蚂蚁筑巢的画面、抱团从大火中突围的画面、攻击德军的画面，重重叠加的画面让人们震撼，让人们对小小的蚂蚁移山倒海、翻天覆地的力量有了深刻的认识。《厚重的原始森林》是通过画面对比的方式，大铁锁似的青藤紧紧缠绕着粗壮棕榈树慢慢绞杀的令人窒息的画面，与垂暮的老樟树支撑着英姿勃发的小樟树的令人感动的画面构成对比，描摹着大千世界的丰富性和复杂性。《钓鱼台与放生台》《生死地》等也是典型的通过画面对比的手法表达作家对世界和人生的体悟的。魏的散文喜欢用对比的组织方式，我想与他已经形成的对这个世界和人生的整体把握的眼光是紧密联系在一起的。这个世界，快乐与悲伤、幸福与苦难、善良与丑恶、美与丑、生与死是相辅相成的，它们互相纠缠着、矛盾着，共同构建出一个富于生机活力的世界。

意境的创造，在一个相对封闭的、宁静的社会空间是适合的，而处在一个飞速发展的、日益开放的时代，我们必须尝试新的表达方式，表现更为丰富复杂的感情。

在传统的创作路子上做出新的尝试，形成自己的写作特色，这是魏清潮的散文值得称道的地方。

潮汕新时期小说创作五家合评

陈跃子：具有鲜明地域特色的小说创作

　　陈跃子，1958年生，男，广东澄海人。广东省作家协会会员，澄海文联主席。20世纪80年代开始文学创作，已出版长篇纪实小说《韩江骄子》，中篇小说集《女人是岸》，散文集《渔家客宴》等，其中《女人是岸》获广东省第十一届新人新作奖。

　　在新时期潮汕本土小说作家中，陈跃子是创作成绩较为突出的一个。陈跃子最为人称道的是中篇小说《女人是岸》。这篇小说以改革开放为背景，描写一群讨海人生存方式的蜕变。小说一开始写主人公阿蟹到海滩捉蟹，其中一个细节给人留下深刻的印象：

　　阿蟹一眼就瞪住了一只老蟹，老蟹知春果然早！赶这第一趟春潮就迫不及待地与蟹娘娘偷情来了！老蟹甲壳墨绿墨绿的，两对触角如针似剑，一对豆大的混黄眼睛燃烧着欲火，虎视眈眈地瞪着泥水里的母蟹，一对螯足欲举未举，四对步足躁动骚动，腹部附肢一翕一翕地……可是阿蟹还是忍住气，没有马上捣碎老蟹的风流梦，他真正爱看的是母蟹的蜕变！清波早已为泥浆染红，红得混浊而又有点朦胧美。蠕动在泥浆中的母蟹正在抽搐，挣扎，昏死；正在裂颚，探足，脱壳……万物生灵的蜕变总是痛苦不堪的，但几乎所有的蜕变都是生的奇观，美的礼赞！此刻的母蟹，已从昏死中苏醒过来，获得了更生！她带着新皮嫩肉，软绵绵娇态十足地从她刚刚挣脱了的、唾弃了的甲壳旁边爬了过来，走出了那一滩红混的泥淖，在清冽的涟漪中涤净了泥污和疲累，不胜负重的新步足在情欲的支撑下终于挪向垂涎欲滴的老蟹！

　　请原谅我引用了这么长的一段文字，我想这里体现了陈跃子小说创作的一个特色：对于生活热情而细微的体察以及由此带来的精妙细腻的细节描写。

我想一个作家倘若缺乏拥抱生活的激情，倘若缺乏对生活敏锐的感受能力，他的笔下是不可能有这样的细节描写的。而陈跃子的小说，往往充满这类细节，所以，他的小说是感性的、鲜活的、血肉丰满的。

但是，我之所以抄录这么一大段文字，目的还不仅仅是要说明陈跃子小说的艺术特色。我觉得这个细节在小说中是一个"文眼"，它其实蕴含着整部小说所要表达的主题：蜕变。阿蟹是乡里的讨海能手，尤其捉蟹，他能识别各式各样的蟹，下海时神通广大，一看爪痕就能寻到蟹的行踪。但是阿蟹太固执于古老的生产方式，所以村里新楼林立，他仍只能住在低矮的瓦屋里。更让他痛苦的是贫穷使他只能眼睁睁看着心爱的姑娘珊妹嫁给在村里开养殖场的海树。后来他到了特区，新观念的刺激终于使他下决心抛弃固有的生存方式，准备与海树等人联合开发承包养殖场。这蜕变是痛苦的却无疑孕育着生机。陈跃子其他反映现实生活的小说，如《情人滩》《龙舟河》等，也是讲述在社会变革的大背景下，人蜕变、成长的过程。人与时代一同成长是他这类小说的情节内核。如果说他的这类小说有不足的话，这不足主要表现在人的成长缺乏充足的内在动因。因此，人的蜕变少有那种撼动人心的撕裂性痛苦的描写，这是他的这类小说还有些不够深刻的原因。

陈跃子小说创作的另一个重要特色是他的小说具有浓郁的地方特色。这不仅是说他的小说善于描写地方的风情民俗——《女人是岸》中的"渔民词·海"的描写就很有"潮味"，更重要的是，跃子的小说善于去挖掘、表现独特的地方文化心理。这一点我认为在他另外两部小说《抱朴斋》《得月楼》中可以更为充分地体现出来。两部小说都是以抗日战争时期日本人占领潮汕为背景展开故事的，写的也都是潮汕的民众如何在日本兵的蹂躏下奋起反抗，本来应该是刀光剑影，却散发着浓郁的文化气息。《抱朴斋》的主人公是陈守素，作者是以一个性格怯弱的伪区公所文书如何逐步走上抗日道路作为主线去展开情节的，但是小说真正光彩夺目的人物形象是他的姑姑陈雨晴，小时候一场重病让陈雨晴双目失明。生活的磨难和自幼饱读经书练就了她见素抱朴、淡定自若的习性。日军进村，而且皇军中队部就要设在陈守素一家住的抱朴斋中，陈守素听后头顶如雷炸响，陈雨晴只淡淡地说了一句："有道是，飘风不终朝，骤雨不终日。天地尚不能久，而况于人乎？"日军进驻之后，田雄少佐面对这样一位"脸上的神态怡静得近于圣者，纯净得超乎尘俗"的盲姑竟有点不知所措，甚至有些惶恐。这看似柔弱的生命何以能生发出如此力量，真叫田雄少佐至死都不明白。《得月楼》中的主人公程知缺，原是黄埔军校学生，专攻枪械，爱枪如命，后来因厌倦残酷的战争，逃回祖居得月楼独善其身。妻子的去世更使他意志消沉，终日醉心于书法和枪械。日军入侵，一开始他似乎觉得与自己无关。后来他亲眼看到日军如何残忍强暴仆人大富的妻子，如何盛气凌人地要他交出枪械，身上的血性终于被激发起来，手抱双枪向敌军开火。从这两部小说所分别塑造的这两个人物形象，我们可以感受到那种无为而为，绵里藏针，后发制人的潮汕人独特的养身处世之道。文学如何能够体现地方特色？我认为不能仅仅把笔触停留在民俗风情的层面上，而应深入揭示民俗风情背后的文化心理。我认为在潮汕新文学史上，最具潮味的小说作家，第一个是王杏元，第二个便是陈跃子。他们都能通过地方风情民俗的描写揭示出潮汕人独特的文化心理，区别可能是在表现地方特色时，王杏元是不自觉的，而陈跃子是自觉的。当然，可能也由于是自觉的，所以陈的小说在这方面有刻意为之的痕迹，这是不足之处。

《得月楼》《抱朴斋》自然不及《女人是岸》那样鲜活，但显得雅致、深厚。现实主义是潮汕新文学的传统写法，而陈跃子把这一传统写法由社会生活层面的描写深化到文化心理的剖析。

陈继平：书写小人物的荒诞人生

陈继平，1959年生，男，广东澄海人。广东省作家协会会员。20世纪90年代开始小说创作，代表作有《赵林一个人的兴奋》《台阶的错误》等，曾获伟南文学奖二等奖。

陈跃子的写作是现实主义的，而陈继平的写作则偏于现代主义。现实主义的文学多关注人的生存困境，而现代主义作家多关注人的精神困境。继平的小说多是表现小人物的命运的，但他似乎少去表现这些小人物物质生活的窘迫以及他们如何艰难谋生。这些小人物各自有着对于生活的愿望和念想，自然这愿望和念想是不可能轻易实现的，它们被压抑在心里底层，天长日久便在内心形成某种情结。继平的小说所要揭示的是这些小人物潜藏在内心深处的情结。比如《赵林一个人的兴奋》——我认为这是作者迄今为止写得最为精彩的一部中篇小说。小说主人公赵林在一个厂区当保卫，刚与老婆结婚那阵，老婆有点怕他，因为"保卫就是近似于公安的意思"，但是后来大家都知道保卫其实就是门卫，都不把赵林当一回事。于是，赵林非常渴望能真的当上带枪的公安。赵林的前任曾因破了一个大案当上公安，赵林因此也想在片区破一个大案，破案于是成了赵林内心一个精神的着迷点。让赵林兴奋的是案件终于出现了，食堂仓库窗户的铁条被人撬断，是一宗盗窃未遂案。赵林没有加固窗户，他想让窃贼得逞，然后再由他来破案。想不到的是后来盗贼不仅盗走了一袋面粉，而且还杀死了他的儿子。但赵林似乎不悲伤，或者说，那种渴望破案立功的兴奋感已压倒了他丧子的悲伤。在他接手案件后，在他有权审讯每一个嫌疑者之后，赵林也确实"感受到一种被人尊重的快意"。可惜的是，他一直未能侦破这个案件。继平最近写作的另一部中篇小说《最后的香洲》，其实也是揭示了人物隐秘的心理欲望的。主人公孙志，小时候家境不好，父亲又总是绷着脸，动不动就训他，所以，他小时候并没有感受到家的温暖。只有在与表妹玩游戏时，他才会感到"家"的存在。表妹长得漂亮，孙志跟她在一起的时候常扮夫妻做游戏，但是他和表妹的游戏常被父亲粗暴地打断。后来孙志作为养子被一个女兽医领走，从此表妹就成了他心头的一个梦。再后来，孙志当上了公务员，结了婚，一次到香洲出差遇到一位和表妹长得很相似的女人，他把这女人当成了自己的表妹，和她同居并产下一女——他觉得好像是在继续着小时候的游戏。官居处长之后，孙志觉得必须中止游戏了，但他最终也被送进了大牢。

在这些小说中我们可以看到陈继平笔下主人公的命运遭际：这些人物的人生差不多都被自己内心缠绕的情结支配着，而当主人公执着地追求着潜藏于内心的愿望和念想时，命运总是偏离了他们努力的方向，甚至主人公越是认真执着，就离目标越远。也就是说，作者总是让人物处在错位的情境之中，即让人物的主观愿望与客观效果之间产生错位。这种喜剧式的笔调隐含了作者对他笔下那些挣扎着的人物非常复杂的情感态度：对他笔下的人物卑微的社会地位及悲剧的命运境遇，他是怜悯的，对他们改变自己的社会地位以及维护自尊的努力，他是尊重的。但是，对他们为了实现自己的愿望而采取的不正当手段，他又是讽刺和调侃的：这些挣扎在社会底层的小人物，差不多都生活得很压抑，而压抑得太深太重，人格就会被扭曲，深藏的欲望也会以扭曲的形态释放出来。所以，对他笔下的人物，作者的态度是怜悯而带着讽刺、尊重又不无调侃。

陈继平的小说在艺术表现上有两个特点。第一，在描写人物时，善于把人物打入非正常的轨道或新的环境，从而让人物内心的秘密展露出来。他的小说并不着意刻画人物性格特征，而是揭示人物内心缠绕的某一情结或某一精神的着迷点，这隐秘的内心情结只有在非常的环境下才可能充分展露出来。在《赵林一个人的兴奋》中，作者要是不安排命案这种非常情境的出现，赵林那种近乎非理性的渴求破案的情绪就不可能充分展露出来。同样，在《最后的香洲》中，主人公孙志平素为人规矩、老实甚至还有点大姑娘才有的腼腆气质，他既是一位好丈夫也是一位好上司，也可以说他平日总把自己捂得严严实实的，很小心地活着。只有到了陌生的香洲，他潜意识里压抑着的梦才蠢动起来。第二，陈继平不像陈跃子那样善于描写人与人之间盘根错节的关系，不善于细节描写，但他善于描写和渲染幻想性情境。情境不同于生活细节，细节是源于生活的原生态的东西，而情境来自人的想象，是经过意念和幻想加工了的、变形了的想象性场景。例如，继平有一部小说《台阶的错误》，主人公小公务员史跃进平日承受着权力的压迫，某天他无意中来到一座电视塔旁，在史跃进看来，"无形的电波是权力无与伦比的覆盖"，因此在他的眼里，电视塔的台阶，那裸露着的直角在他意念中便幻化为望而生畏的"锯条"和"牙齿"。这便是幻想性情境了。继平的小说缺乏那种对生活原生状态的细腻而真切的描写能力，但他的小说却处处闪动着这类幻想性情境的描写，这种幻想性情境的描写不仅能使我们窥视到人物内心的隐秘，而且使他的小说充满着感性气息，使他的小说语言富于诗性和灵气。

继平的小说的优势不在于对生活的体察，而在于他对生活的想象。在我接触过的潮汕小说家中，他无疑是最具想象力的。他善于虚构故事，往往在捕捉到人物某种隐秘心理之后他便能生发开去，演绎出一个生动的、令人慨叹的人生故事。所以他的小说读起来非常流畅，常常会有一气呵成的感觉。包括他笔下的人物，他笔下的人物似乎并不是按照自身的性格逻辑去展开行动，而是完全地服从作家的调配，在他的想象中去展开人生的：现代主义小说并不注重人物的刻画，人物的描写服从于作家对人生奥秘的探究。但是继平小说的缺陷也许就在这里：过分地依赖想象不可能支撑起一个深重厚实的世界，他所描写的生活和人物常给人新鲜的甚至深刻的印象，但往往失之单薄。这和他耽于想象而疏于对生活的体察有关。所以如何调和想象和描摹之间的关系是他的小说创作能否取得突破的一个难题。

总体说来，陈继平的小说，突破了现实主义在潮汕小说创作中一统天下的格局，开拓了现代主义的写作路径。

陈宏生：寻求生活的简约表达

陈宏生，1948年生，男，广东澄海人。20世纪90年代开始小说创作，代表作有短篇小说《牛墟人物记》《烟》《双喜老》等，曾获伟南文学奖二等奖。

陈宏生属于那种写得少而精的作家，迄今为止我读过的他的小说也就那么几篇：《牛墟人物记》《烟》《双喜老》等，但是他的每篇小说几乎都能给人留下深刻的印象。

陈宏生的小说几乎都是人物传记，而且他笔下的人物都有几分奇特，行为举止都有些怪，看起来和环境不很协调。《烟》里面的主人公高大，他的一生似乎就那么一种姿势：永远叼着一支烟，然后，倘在夏天，便"靠着埕角的老榕树，光着膀子，挺着被干黑的皮肤紧紧绷着的根根肋条"纳凉；倘在冬天，则"猫在朝阳的墙根下，裹着件宽大的黑棉袄，只露出了张干瘦、龟裂、毫无表情的马脸。高大整日一言不发，哪怕他的婆娘终日咒骂他也从不回应"。《牛墟人物记》中的老人仔，"五短身材，黝黑精瘦，高颧骨，深眼窝，配上一脸的皱纹，粗糙的皮肤，怎么看也是一个小老头儿"。偏又为老不尊，爱和小孩闹，爱往妇人堆里钻，浑身的天真，一嘴的不正经，所以被牛墟人称为"老人仔"。小说的另一个人物傻子奇则干脆是一个白痴，连自己是男或女都辨不清。但是仔细省察，这些人物怪异的外表下都掩藏着一种禀性，一样品格，而且是至死不变的禀性和品格。比如高大，他的妻子大婆是个恶婆娘，"嘴巴总不得空闲，不是骂人，就是咳嗽"，甚至有一次还把高大抓得满脸是血，但高大对她不离不弃。大婆死后，高大不久也抑郁而死。又比如老人仔，似乎被人瞧不起，但他"品好"。土改时外乡有个远房亲戚被评为地主，托他保存一包金银珠宝。困难时期老人仔饿得命若游丝，但压根儿没想到变卖人家的财宝，三十多年后他将珠宝如数归还人家。老人仔一直没结婚，后来却收留了一个重病且无家可归的女人和她的一对儿女。只是不久这个女人便病死了，女儿长大后当上歌星并远嫁到美国去了，儿子在国道上劫车被判了死刑也走了，只剩下老人仔郁郁而终。傻子奇是白痴，但他有一种禀性：真，甚至连父亲窝藏在家的赃款也指给警察看。事实上，我觉得陈宏生笔下人物的奇特性更多还是由他的性格或禀性散发出来的，作者往往把这些人物身上至死不渝的禀性或品格提炼出来，作为人物性格中的主导特征，加以夸张、渲染，以致成为一种怪癖，一种强烈到怪异的举动，这是陈宏生这些人物传记最具特色的地方。如此看来，这些人物的奇怪、不正常，实际上是因为他们过于执着于自己的品性，不会因为环境的改变而改变。对于正常人来说，这种执着自然是不合时宜的、不正常的，但是，到底是谁不正常呢？这是潜藏在陈宏生小说背后一个发人深省的问号。

陈宏生小说在艺术表现上的主要特点是简洁、凝练。

简洁首先是指他在人物描写上的笔法。在人物描写上，陈宏生继承了中国传统小说的白描手法，他主要是通过人物的言行刻画人物性格，少烘托、少渲染、少静态的心理描写。即使人物的言行描写也往往选取较为典型的，能体现人物性格的片段，可谓惜墨如金。比如《烟》里面的高大，高大很少言语，在小说中我们听到他说的唯一一句话是在妻子死后，他到别人家坐，终于忍不住冒出半句话："老妻先走了……"这通篇唯一的一句不完整的话却把他对妻子深沉的爱及丧妻的悲痛非常有力地表现出来了。

简洁其次是指他的小说结构高度紧凑，陈宏生的这些小说都不是情节小说。他或者是截取人物一生中几个重要的片段结构全篇，这即是"横断面"的写法，如《牛墟人物记》即运用此种写法；或者以几个甚至十几个细节组成一个有机的整体，比如《烟》就是这种写法。这样的结构方式省略了情节小说的铺垫、过渡、转折等环节，使小说显得紧凑、集中、凝练。

奇特夸张的人物形象，写意、白描的手法，简洁、凝练的笔致，这一切铸就了陈宏生小说较为独特的艺术个性。但陈宏生的小说创作也有不足之处。他的这些人物传记大都需要生活的原型，而这样的生活资源又总是有限的。陈宏生之所以写得少，和他这类小说必须依赖生活原型有关。所以，如何突破原来的写作模式，如何在写实的基础上展开想象的翅膀，是陈宏生的小说创作所要面临的问题。

林昂：感伤而又唯美的叙事

林昂，1964 年生，男，广东澄海人。20 世纪 90 年代开始小说创作，代表作有中篇小说《箜篌》《晚安男孩》等，曾获伟南文学奖三等奖。

在这几位作家中，林昂是较为年轻的。几年前我读过他的《箜篌》，这是迄今为止他写得最为精彩的一部小说。主人公丁有芒是一代名医老丁先生的儿子。老丁先生很希望自己的儿子能继承他的衣钵，但丁有芒无心向学，他只对一件东西感兴趣——母亲留给他的一件乐器箜篌，"他对箜篌，有一种自然的感情，仿佛他生活的空间里有了这箜篌，就多了一个人的呼吸"。对于丁有芒来说，箜篌并不是一件工具，而是他生命展开的一种方式，是他生命的一部分。在二十世纪五六十年代，这种生存方式注定了他的悲剧命运。他爱上了一个女孩子，这个女孩子也觉得会弹箜篌的男人很有意思，但最后还是没有选择他：箜篌哪能当饭吃呢！"文革"期间丁有芒自然也难逃厄运，箜篌被当作封资修的代表。丁老先生去世后，丁家经济支柱倒了，丁有芒的生活更为穷困潦倒。一直到了粉碎"四人帮"后，丁有芒才被当作民间艺术家重新发掘出来。

这部小说有较强的历史概括力，一把箜篌，却展示了丁家两代人的命运和中国大半个世纪以来的历史变迁，使小说透发着幽深厚重的历史感。但这仍不是小说最值得称道的地方。我所欣赏的，是这部小说散发的那种唯美得近乎颓废的气息。丁有芒是虚无的，在那个乱世中，他躲避或者说看透了政治；在母亲抑郁而死之后，在他经历了家道中落和失恋之后，他又看透了人性。所以，他的内心就虚空着、荒凉着，这个时候唯有箜篌带给他温暖，唯有箜篌才能填充他内心的虚空。他没有多少生存的本领，在这个角度看他似乎是一个于社会无所作用的多余人，但是，他把艺术当成人生的寄托，这生命的存在方式却是诗性的、唯美的。我说《箜篌》是唯美的，还在于小说的叙述语言。这部小说的语言不是生活化的那种，而是感觉化的，是经过作家心灵的变异写出来的，是渗透了作家的内心体验的。请读读下面的一段文字：

1956 年的春天，丁家小洋楼花园里那株与鸡蛋花并肩而立的苦楝树开满了花朵。苦楝花那种质地绵密的香味四处泛滥的时候，人们便感觉到春困了。老丁先生到小洋楼检查督促丁有芒读书情况时，突然一股苦楝花浓湛的气味沁入他身心深处，他觉得头颅里有一把钝拙的砍刀，不停地击打着他的耳鼓他的脑颅，实实地疼痛饱满而尖锐。他离开小洋楼时，那股花香依然顽强地追随着他，他感到自己就像是被包裹在丝网中的蛹。他已经没有化蛹为蝶的愿望，在茧里能够安然不受侵扰可能也是奢望了。

丁老先生已经预感到这个时代的变化对他的生存所构成的压迫和威胁了，而面对这种威胁他是无能为力的。他内心的绝望和无力感正是通过这样一种感觉化的语言传达出来的。在读到林昂的这些文字时，我联想到江苏作家苏童，林昂的小说是有几分苏童的味道的。

林昂后来又创作了《晚安男孩》和《你知道什么叫朗气吗》等小说，那已不是对历史的反顾而是对时代的感应、捕捉。但在写作路径上有一点和《箜篌》相同的，即在特定的时代背景上去透视人性。当然，无论是对生活的概括还是对人性的透视，都不及《箜篌》那样深刻。林昂的写作，似乎还尝试着多种可能性。

陈海阳：人性的挖掘与探询

　　陈海阳，1950 年生，男，广东潮州人。广东省作家协会会员。20 世纪 90 年代开始小说创作，已出版中短篇小说集《陈海阳中短篇小说选》及长篇小说《途中》。

　　理解陈海阳的小说，首先要抓住一个关键词：压抑。他对风土习俗、对社会变迁是不太感兴趣的（而这常常是许多潮汕本土作家作品的关切点），他的创作一直关注的主题是人性，而且，他所展示的，不是单纯的或者美好的人性，而是因压抑而扭曲的人性：当人的合理性要求和欲望受到长期的压抑，就会以变形和扭曲的方式释放出来。比如他的《苦果》，小说讲述了一个坠江的死者一生的悲剧。死者生前（1957 年）被打成"右派"，后来又被发配到一个偏僻的农场接受劳动改造。在农场 14 年他一直承受着性饥饿的折磨，好不容易赢得一个年轻女子的青睐，却因为要打上一张结婚证明而眼睁睁看着妻子被场长强行占有。所以，当他后来当上小老板，便纵情声色以求得心理的补偿，尤其是当他得知他所包养的情妇正是那个农场场长的女儿后，报复心理使他疯狂地虐待她。这样一个故事的内核，我认为就是性的压抑、生的苦闷如何扭曲一个人的人格，驱使一个人灵魂的堕落。在陈海阳的另一部小说《情男》中，我们同样可以看到一个心灵创伤者的复仇心态。作为侨商的丁秀兰早年有着坎坷的经历，穷怕了的她后来傍上了大款李德发，摇身一变成为一个富婆。也正是因为这一点，她常常遭到乡民的讥笑和谩骂，她回老家捐款、投资，"乡民三五成群窃窃私议，有的骂不干不净的钱不稀罕，有的讥笑骚婆烂货也想立贞节坊"，但这似乎不妨碍她捐资的热情，直到有一天她向情夫坦露自己捐资的动机，我们才得以窥视到她向社会复仇的心态：

　　　乡里人不都嫌弃我吗？好，我偏要他们违心，将仔弟（孩子）送去我捐

赠的学校读书，到我捐建的医院看病。乡里人忌恨我，我偏偏在镇上村里盖大楼房，空置着荒废掉，活活气死他们。我就年年大摆寿宴，叫他们嘴馋跟心打架低眉顺眼赴席。我投建矿泉水厂，是要叫那帮以前欺负我的干部像狗一样在我面前摇尾乞怜。

　　这部小说中的男主人公丁瑞进，也许是陈海阳小说中塑造得最有深度的一个人物形象。在这个形象身上同样可以看到人格因压抑而变形的痕迹。陈海阳显然是想把丁瑞进塑造成一个当代中国的于连式的人物，而丁瑞进也确实有不少跟于连相似的地方：他们本来都处于社会最底层，也都有晋升上层社会的野心和欲望；更重要的是他们有共同的生活信条，即为了达到目的，不择手段。丁瑞进初次踏进丁秀兰的公司时，就有委身丁秀兰并跻身于公司高级管理层的隐秘欲望，当后来丁秀兰果然把他当作情人时，他并没有多少犹豫，尽管他时时有一种屈辱感。而在他当上了总经理助理并发觉丁秀兰与公司董事长有矛盾之后，马上想踢开丁秀兰以获得董事长的信任，为了博得董事长的欢心，甚至还献上了爱得刻骨铭心的女朋友。所以，在《红与黑》中我们看到在等级森严的封建时代中一个生活在底层的年轻人如何为了改变自己的社会地位而不顾一切，而在《情男》中我们看到的是在金钱操纵一切的商品经济时代，一个生活在底层的年轻人如何为了谋取财富而不择手段。当然，于连和丁瑞进还是有所不同的。对于于连来说，他始终捍卫着个人的尊严，绝不会为了改变自己的地位而向别人阿谀奉承，从他的身上我们可以嗅出卢梭的气味，可以看到近代西方个人主义者把"人格"看作高于一切的品质，这也是于连仍然让人觉得可敬可爱的重要原因。但是，丁瑞进的不择手段是包括可以出卖自己的人格的，当他选择委身而非征服丁秀兰时，当他让自己的女朋友去向董事长献媚时，他就把自己的人格出卖或者物化了。这也是我们觉得丁瑞进并不可爱的原因。而这种人格的物化，一方面当然是金钱时代的诱惑，另一方面则是教师生涯物质生活的重压所导致的一种畸形补偿心态。

　　这便是陈海阳展现在我们面前的小说世界了：压抑以及由此引发的对社会的反抗和报复，使你觉得他的小说缺乏那种光明和理想的感召，缺乏浪漫和温情，而灰色和阴影则无处不在。当然，他的创作也在不断变化着，比如他创作的《与疯子共舞》。在这部作品中，我们看到压抑不一定导致心灵的扭曲和变形，它也可以锻造和提升一个人的灵魂。丁河主动把患了精神病的兄弟丁海带回家中，他因此要日复一日地忍受丁海非理性的行为方式，甚至常常要替他收洗尿湿的被褥，还要承受老婆无休止的啰唆和抱怨。在重重的压力之下，丁河甚至闪过"停止给他用药，……或者发生车祸以求他早死的疯狂念头"。但，当丁河以怜悯的眼光去审视丁海悲剧性的生存境遇时，当他看到丁海偶尔表露出来的对于家庭温暖的渴望，他的心就"忽然有一种果糖一样的东西慢慢融化开来，渐渐流向全身"，他明白了，"当你有了爱心，你就懂得容忍和宽恕，你的心胸就会豁然开阔，你就能容纳你原先所无法容纳的东西"。我不能说这篇小说预示着陈海阳小说创作的某种变化，理想主义也不能视之为衡量作品好坏的尺度，但是，这部小说确实让我们体验到此前小说中所缺乏的豁达和悲天悯人的情感，让我们在沉重、压抑的氛围中看到了希望和光明的感召。

据我所知，《与疯子共舞》有作者的身影在里面，陈海阳本人多年来就是与患精神病的哥哥住在一起。这样，我们也就不难理解他的作品无处不在的冷硬和压抑。当然，不能简单地认为陈海阳的小说创作是为了表现和释放他的沉重压抑感，当他选择表现社会对人性的压抑这一主题时，他的小说的着眼点其实是对重压下的人性的探寻，是对重压下心灵的探询，而这应该是一个作家面对生活所应选取的角度及立场，尽管我认为他对人性的挖掘和表现有时会失之浅显或偏狭。

在艺术上，陈海阳的小说有两个方面是值得提出来讨论的。

第一，他对小说艺术形式有着积极的实验姿态。比如在《火·火》及《苦果》中，我们可以看到他尝试当代先锋小说常常运用的叙述人身份频繁变换的叙事策略。两篇小说的情节并节点都是主人公不明原因的死亡，主要叙述者都是企图侦破死亡谜底的作品中的一个人物（在《火·火》中是一位记者，在《苦果》中是一位刑侦人员），而且这个主要叙述者只是向我们交代案件发生的过程和背景，至于死者重要的人生片段都是由他周围的人物直接向我们讲述的。这样，传统小说中叙述的任务由相对固定的角色承担的模式就被打破了，述说由单声部变成多声部。这种叙述人的频繁转换是当代先锋小说常常使用的手法，对先锋小说而言，目的是破坏小说的整体性和价值态度的一致性，所以也有学者认为这种策略是旨在解构中心的后现代文化的审美体现。但是我在陈海阳的这一类小说中并没有读出后现代的味道。在我看来，他的这两篇小说所讲述的，表层的含义是对案件真相的侦探，深层的含义是对人性本相的探询，而多个叙述人不同的，甚至是矛盾的声音，其实是为了展现人性的丰富性和复杂性。这也就是说，他对后现代小说的借鉴是局限在技术层面上的。

而另外一些小说，比如《与疯子共舞》，采用了意识流的叙述方式，而且我认为这部小说不仅仅是借鉴了意识流小说的表现技巧，请看主人公丁河的一段回忆。

洗完澡就该擦癣药了。丁河叫丁海在台阶坐着，从衣袋摸出新肤松，抽出一小团药棉，抻开紧紧缠在两头尖尖的竹制牙签上，接着往泛着青光的头挤药膏，然后用土制的棉棒由前及后抹，再朝四周均匀地涂，拿棉棒的手指忽然颤抖起来，恍惚间，竹签没缠药棉的一头照光溜溜的头皮轻扎，那头没有感觉，缓缓使劲，眼看将穿皮而入，头颅仍岿然不动，猛一用力，青青的头皮渗一圈鲜红的血……丁河一激灵，定睛看看，头皮完好无损……

竹签扎穿头皮其实是丁河的心理幻觉，这一幻觉透露了丁河向丁海撒气甚至残忍地了结他生命的潜在意识。这类潜意识的描写应该说在小说中随处可见，而真正的意识流小说主要的也应该是潜意识或无意识之流。

所以，陈海阳的小说在艺术上是现实主义的，但他又能积极地尝试现代主义，乃至后现代主义的表现手法，这是值得肯定的。当然，有时他在借鉴这些表现手法时会失之生硬，或者给人过分热衷形式实验的嫌疑，这是不足之处。

第二，陈海阳善于运用心理分析的手法。他的小说的兴趣点在于探询人物的灵魂，所以，他常常忍不住对人物的心理流程，尤其是隐秘的心理动因进行分析。这种手法运用得最为成功的当数《情男》。丁瑞进初见丁秀兰时表面的高傲所隐藏的对于女老板的某种暧昧的期待，后来委身于丁秀兰时自卑与自尊、自得与失落种种复杂的矛盾心态，在陈海阳的笔下条分缕析地展现在我们面前。请看下面一段心理描写：

她……就势倒进他怀中，手指头摩挲着他浓密的胸毛。他喜欢她这个小动作，有种痒痒的快感，惬意。他闭上眼，想起德·雷纳尔夫人对小于她十一岁的家庭教师于连那种无可挽回的依恋。每逢这种时候，大男人的自觉便会生出一种近似蔑视又不无怜悯的自豪，这种近乎恶毒的快意就会暂时抵消至少减轻重压于心的屈辱感。

委身于丁秀兰使丁瑞进常常有一种屈辱感，因而他在自尊上就要比别人更敏感，但他又不可能在现实中挽回自尊，所以只能在想象中体验一个大男人的高傲和自豪，作者在这里的心理分析应该说是细腻而深刻的，小说还有不少这一类颇为精彩的描写。当然，应该指出的是，有时这种非常顽强的理性分析欲望又常常会破坏人的心理状态那原初的整体的圆融感，会破坏我们阅读中再体验的乐趣，也就是说，当一个作家过分主观地阐释生活时，可能反而会产生负面的效果，我以为这在陈海阳小说中是一个时有体现的毛病吧。

当然，这并不是陈海阳小说的主要毛病，我认为陈海阳小说的主要缺失是在语言上。他的语言简洁、流畅，但略嫌直白、粗糙，未能形成有自己个性意味的语言风格。固然一个作家要形成自己的语言风格也非易事，但对于一个优秀的作家来说，又必得形成有个性意味的语言风格。我想这是陈海阳在今后的小说创作中应加以注意的。

潮汕新时期诗歌创作评论

黄潮龙：行走在大地上的诗人

有一些诗人，他的写作是面向天空的，他习惯于倾听穿过云层的天籁之音；而有一些诗人，他的写作是面向大地的，他善于从大地蜿蜒起伏的节奏中获得灵感。黄潮龙的写作属于后一种。翻开他的诗集，能够清晰地感受到来自大地的气息，在大地，在生活世界中发现诗性的存在，这是黄潮龙的诗给我的强烈的感觉。

一

从 1992 年出版《恋果》，到 2012 年出版《青春无痕》，黄潮龙的诗歌创作已走过二十多年的历程。

《恋果》是黄潮龙的第一部诗集。诗人用《蒹葭》中的诗句来命名他诗集的四个小辑。第一辑"蒹葭苍苍"咏叹的是"时间"。如《清明》《秋》《七夕》《飞向冬至》等，从标题就可以看出诗人吟咏的是时间的流转、季节的更替。只是诗人对时间的想象和体验，不与别的诗人一样，与伤时、与天问、与人生的慨叹联系在一起，而是与大地、与劳作、与生长联系在一起。比如，秋天是最容易引发伤感的，诗人却这样表述对秋天的期待："一件朴素的农具/正打动涵容万端的土地/它疏松着黑壤/种植一种声音/我于是明白/农事必须一次次埋下和翻起"（《等待秋收》）。这是我喜欢的一首诗，它显示了，黄潮龙的诗性眼光是起源于在现代社会已被遮蔽了的土地和土地上生长着、活动着的人和物。

第二辑"白露为霜"咏叹的是"物"。在黄潮龙的笔下，有时"物"是自然的延伸和结晶，因而也是展露自然奥秘的窗口。而有时"物"是人类文明的遗产，"物"展示的是人生或是历史。其中，写得最好的是《我是一只含着谷穗的羊》："精雕细刻/我吐出灌浆已久的谷穗/衔于口中"，"于是，就有了三元里剑矛也似的谷穗/农讲所星火般的谷粒/这朴实的形象/正是太平天国的旗影/和黄花岗的弹片如麻"。从五羊雕塑，展开对南方大地上革命、抗争和改革历史的想象，诗歌也就有了开阔的意境，有了纵深的历史感。

第三辑"所谓伊人"吟咏的当然是"人"了，其中有在土地上劳作的农人，有在大地上仰望苍天的艺术家。但是，在这个小辑中，写得最多的，是人对故土的思念："炊烟作为一条归家必经的小径/在思念的天空/笔直或是弯曲"，"于是，向日葵的转向/纤夫之路的刻度/以及太阳鸟的弧线/无不成为炊烟/孪生的兄弟"。我相信，黄潮龙的这首诗应该是从顾城的《弧线》中获得灵感的，但是，《弧线》已经抽离了内容，只剩下形式的美，而黄潮龙的这首诗，弧线的优美的意象，内蕴着温暖的思乡之情。

第四辑"在水一方"吟咏的是"地"。这"地"有时是文化遗址，如《三元里纪念碑》《过龟山古渡》等，在这类作品中，遗址是用来象征历史时间的空间想象，作者借此展开的是对民族、族群历史和文化传统的探寻。这类诗往往考验的是作者对历史思考的深度，这当然不是黄潮龙的强项，有些思考显然过于浅显。但是，一些诗，由于他构建的意象的独特性，仍然会产生意想不到的效果，比如，他写鸦片战争："当炮口轰开紧闭的牙关/灌下麻醉剂之后/中国更加骨瘦如柴"（《三元里纪念碑》）。而另一类诗，"地"就是大地、山川、江河，在诗人的笔下，这是涵养万物、孕育文化的源头："韩江，万物挤压而喷射出的大地血浆/从历史之根、神祇之前/从生长阔叶林的泥土深处/从惊心动魄的奔腾呼啸声中/穿过峡谷、风雨和人性光辉/饱经忧患地折腾着我"，"韩江……这生灵的力的线条/这清纯的自然之母的酒浆/哺育敦厚淳朴的风习/酡红两岸的智慧的果实/荡开今日春色万重"（《千里韩江》）。这首诗，叙述者与叙述对象交叠、转化、重合，自然、人与历史融合，洋溢着澎湃的气势和崇高感，洋溢着诗人对于大地、自然的崇拜之情。我觉得，在面对大地、自然时，黄潮龙的文字往往是灵动的，饱含感情汁液的。

《恋果》是诗人的处女作，有点青涩，却又预示着诗人广阔的发展空间。这个时期的黄潮龙，用刚刚获得启蒙的诗性的眼光打量周遭的事物，不断地变换写作的对象，不像后来那样，几乎每一个阶段有一个集中的主题。但是，对于大地，对于大地上生长着、劳作着、歌吟着的人民的咏叹，是他第一部诗集的一条主线，也是他此后诗歌创作的一条主线。

1998年，黄潮龙出版了第二部诗集《中国潮》。这部诗集的基本主题是表现改革开放浪潮中的南中国。黄潮龙是那种对生活有着丰富激情的人，又身处改革的最前沿——汕头特区，对改革开放给这片土地带来的变化自然具有较强的敏感性。如何表现那个时代新的气象，他抓住了一个意象——脚手架："脚手架，盗火者的骨骼/把攀登的轨迹指向高空"，"你坚定地楔入时间和空间/你的风格是严谨和生动/让生命之流定格为利空的曲线", "在那儿,我们看见/共和国曾经沉重的头颅/终于和黎明一道高高昂起"(《特区脚手架》)。事实上,在这部诗集中,黄潮龙还试图用其他的意象去描述特区,比如特区的楼群、音乐茶座等,但这些意象是难以产生诗意的,而脚手架可以产生诗意,因为脚手架和大地有一种亲和关系,脚手架是具有生长性的意象,它很好地表现了那个时代冒险的、探索的,然而又是蓬勃向上的时代的氛围。黄潮龙这部诗集中另一个能够鲜活地表现那个时代的形象是"外来妹":"外来妹,时代的快乐小鸟/给南方的城市吹进一股绿风/鸟的叫声,总让特区清澈而明亮","她们在一条流水线上/流露出心灵和手巧/她们在每一种产品中/倾注智慧和心血","累了就凭精巧袋子里的薪水/享受冰淇淋、雪糕、马蹄爽的惬意/然后在时装的折光中打扮/不时于舞曲中试探节奏的深浅"(《特区外来妹》)。其实,黄潮龙也可以选择如小资、白领这样的形象去表现那个时代,但小资、白领也产生不了诗意,而外来妹可以产生诗意,因为外来妹和土地一样有一种亲和关系,外来妹身上散发着青草般清香的气息。黄潮龙的这部诗集,号准了时代的脉搏,是有强烈的时代感的,同时,又是具有诗性品质的。本来,高楼、霓虹灯这些是难以入诗的,但是,黄潮龙找到了一个巧妙的视角,一个与别的诗人不同的视角,即在与土地、农耕同时代的血脉关系中去描写一个新时代的诞生。

2005 年,黄潮龙出版了他的第三部诗集《绿月亮》。我个人以为,这是诗人迄今为止最重要的一部诗集,正是这一部诗集,充分地、完整地展开他对于大地的思考和礼赞,充分地、完整地展现了他创作的个性。《绿月亮》是诗人作为管理干部下乡驻点时的一个意外收获,家乡的万亩蕉林激发了他的创作激情。在这部诗集的封面,作者还特地写了一句话:"呼唤'三农'文学 探索绿色诗歌。"其实,"三农"是一个政治概念,以一个政治概念为文学命名是有问题的,幸运的是,作者是以纯粹的诗性的眼光而非一个管理者的眼光去表达他对"三农"的关注。万亩蕉林引发诗人的创作激情,不是因为它给家乡带来丰厚的经济利益,而是因为香蕉这一意象,开启了诗人一个诗性的空间。蕉林植根于大地,是隐匿的或被遮蔽的大地的一个显露,一个展示,借由蕉林的存在,我们可以窥视到大地存在的奥秘。请看诗人是如何描写蕉园的:他写蕉林,"蕉,朴素的孩子/一身绿色的衣衫/在茎上长出根来,安置家园/并同山峦、河流以及花朵一起/圆润了太阳月亮的线谱"(《蕉》)。他写蕉叶,"蕉叶,竖起卷曲的耳朵/以一种望月的姿态/倾听世纪的歌吟"(《蕉叶》)。他写蕉果,"形态优美的蕉果正在灌浆/吸引着春天向上生长","蕉果永远是照亮蕉乡日子的月亮/带着月亮的光泽"(《绿月亮》)。大地以其辽阔、厚实、富饶哺育万物,是万物的家园;太阳、月亮以其光辉照耀万物,指引万物生长的方向。蕉深深植根于大地,吸取大地的营养,以望月的姿态向上生长，这是大地存在的显露，是诗性的显露。他写蕉女，"美丽的蕉女走过/我嗅到一股绿色的气味/施肥护蕉的女人立于田间成一株长势良好的青绿白菜"，"在季节的边缘，蕉女丰满的乳房/挂在弯弯的蕉茎上/蕉乡的爱情便朴素地开花"（《蕉女》）。他写爱情，"华和我各自种下一株蕉/并让蕉炫耀出绿叶/华不时拨弄半遮半掩的裙裾/露出少女的羞涩/我们彼此相信/对方就在身旁/像蕉丛一样默默对视/剩下的，是两颗互相追逐的心跳"（《蕉乡，一个叫华的女孩》）。蕉女是美丽的，她的美如大地那样质朴，又如大地那样敞开、坦荡；蕉园的爱情是在劳动中建立的，是以蕉林为媒介的，是伴随着蕉林成长的，这样的爱情是那样的健康、淳朴，又是那样的青涩、美好。他写劳动，"建筑蕉园，蕉民们忙着手中农活/任汗水不止一次漫过光洁的身躯/渗入绿意盎然的蕉苗/蕉乡，就这样用汗水和乳香/将蕉果喂甜"（《建筑蕉园》）。劳动在这里是辛苦的，却也是充满诗意的，只有通过劳动，人才能与大地建立起一种活生生的关系，也只有通过劳动，大地的存在才得以显露。他写蕉园中人们的生活，"一个少年左手扶锄/右手植蕉/他用整整一个上午/美好的青春时光/向蕉女传授种植香蕉的经验"，"一个诗人躲在蕉园里/……悠然写诗"，"一条在劳动后脱下的裤子/挂在蕉茎上/和蕉叶一起随风飘扬"，"一只快乐的蚂蚱/不时高声朗读田园小诗"。在大地上劳作着、思索着、恋爱着、收获着，这样的日子也许并不富足，却是自由、快乐、诗意的，一切皆因大地母亲的庇护、依托，皆因自然的恩赐。有时候人会以为要远离土地去追求所谓的理想，殊不知其实已经走在无家可归的路上。

我以为，黄潮龙的《绿月亮》的价值，是重新唤起人们对大地、劳作这些最朴素的存在的关注和敬意。

2012年，黄潮龙出版了他的第四部诗集《青春无痕》。这部诗集的大多数作品，其实创作于20世纪90年代，其中记录的是诗人年轻时的一段爱情。诗集分为三辑，第一辑"一见倾心"描写的是对爱情的追求和希冀。在这爱的追求中，抒情主人公"我"是卑微的，而"你"是美丽而高贵的，"你"的美丽甚至让"我"受伤："你美丽的手臂长出琥珀/如绽放的花朵/成为我内心的痛"（《人生约定》）。"你"的存在，不仅给予我爱，而且点亮"我"的人生，赋予"我"存在的意义："你灼人的冷艳/是我生命的灵光"（《你是一朵美丽的睡莲》），"我在默默看着你化妆"，"你的每次调色/都让我看见生活延伸的明艳"（《我在默默看着你化妆》）。必须说，这种爱的表达带着浪漫主义的诗风，把女性诗化、神化，把爱情视为人生的信仰，散发着唯美的气息却又带着淡淡的忧伤，所有这些，正是浪漫派爱情诗的特征。诗的第二辑"一见倾心"表达热烈而甜蜜的爱情。在诗人的笔下，爱情是如此美好，连闹别扭也能体味到爱的滋味，"闹别扭是我们的权利/又是我们的自由/我们闹别扭/日子过得有滋有味"（《我们经常闹别扭》）。在热烈而缠绵的爱中，"我"

甚至丧失了自我，"有你之后／我完全忘记自己／只用你证明存在"（《有你之后》）。当然，这种丧失了自我的爱情本身已经预示着危机的到来。第三辑"一梦千年"描写的就是因爱引起的忧伤和痛苦。"走进落寞的秋天／渐渐淡忘的记忆／正被风撕成碎片"（《面朝大海，我濒临爱的边缘》）。

在爱情内涵的表达上，这部诗集没有提供新的探索。但这是一部内容和形式结合得很完美的诗歌，诗人用象征意象和倾诉笔调相结合的方法来表达他的爱情，而且，他会注意不用任何感情色彩过分强烈的意象去破坏倾诉的笔调所构建的柔和、朦胧的基本色调。在爱的初始阶段，诗人选择的是温柔的意象，带你走进纯粹、甜蜜又略带忧伤的感情领域，诗歌的节奏是柔和的，"你在等待／用带着露水的叶子深情的呼吸"。爱的高潮阶段，他的叙述，让你感受不到急迫的欲望的痕迹，感觉到的是心灵和肉体拥抱时的梦幻、温暖、甜美，"你是我的新娘／你走累了就停下来／我要背你一辈子／我一直没有放弃这样的祈求"。爱的失落的阶段，他选择的意象和倾诉的笔调，让你感觉到的不是撕心裂肺的痛苦，而是无尽的忧伤和萧索，"我还能在秋天陪你多远／当你离去之后／枯叶在秋风中飘落"（《我还能在秋天陪你多远》）。

黄潮龙把这部诗集命名为"青春无痕"，他叙述的确是青春时期的爱情，带着梦幻般的情调，是一种纯粹的柔和、纯粹的美丽。即使是悲剧的结局，也让我们感叹爱情的美丽。

二

黄潮龙是受朦胧诗的影响而走上诗歌创作道路的诗人。从艺术形式的角度来讲，朦胧诗是一次诗歌的意象化运动，它重新恢复了意象在诗歌中的基础性地位。所以，黄潮龙的诗歌创作也非常重视意象的捕捉、创造和运用。纵观黄潮龙的整个诗歌创作历程，我们可以将他的诗歌意象归纳为三大类：自然的意象、历史文化的意象和现实的意象。自然的意象以大地（土地、山川河流等）为中心，包括时间意象（季节的更换），物的意象（贝壳、礁石等）、植物的意象（蕉、莲、荷等），农人的形象等，在他的诗歌中，时间意象是隶属于大地的，就如上面所说，时间的更替、季节的轮换，都和土地、劳作联系在一起。而物的意象、植物的意象，本来就是大地的延伸，是大地精华的聚集，也是大地存在的一种显露、展示。农人的形象也和大地有着血脉的关联，不仅因为农人在大地劳作，更因为正是通过劳作，大地才展现了对万物尤其是对人的生长的滋养和哺育。

历史文化的意象在黄潮龙的诗歌中也是经常出现的，尤其是在《恋果》《中国潮》中，其中有历史遗址的意象，如《西汉南越王墓博物馆》《三元里纪念碑》等；有文化遗产的意象，如《敦煌壁画》《潮阳剪纸》等。这些作品，展现的是诗人对于历史、文化的关注和思考，尤其是对于创造历史、创造文化的劳动人民的深情礼赞。

现实的意象在黄潮龙的诗歌中主要是指那些能够体现时代发展变化的意象，如脚手架、音乐喷泉、打桩机等，这些意象更多是在《中国潮》这部诗集中出现，体现的是诗人对于中国这片大地上发生的变革的敏感和关注，体现的是诗人对于创造一个新时代的人民，尤其是像打工仔、外来妹这些底层劳动者的关切和赞美。

在这三个系列的意象中，大地的意象在黄潮龙的诗歌中是主意象，对其他意象具有支撑作用。当他表现现实意象的时候，现实的变化是与大地的支撑，与大地上的劳动者辛勤的劳作分不开的，他频频使用"脚手架"的意象，其实也就是在表达大地对于新时代的构筑关系；当他表现历史文化意象的时候，其实也是在表达大地以及在大地上劳作的人民对于历史，对于灿烂文化的构筑关系。所以，在这里我们可以看出黄潮龙创作的思想特征，他的诗歌不是表达对形而上的思考和诘问，他的诗歌也不是表达对于天空或者神灵的仰望，他表达的是对于大地以及在大地上劳作的人民的关切和爱。他是一个把心贴在大地上的行吟诗人，土地、山川、草木、劳作、恋爱、抗争，所有这些，汇合成黄潮龙诗歌创作的母题。

和这一创作的母题相联系，黄潮龙的诗歌有时也表达怀疑、批判、反思，但更多的时候，他与大地、现实、历史文化之间，不是紧张的对立，而是融合，是深情的歌唱。尽管，有时候，我们会觉得他的写作缺乏自我强有力的介入，会觉得他对人生的体察和社会历史的表达还缺乏深度，另一方面，他的这种写作，追求的就不是深度而是和谐，他追求的是人与现实、历史、族群、大地的合一。

三

在创作方法上，黄潮龙进行了多方面的尝试。《恋果》《中国潮》是现实主义与现代主义的融合，基调是现实主义的，多尝试现代主义的表现手法。他尤其喜欢学习朦胧诗，将抽象的情意具象为密集的意象，并借助通感等技巧进行组合，以表达诗人丰富、隐秘的思想感情。有些尝试无疑是成功的，而有些手法的运用显见还不成熟。比如他的《等待秋收》："等待秋收/蛙声如潮的日子丰满成粒状/不知谁唤我/漫天稻香尽成黄金。"诗人运用通感的手法完成意象的组接，第一句用"丰满"把听觉转换成视觉，表达丰收的、喜悦的心情和喧闹的氛围，是巧妙的。但第二句就失败了，"稻香"是嗅觉的，"黄金"是视觉的，中间缺乏一个有质感的动词完成从嗅觉到视觉的转换。又比如《种柑的人》，这首诗已获得许多赞赏，但我以为其在意象的组接上也存在一些缺陷，"未经雕饰的鸟声/落在他的肩头/和阳光的集束一起晃动/一树树的浓荫溅湿了这个人/白色的小花从春天开到秋天"。"未经雕饰"一词用得好，写出了生机勃发的鸟声和自然，而"溅湿"是借用通感的手法，但显得突兀、生硬，和整首诗的基调不搭配。

《绿月亮》《青春无痕》的总体创作方法是浪漫主义的，但也融合了现代主义，而且，他的现代主义表现手法更为成熟了。诗人写蕉园，写爱的世界，是把自己的想象、激情、思念、盼望、爱这些主观的情思融注其中，让它成为一个充满柔情、充满想象、充满诗意的浪漫化的世界。与这种基本态度相联系，这个时期，诗人意象的创造方法，不像创作的初期，通过创造密集的拟情化意象去表达思想感情，他常常是把主观情思灌注、渗透到眼前景象和事物中，赋予眼前景物以象征意味，以精神和灵魂。比如他的《与一株香蕉相遇》，"田野上，与一株香蕉相遇/这肯定是汗水一次最大面积的补偿/香蕉自由地开放/纯粹无比地生长/我不得不承认/孤独的头颅/正朝大地深深致敬"。同样是描述性意象，但蕴含了丰富的意味。大地滋养一切，涵养万物，而人总是忽略大地的存在。面对大地，人应该学会谦卑地聆听。

对于黄潮龙来说，我觉得，浪漫主义比现实主义和现代主义更适用。现实主义的本质精神是再现和批判，现代主义的本质精神是怀疑和寻找，浪漫主义的本质精神是诗化和爱。而黄潮龙，如上所述，其诗歌的基本主题是表达对大地的关切和爱，因而，他不是要批判和质疑这个世界，他是要浪漫化、诗化这个世界，是要学会在这个诗性的大地上栖居。

杜伟民：具有哲学气质的诗人

哲学和诗都是关乎人生的，区别可能在于，哲学是对人生问题的形而上学的沉思，而诗应该不会脱离人的情感和体验；哲学是解答人生之谜，而诗歌是给茫然无措的个体人生提供一种感动人心的慰藉或神启。当然，也会有一些诗人，知名者如谢林，如里尔克，如荷尔德林，以诗表达对人生根本问题的形而上学的思考，甚至企图以诗去拯救世界。杜伟民就是这一类具有哲人气质的诗人。借用维塞尔教授在《马克思与浪漫派的反讽——论马克思主义的神话诗学的本源》中对德国浪漫派诗人的评价，杜伟民的诗歌创作可以概括为一句话："形而上学地抒情。"我们可以抓住他的诗歌中反复出现的几个意象来了解这一创作特色。

一是天空。每个诗人的写作姿态是不同的，有一些诗人，是站在超越时空的高处俯瞰大地，被大地的引力所吸引；有一些诗人，则是站在大地上向天空仰望，倾听着穿透高层的天籁之音。杜伟民的写作姿态，不是"俯瞰"，而是"仰望"：

> 你曾是森林中的一棵树
> 无数棵树倒下了
> 你依然向整个星空伸出你孤独的双手
>
> ——《但是你是谁》①

> 我习惯于从这极细微的生灵望向更遥远，更广阔无边的时空
> 这我与它永远都无法穿越的太空

① 杜伟民：《白天鹅的悲歌》，北京：中国戏剧出版社 2009 年版，第 182 页。本文选诗均出自同一选本，下文引诗不注。

以至于我们耗尽生命也无法抵达它极地的边远

——《从那光芒投射而来的地方》

为什么选择"仰望"的写作姿态，因为在诗人眼里，"大地"已经沦陷，沦入黑暗之中：

大地已在遥远之远沦陷入黑夜，陷入一片虚空，就像是昙花在午夜开放，在瞬间被黑暗吞没

——《白色之湖》

在杜伟民的诗中，"大地"的意象总是和黑暗、混沌、荒原联系在一起，而诗人对"大地"的失望，乃是对人类文明发展之失望。一部人类的发展史，是不断征服自然、榨取自然的历史，而当人把自然当作利用、盘剥的对象的时候，人与自然离异了，诸神从人那里扭身而去了，人的存在被置于荒原之中，人的心灵沉入黑夜。究其底，"大地"的黑暗乃是源于人心沉入黑夜。如何把人从黑夜中拯救出来？这个时候，就需要诗人站出来，仰望天空，祈求神性的光芒朗照存在：

我往更高的地方张望
更高的光芒无止境地倾泻下来
倾泻在这日渐荒芜的国土

——《自从你的白发一泻千里》

所以，摆脱现实的羁绊，超越大地，飞向自由的天空便是杜伟民诗歌一个最基本的主题，而风、光、云朵、飞鸟、白天鹅等天空中的事物便成了引导人奔向自由的天使：

2003 年的悲痛与 1918 年的悲痛之间，是一种怎样的距离？
2003 年的风与 1918 年的风又是怎样的一段距离？
很旧很旧的风，在天空，是一只蓝色的鸟，不断引领我们向上，向上。

——《2003 年：一种悲痛的距离》

让黑暗天际偶然出现的光信息
给我偶然的彻悟，引领我们向上，向上，穿过黑与白，穿过明与暗
穿过冷热交织的地带，让我们以冰川之美呈现在海面之上
让白天鹅的歌声响彻天穹，光芒四射的天穹！

——《冰川之美》

需要说明的是，"天穹"当然不是一个实体，而是与沉沦于晦暗的"大地"相对应的一个澄明而自由的世界；神性的光芒当然也不是（或不仅仅是）意指某种宗教神力，毋宁说那是一种诗性精神。在杜伟民诗歌中，有时候诗歌干脆就是宇宙的光源，正如在此书的跋中所说的，"他是一颗穿过无止境黑暗的流星，飞到哪里，就照亮哪里"。他甚至不无狂妄地说："终有一本诗集会改变人类文明的方向。……我将用汉语成就有史以来其他人用汉语无法成就的一切东西。……那是高山上的空气，那是地底的暗泉。……从这出发，又可以说这部诗集不仅仅是诗的集结，它是人类最初的避难所，也是最后的归宿。"①

由于人类一味盘剥，大地已变成一个工厂，一个贸易所，一个异己的世界。如何使这个异己的世界转化为属人的世界？如何给人类提供最后的归宿？诗人的回答是需要借助诗性精神！人应该把诗性、灵性彰显出来，让这个世界披上虔敬的，充满诗意、柔情的光芒，只有在这样的大地上，人才能居住，才能诗意地栖居。也是在这个意义上，诗，是人类生活的依据，诗意化的世界，是人类最后的归宿。

至此，杜伟民完成了他对人类形而上学的思考，和谢林、荷尔德林等诗人哲学家一样，他把诗设定为人类生活的依据，把诗本体化了，把本体诗化了。

二是白色花瓶。在杜诗中，大多的意象是前人所创造的，尽管有时他赋予的是与众不同的内涵，但也有少数是自己所创造的，比如白色花瓶：

> 白色花瓶，被南方的晨雾无限充满
> 被南方的夜气悄然抚摸
> 透出无限冰凉的冷
> 好像在每一刻都有可能破碎
> 而出人意料的是
> 她仍然那么完美无瑕地静立在夜气里
> 透出无限冰凉的冷
> 让一袭忧伤的灵魂得以安眠
>
> ——《白色花瓶和她逝去的秋天》

白色花瓶是一种隐喻，意指诗人所欲构造的理想王国。对现实的不满使他总有创造一个新世界的冲动。他常常在诗中描绘他的理想王国，那是纯净

---

① 杜伟民：《跋》，《白天鹅的悲歌》，北京：中国戏剧出版社 2009 年版，第 217 页。

得近乎透明的世界，和俗世相对抗的世界，充满着花朵、爱情、白云、鸽子，但这样一个美丽得几乎不见人间烟火的诗歌王国却是易碎的。所以，我们能读到一个非常矛盾的杜伟民，有时候自信得狂妄，坚信"我的伟大帝国正如恒星一样，高高辉耀在上"①，有时候又会觉得他所构筑的世界是如此脆弱，瞬间就会彻底碎裂。你能感受到他创造一个新世界的酒神式的冲动，也能感受到理想破碎的受难般的悲壮情怀，而忧伤是横亘在他诗歌王国的一条河流，无边无际地流淌。

杜伟民的诗，表达的是对人类整体存在的思考以及构建诗意化世界的冲动，所以，用"形而上学地抒情"去概括他的创作是再恰当不过了。他的诗歌的形式特征，也可以从这里获得解释。培浩曾用"汪洋体"去命名他的诗歌体式，这种汪洋恣肆的诗体其实是源于两个方面：第一，仰望星空的创作姿态使诗人竭力将自我扩大，包容历史、世界、宇宙，营造一个任思绪纵横驰骋的阔大时空；第二，从大地到天空，从有限到无限，诗人表达了否定自我融入神性的酒神式的冲动，惯常的诗体显然无法表达这种激越、悲壮的酒神式的冲动和情感，只有"汪洋体"才能自由地宣泄他的冲动和激情。

杜伟民的诗雷同化的弊病是明显的，这也与"形而上学地抒情"有关。他舍弃大地，面向天空；他的诗不是起源于生活与人生经验，而是起源于思考与观念。事实上，观念是会雷同的，生活不会雷同；观念是会衰老的，生活不会衰老。所以，如果杜伟民的诗歌要获得突破，他要学会从大地、从生活世界中获得表达的力量。即或大地沉入暗夜，那也只是意味着存在隐匿了，存在被遮蔽了，这个时候更需要诗人站出来，以诗的光芒穿透生活的晦暗不明，让存在敞开、显现。所以，正视而非逃避现实，我以为是杜伟民所要解决的首要问题。

① 杜伟民：《跋》，《白天鹅的悲歌》，北京：中国戏剧出版社2009年版，第217页。

蔡小敏：诗意地聆听和探寻

　　小敏的《静听花开》是一部诗集，由一辑自由诗和一辑散文诗合成。在阅读这部诗集之后，我忽然发觉判别一首诗的好坏，其实很简单：是否有诗意或意味的发现。有了诗意的发现，一首诗大致上就能够生成了，即使诗的作者在技艺上是生涩的；反而，就如一些著名的诗人，技艺高超，却未有诗意的发现与创造能力，写出来的只能是味同嚼蜡的伪诗。让我欣喜的是，我阅读的，就是一部也许尚是稚嫩的，却是充满诗意和创造的诗歌。这里，我想引用诗作者的一段文字稍微展开来谈：

　　在宋代的词人中，特别喜欢李清照，而在她的词中，我比较喜欢这首……《如梦令》："常记溪亭日暮，沉醉不知归路。兴尽晚回舟，误入藕花深处。争渡，争渡，惊起一滩鸥鹭。"……其实"沉醉"是多么可遇不可求，能沉醉于某一件事应该是幸福的。因为我觉得：沉醉的灵魂一定是轻盈的，她可以避开人世的所有牵绊；沉醉的灵魂一定是自由的，她可以到达任何一个美好的境地；……也就是说，沉醉是一把钥匙，她能打开灵魂的枷锁。……只有"沉醉"其中，才能对生命有最自然真诚的体验和感悟，也才能在俗世的一草一木，一鸟一虫，酸甜苦辣中享受这种独特的"生动"。

　　　　　　　　　　　　　　　　《古典的心动之"沉醉不知归路"》

　　之所以要引用这么一段文字，是因为在我看来，作者似乎是以她感性的文字诠释了什么是诗意：诗意就是"沉醉"于万物之中所获得的那种独特的"生动"。如果哲学一点讲，诗意就是人超越了日常功利的实用的眼光，与周围事物交融合一（也即小敏所说的"沉醉"）所引发的生命的感动和激荡。在这里，最为紧要的，是是否具备了超越性的眼光。我们每一个生活在俗世之中的人，要生存，要发展，这就养成了我们功利主义的生存方式，我们习惯于以实用、功利的眼光打量周围事物，习惯于把周遭事物看成主体的私欲的对象。而正是这种实用的、功利的眼光，阻隔了人与事物本源上的相通和联系，遮蔽了事物之本然，事物美丽和奇异之处。所以，人只有超越功利主义的束缚，打开灵魂的枷锁，以王国维所说的"赤子之心"去拥抱世界，人与事物才会交融合一，事物之本然才会敞开在我们面前。这个时候，当我们看周遭事物的时候，原本习以为常的事物就会呈现出让我们惊异的新奇和美丽，这个时候，诗意已然涌现了，生命已然被感动了。在这个意义上，我认为未必人人都能够成为诗人，但人人都能够感受到诗意的存在，区别在于，常人只是偶尔在世俗的生活中超脱出来，和事物的本然打了一个照面，而诗人，是那个执着地探寻事物本然的人，是那个诗意地聆听和探寻的人。

我不能说这部集子中的每一首诗都有诗意的发现和创造，但不少篇什的确能让我们从习以为常的事物中看到新奇和惊异。比如她的《蝶之遐思》：

但我欣赏蝴蝶的生命方式，因为她生命的张合是那样的美丽，不，用美丽还觉得不够贴切，应该是动人。尽管她的寂寞有时会让我为之感伤，但是，用美丽回报生命的短暂，这样的韶达一直让我感动，……同样与花为伍，蜜蜂的生命方式总让我对它另有看法，我没有否认它的奉献精神，我甚至也曾为之赞叹，但是蜜蜂的那根刺至今似乎依然刺痛我的神经，给甜蜜的同时又为什么要给人伤害？而蝴蝶却用另一种方式演绎生命，"张也动人，合也美丽"，这就是蝴蝶诠释的生命的方式。

再读读她的《古典的心动之"停车坐爱枫林晚"》：

"停车坐爱枫林晚，霜叶红于二月花"，想想，这是何等的美丽，人生的路是漫长的，也许会因为有了某一个目标，因而主动或被动地一直往前冲，于是我们错过了许多沿途的风景。常常想，对于一个受世事所困的人来说，能有一个真正属于自己的时间是何等的幸福：没有世事的牵绊，没有压力的困扰。这个时候，只有一颗清澈而透明的心，完全沉醉在自己的世界里坐看云起云落，闲看花开花谢。……所以我想，在奔忙的途中"停"下来享受过程中的美丽应该和巅峰的快乐是不一样的。

当然，也不是说有了诗意的发现，就能写出好诗，这里还有一个表达能力、表达方式的问题。我认为，小敏是具有成为好诗人的潜质的。我们可以试举她的《春日早晨》来说明这个问题：

是谁的双手
掀开蓝色的记忆
让百合花的清香
轻轻拂过我的脸庞

一种晶莹的气息
带着晨露的芬芳
悄悄落入我的眼眸
此刻
生命的各种美好
已经灿若春日的花朵

春天的色彩是"蓝色"的，因为蓝色是宁静的，却又孕育着生命，透示着生命的萌动，所以才有"春来江水绿如蓝"的佳句；春天的气息不似夏之浓烈、秋之肃杀、冬之沉寂，而是清新且湿润的，如"百合花的清香"，"带着晨露的芬芳"；更重要的，春天给生命带来了春日般的阳光灿烂的神采。用"春日"而非"春天"实在是神来之笔，"春天"只是交代一个季节，而"春日"则带出了灿烂的阳光下万物生长的盎然生趣。这首诗显然不是小敏写得最好的，却最能体现她的表达力，体现她诗作的特色：语言平易自然，看似浅白淡薄，而细细品味之后，定然能在其中发现发人深思的意味。

当然，正如上面所说的，小敏的诗在技艺上还有稚嫩之处。有时候，你会觉得她还未能创造出融注了自己体验的独特的意象去表达自己的思考和感悟。比如她的《秋思》："读你的时候/秋的色彩/沾染了思念//于是/在秋的明眸中/想你脉脉的温情。"秋是萧寂的、忧郁的，而"明眸""脉脉的温情"显见破坏了"秋思"之情调了。

古典与现代的融合是小敏诗的另一个显著特色。她的诗，有不少是从她耽爱的古典诗词中找寻创作的灵感的，这从许多题目就可以看出，如《巴山夜雨》《古典的月光》《月夜思》以及"古典的心动"系列散文诗等。有些诗，则是化用了古诗词的意象或意境，显得空灵飘逸，散发着古典意蕴，让你无端地想起一个古代的女子，弹着古筝吟唱。但是有时细细品味，又会发觉她在诗中融入了现代人心灵的自由和对生命的体验。就如她的《舞不倦的生命》，看着一只挣扎着却飞不起来的蝴蝶，"我觉得我有责任去帮助她留住这生命中的美丽。如果把她制成标本，那么她的美丽就会成为永恒"，但是"我"终究放弃了这种想法，"或许在一只蝴蝶的心中，生命的自由远比永恒的美丽更重要"。由蝴蝶痛苦之挣扎，读出生命对自由之向往，这显见是融合了现代人生命的自觉意识了。古典意蕴与现代人情感的交融，在她的许多诗作中，都可以体会到。

揭阳籍的当代文学研究专家洪子诚教授说过一句耐人寻味的话："没有诗歌的文学是奇怪的。"我觉得，当下的文学就是让人奇怪的，这其中根本的原因，是我们已沉溺在由科技和欲望构筑的世界之中，渐渐地失却了"诗意地聆听"存在的意识和能力了。在这个意义上，我以为，有时候，我们也应该像小敏一样，从俗世中超脱出来，以另一种眼光打量周围的世界。

附　录

重新面对一代大师 秦牧散文座谈会

主持人 黄景忠

本文为韩山师范学院中文系93级学生座谈会——重新面对一代大师 秦牧散文座谈会摘要，主持人为黄景忠。

黄景忠：在当代散文三大家中，秦牧似乎是较少受到指摘的。唯其如此，1995年的《文艺争鸣》所刊发的林贤治的《对个性的遗弃：秦牧的教师和保姆角色》自然在文坛引起一定的反响。林文以激烈的言辞抨击了秦牧的散文，其中还触及诸如知识分子文化立场等当下文坛甚为关注的问题。今天，请在座的各位就这些问题进行讨论，畅所欲言。

一、秦牧是一代大师，还是仅仅是一个平庸的作家

苏旭升（93级1班）：作为一个真正意义上的知识分子，必须具有一种独立的人格和话语，他所担负的历史使命是，凭社会良知和道义看待生活，写下一部真实的历史。但是，从历史上看，中国的知识分子由于受到萎缩僵化的儒家思想的熏陶，由于长期的依附地位和非人的迫害，已然养成了一种驯顺萎靡的人格，在权威面前，他们常常放弃真实的自我，而扮演起社会需要的角色。在我看来，秦牧二十世纪五六十年代的散文创作所显示的，就是一个知识分子放弃了社会责任感，然后扮演起社会所需要的政治宣传者的角色。秦牧的不少优秀散文诞生于20世纪50年代末、60年代初，在当时，当"大跃进"像肥皂泡一样破灭之后，人民生活是何等困苦，加上连续不断的自然灾害，国民经济趋于崩溃的边缘。但是在秦牧的散文中，我们很难看到时代的阴影。相反，在诸如《古战场春晓》《花城》等作品中，呈现出来的是一派歌舞升平的气象。读这些文字，再联想到当时的艰难困苦，就不能不令人扼腕长叹了。

陈晓燕（93级2班）：秦牧不是大家，大家是从来不跟着起哄的，当呼喊的声音多起来的时候，他就要回头想想了，想想这呼喊是否有盲目地跟从。但是，秦牧的散文表现出来的，恰恰是一种盲目地应和。他于二十世纪五六十年代写下来的那些文字，那营造出来的鲜花一样色彩缤纷的气氛，那种肤浅的乐观主义，证明了他的写作是一种失却了责任感的盲目地应和。这其中

最根本的地方，是秦牧没有站在时代的边缘去观照社会现实。一个大师，总是跟主流的东西保持一定的距离，总是站在社会的边缘去审视生活的。

陈超（93级2班）：秦牧散文"为政治"的倾向是明显的。他在生活中的角色处理是"先党员，后作家"。作为一个社会主义国家的公民，秦牧以党员的标准来规范自己的生活，这是值得赞扬的。但是，假如以一个特殊的社会角色来限制文学创作的范围和方向，对于一个作家来说将是极大的不幸，因为它会妨碍作家深广的审美视野，会削弱作品的审美价值。秦牧有一些作品是写得不错的，但是"为政治"自觉不自觉的限制使它们最终难以并入经典的行列。比如《鬣狗的风格》，本来是很精警的一篇，有尖锐、深广的讽刺意味，但当作者把鬣狗限定于"四人帮"的亲信及死党的时候，作品的意蕴也就狭窄起来。秦牧有一些很有情趣的知识小品，也是因为受主流思想的改装而失却了艺术生命力。

由于秦牧强烈的政治意识，他有可能是社会主义事业的助威者，但不可能是鲁迅式的人民思想的先驱者，或者卢梭式的深沉的孤独者。

梁小雨（93级1班）：我不能认同林贤治的观点。在林看来，秦牧只是一个遗弃了个性的人云亦云的平庸的作家，他用来统率作品的共产主义思想是来自本本和他人的。我想，这种观点的谬误在于无视个人的经历和时代环境对作家为人为文的制约。秦牧是在艰难困顿的生活环境中度过自己的青少年时代，又是在刀火相交的战争年代登上中国的文坛，亲自经历了几十年的沧桑巨变，使他最终自觉地把个人的命运同人民群众的命运结合在一起，并选择了共产主义作为自己的政治信仰。理解了这一点，就不能说："这样一个甘于追随时代谬误的作家，一个惮于表现社会真实和内心真实的作家，一个思想贫乏而语言平庸的作家，居然借了历史的某种情势赫然成了大家。"秦牧的文学政治化倾向及其对共产主义的信仰是与他的人生和所处时代紧密联结在一起的，他之所以能成为大家，就在于他具有与时代同步的思想，因而能轻而易举地抓住时代的特征，喊出那个时代人们的心声。

自然，不能说秦牧的创作没有缺点，但我觉得这些缺点与其说是作者的，毋宁说是时代的。伟人之所以伟大，是在于他的思想要比别人超前些，但他依然难以摆脱时代的限制。这正应了秦牧曾经引用过的一句尼泊尔谚语："多大的烙饼大不过烙它的锅。"我觉得，评价一个作家，就应该把他放在所处的时代中去审视。

姚熙（93级1班）：一个作家应该有自己的信仰，宗教的或政治的或道德的，秦牧是一个同共产党并肩战斗的作家，他曾目睹共产党如何领导中国走向新生，这使他非常自然地倾向于共产主义。他宣称"必须让共产主义思想体系来统率各种各样的主题"，就体现了他对共产主义的热切呼喊。虽然，他对于共产主义的认识受到当时"左倾"思想的影响，不能不流于浅薄，但他对共产主义的热烈感情却是不容置疑的，他的创作也的确是表现了这一追求。但是林贤治却说"他总是力图放弃自己的独立追求，属于他内心的可珍贵的一切"，这是令人难以信服的。

辛树梅（93 级 2 班）：在林贤治看来，秦牧是一位平庸的作家，他的作品所表现的是一种肤浅的乐观主义。我认为林贤治的观点是片面的，他并没有把秦牧放在当时的时代背景中去考察。秦牧优秀的作品集中在二十世纪五六十年代，当时的人们还陶醉在祖国新生的喜悦之中，政治的稳定和经济的发展又使人们大多对未来持乐观、自信的态度，这是当时的时代精神。这种时代精神在我们的作品中得到充分体现。我们的作家大多是从苦难中走过来的，因此，生活中的每一点成绩，在他们看来都是喜人的。秦牧这个时期写作的《土地》《花城》等也表现了这种时代精神，尽管其中有着时代的局限，但我想，一个伟大的作家，一个对时代负责的作家，他的作品就必定记录着时代的精神和旋律。

陈松音（93 级 2 班）：林贤治指责秦牧是一个遗弃个性的作家，无非以为秦牧的创作是对当时政治权力话语的依附。但在我看来，秦牧恰恰不是从政治的，而是从文化的层面去把握社会生活的——他同刘白羽、杨朔的区别也许就在这里。秦牧的文学创作，尤其是在大至天文地理，小至花鸟虫鱼的谈天说地式的杂文和散文中，都是以文化的观念和方式对其对象进行把握的，而且，秦牧显然是立足于弘扬本民族的优良传统和精神文化对其对象进行文化把握的——秦牧祖籍广东澄海，出生于香港，主要生活在海外文化和华文文化交汇的华南，又有幸赶上了中华民族屹立于世界东方的时代，这一切非常自然地使弘扬本民族文化成了他的创作出发点和内容。他的《社稷坛抒情》《花城》《古战场春晓》都是对中华民族生命力和创造力的礼赞。自然，秦牧的一些作品也有过分政治化的倾向，但从总体上看，他是超越了政治的，这是他作为大家的伟大之处。

二、作为一个作家，秦牧的艺术个性是什么？

蔡静霞（93 级 2 班）：林贤治为秦牧界定的"教师和保姆"的角色是有一定道理的。秦牧是非常重视文学的思想性的，他认为，一篇文章只能有一个思想，一个主题，而且，作者必须"深刻理解"作品符合共产主义思想体系中的什么部分，占有什么位置。由于受到这样的思想支配，秦牧的散文总是满足于通过某些事物的描写，阐发一种社会和人生的哲理，这就注定了秦牧散文的局限性：他的散文缺乏优美的意境，也少有来自生命深处的感情的抒发。即使多美的事物在他的笔下也只能给人以教育和启示，即使是抒情成分较多的散文，到了结尾，作者也笔锋一转，急于为它套一个道理、一个启示。热衷于政治、道德教化，的确削弱了秦牧散文的审美价值。

　　张小燕（93级1班）：我国自古就认为文学有三种功能：赏心悦目、怡情冶性的审美功能；"补察时政"和"怨刺时政"的政治功能；经夫妇、厚人伦的伦理教化功能。秦牧的散文，并不注重审美功能，他注重的是政治和伦理的教化，他总企图让读者得到启示，受到教化。一些人常对秦牧散文的知识性、趣味性大加赞赏，认为他是在富于魅力的诗化语言中，将历史知识、文化知识、科技知识熔为一炉，使人在美的欣赏中大开眼界。而我在读他的散文时，总有知识堆砌和说教的感觉。但问题还在于，他所宣传的真理和思想，正如林贤治所说的是"过了时的，不能给人新鲜感觉的真理"。有人说秦牧的创作是"微言大义"，所谓的"义"是什么？难道仅是符合当时时势的政治理论和人所共知的伦理常识吗？一个作家是要讲究艺术独创性的，这种艺术独创性，首先必须是包孕渗透在艺术整体中的思想的独创性。一个对生活缺乏独特发现，对人生缺少真知灼见的作家，竟被誉为"散文大家"，这多少令人费解。

　　庄璧姿（93级2班）：我正不知道该如何评说秦牧所描写的生活时，突然间抓住了林贤治的一句话"在他这里，生活变成了生活知识……"真如一个结巴的人恰好有人替他说出一句完整的话。确实，在秦牧的散文里，"生活"一词已澄清了所有的杂质：作家的感悟、面对生活时复杂难言的体验、生活的凝重感，留下的便只是落花缤纷似的知识了。这种对生活的过滤是耐人寻味的，它意味着作家的逃避，对现实，也是对自我的逃避。这种逃避的结果是作家艺术个性的遗弃，比如秦牧的语言。语言是作家表现自己思想的符号，从这里最能显示出作家的个性，试看古代陶潜的冲淡、李白的飘逸，现代鲁迅的艰涩、巴金的质朴，都充分体现了大师的个性风格。而秦牧，其语言是平实无奇的，我们固然讨厌过于华丽的文字，但同样，无甚新意的文章用枯燥无味的语言说来，更是味同嚼蜡。

　　李丹妮（93级3班）：我觉得，使秦牧区别于其他作家的独特标志，恐怕主要并不在于歌颂新生活、赞美劳动者的主题（杨朔、刘白羽也在表现这一主题），同时也不能完全归结于他的表现技巧和文字风格。使秦牧成为秦牧的关键因素，在我看来是他散文中几乎无处不在的知识情趣。秦牧拥有广博的知识，而且他融入作品中的生活知识，并不像林贤治所说的，是回避了作家个人生命体验的"客观"的伪生活和通用的生活常识，而是注入了作家属于自己的"酵素"，自己的感性体验，因而是已趣味化和情感化了的知识见闻——读他的文章，我们不难捕捉到渗透于知识之中的新鲜活泼的感受和盎然生气。这种知识趣闻的趣味性和情感化，是同作家对生活的热情密切相连的。正因为有着热爱生活投身于生活的虔诚，秦牧才能对大千世界的种种细微之处钟情抚摸，正因为有着相信生活、拥抱生活的豪爽，秦牧才能对民间的风土人情、民俗街景关切陶醉。

　　黄丹霞（93级3班）：秦牧说，"我个人是主张写文章应该像说话般随便，一口气地写下来，写成之后，再来做细致的推敲和修饰"。从这里可看出，秦牧是在追求一种平淡、朴素、自然的风格，但平淡不等于平庸，秦牧是在寻找一种易于为大众所接受的方式，他是主张文艺为大众的——他注重文艺的教育作用，他追求知识性和趣味性，他采用柔和平淡的娓娓道来的叙述语调和方式，都体现了这一出发点，所以，秦牧的散文向来被大多读者所喜爱，所以，秦牧随和，但不平庸。

　　谢利鸿（93级2班）：秦牧的散文总体倾向是引人向善，诚挚地希望人们如巴金所讲的"变得更善良些，对人民更有用些"。"五四"以来，现实主义的文学家们倡导文学要"为人生"，要"改良人生"，表现了高度的责任感和使命感，秦牧的散文跟这种新文学的精神是一脉相承的。秦牧知识性的特点，不能被理解为只是一个写作的特点，更主要地，它是内容上的特点。这些知识是经作者向善的主体意识选择过的，是作者自己经过艰苦的广泛的阅读并消化、吸收之后，认为社会、民众很需要才融入作品之中的。其作品的感人之处不仅在于"知识"的丰富有趣，更主要还在于通过这些知识渗透出来的作家的思想感情。由此，"知识"已非客观的罗列，而成为作家思想的一部分了。

　　在散文的艺术形式上，秦牧讲求"趣味"。这当然不是秦牧发明的。鲁迅就说过，他的文章是讲求趣味的，事实上不单鲁迅，"五四"以来可传世的散文，都有趣味。秦牧散文思路宽广，联想广泛，好用故事，叙事迂曲有致，语言机敏风趣，讲文采，有幽默，这些便整体构成了他的"趣味"。这是他向现代散文积极学习和借鉴所取得的成果。

　　当然，秦牧的散文也有缺陷，文意尚浅是他的一大缺陷。他的玄思妙想最终总是归结到浅显的话题，而且，起于趣谈终于训谕，似乎也已形成秦牧模式。

　　黄景忠：以上大家的讨论，基本是集中在两个问题上：一是作家的精神立场，即秦牧的创作是否是当时权力话语的依附？大家的意见很不一致，我个人认为，秦牧的散文确有投合主流话语的痕迹，但与刘白羽、杨朔比较起来，他的民间意识是比较浓厚的。其作品的文化意识和"土地"情结，都表明了这一点。与此相联系的问题是，秦牧的艺术个性，许多同学都谈得很中肯，比如他的教化意味、知识情趣等，但联结这些特征的更为深层的东西是什么？我以为是"为大众"的艺术追求，秦牧散文的重教育、重趣味，还有"讲古"式（不是周作人的"谈话风"）的叙述方式，他在艺术上的得与失，几乎都可以从这里获得解释。

　　如果说这场讨论有缺陷，可能就在于缺乏宽广的视野，假如我们能把秦牧的散文放在20世纪散文史中去审视，就可谈得更深刻。

（本文载《韩山师范学院学报》1997年第3期）

文学是对生活的一种反抗：在汕头青年文学座谈会上的发言

今天，我想结合澄海近年来创作的几部较有代表性的小说来谈谈我对文学创作的理解。假若我所谈的有那么一丁点让大家觉得受到了启发，那么我就很高兴了。

先谈谈陈跃子的《女人是岸》里面的男主人公阿蟹。他实际上是一个淘海的能手，假如说凭借他的经验和能力，跟上时代，他也许能过上一种较为富足的生活。但是，他这种人，淘海在他眼里只是一种生存的方式，他不愿意把这当作一种谋生的手段。这样，相对于常人所理解的人生便是另外一种人生了。出自情感的考虑，他宁可去帮珊妹搞养殖。所以，他选择的，实际上是跟我们的社会显得格格不入的另一种生活方式。再如，林昂的《箜篌》里面，他写了一位名医的后代——丁有芒。丁有芒的父亲是一个很有名的医生，很自然地，便希望自己的儿子能继承他的衣钵，如果真的是这样，他的儿子也许以后一辈子都可以生活得非常好，然而他的儿子却对这一切不感兴趣，偏偏喜欢上母亲留给他的一件乐器——箜篌。在那样的时代，这便已经注定他要跟他所存在的社会隔着一堵墙。在他的世界里，唯一能让他感受到温暖的便是这样一件乐器。而这种喜欢对于他的生存是没有什么作用的，在那样的社会环境之下，是不能给他带来什么实际利益的。当他选择箜篌的时候，可能就已注定了他这一辈子的潦倒。所以，当他后来想跟一个姑娘谈恋爱的时候，女方开始觉得这个会弹箜篌的男人有点意思，然而最终还是没有选择他，最后她讲了这样一句话：箜篌哪能当饭吃。所以说，男主人公所选择的这样一种人生，是非常态的一种人生，他不是像其他人一样，考虑一些更为功利的问题。这一点在《赵林一个人的兴奋》里面显得更为突出。赵林是厂区的一个保安，整个故事的背景发生在二十世纪六七十年代，那时候在人们的印象中，像公安、警察等，总是显得比较威风的，赵林当上了保安，也许在他的感觉之中，是沾上公安、警察等的边的，而事实上他到底没有公安那么威风，所以，很自然地就产生一种失落感。渐渐地，在他的内心就形成了一种执着，他也想跟公安一样，使人们对他有一种敬畏感，也就是希望能引起人们的注意。这种想法久而久之就使其形成一种怪异情结，就是他很希望厂区能够出一件大案，然后，作为保安的他，如果真的破了案，也就很自然地能引起人们的敬畏感。作者在写这个人的时候，抓住了人物内心的这种痴迷，以及那些近乎幻想的执着。最后，赵林所希望发生的案子真的发生了，厂里粮仓的窗被撬坏了，但是没有丢东西。他发现后，并没有把窗修好，因为他，一直在等着小偷的出现，而且希望小偷最好能把所有的粮食全都运走。后来终于等到了，而且是一个非常严重的案件，因为他自己的儿子被砸死了，小说很自然地就进入了故事的高潮。按常理来讲，儿子死了，无论如何是件很令人伤心的事情。然而他却相反，一点也不伤心，反而非常注意儿子临死前所摆出来的一种手势，他希望能从儿子最后的手势中揣摩出一些跟办案有关的线索，也就是说这个时候，他作为人的最本质的感情——亲情，已经被他内心的那种痴迷掩盖了。作家在这样一种较为夸张的描写中，把人物的内心表现得非常好。

以上几部作品有一个共同的特点，就是他们所写的人生，都是非常态的，是错位的人生，就是他们的一些不理性的人生选择，使得他们跟他们的社会显得格格不入；然后，又正是这种选择，使得作品整体上都显得比较成功。因为小说在处理人物的时候，都是让主人公内心的一些不切实际的念头去支配他们的人生。也就是让他们身上感性的东西战胜理性的东西。

这样的处理方法对于文学作品有着一定的好处，就是它比较能够引起读者对作品的一种兴趣。因为我们日常的生活，是一种常态的生活，所以，这样的作品让人看了便会引起人们的惊讶。还有，就是文学的魅力，它不是产生在理性的地方，可能刚好相反，它是产生在不切实际的那些东西里面，而这也是产生艺术的非常主要的一个方面。就如《红楼梦》，里面有两个人们非常熟悉的人物，一个是薛宝钗，一个是林黛玉，我们读着这个作品的时候，就会产生这样一种心理，觉得林是很美的一个形象，而薛刚好相反，她不太能引起人们内心的一种美感。为什么呢？因为她的那种人生是一种常态的人生，而林的是非常态的人生，因为林是以感情为生命的，感情是支配她生命的唯一的东西。而在我们的日常生活里面，我们是否也像她一样，让我们的感情去支配我们的人生呢？而薛宝钗就不是这样，她可谓活得八面玲珑，一切人际关系都处理得非常好。正因如此，我们感受到的，便不是那种像林的形象所带给我们的那种美好的东西。

所以，我觉得这几位作家，他们所描写的这几种人生，都是非常值得我们注意的，也就是说，作为一个文学家，他怎样去选择生活，怎样去处理生活。我们中国当代的一些作家，可能是受了现实主义，特别是机械现实主义的影响，他们在创作的过程中，可能过于拘泥于生活，但是实际上，那些经典的作品，带给我们的经验是什么呢？文学不是生活的一种反映，相反，文学是对生活的一种反抗。文学里面所描写的人生，跟生活里面的人生，应该是不一样的。作家在写人生的时候，是否有一种眼光，一种胆量，把人物从常态打入非常态。作为人，不管他在日常生活中是怎样的，在他的内心里面，总会有着一些幻想，一些不理性的东西存在，而一个真正的作家，他是能够把这样一些东西很成功地写出来的，这样的文学作品也就显得有魅力了。比如我们去写一个企业家，写他是怎样为了整个企业，去努力奋斗，最终成为一个企业家。如果作品写的是这样一种东西，那么，我觉得这不是文学。因为他的人生本来就是一种非常理性的、功利化的人生，他很难产生一种文学的魅力。这是我由这三部作品所引发的一些看法。

而我要讲的第二点呢，就是小说的构思问题，也是小说跟散文不同的一个地方，就是作家要思考怎样把主人公的经历放在一种矛盾上，怎样去推动矛盾的发展。这是一个作家有无笔力的表现。以上所举的这三部作品中，三个主人公的人生，都是错位的人生，跟他们存在的社会相矛盾的人生。所以，在作品中怎样去处理人物跟社会的关系，你可以让他们这种人生从头到尾都处在一种错位的状态，这是一种写法；也可以让主人公在跟他周遭人物的一种对抗里面，最终达到一种和解，这是另外一种写法。在我们看过的从古代到现当代的作家里面，很多人都愿意这样做，就是让人物在跟周围环境的冲突里面，最终达到和解，也就是我们所谓的大团圆。对我个人来讲，我更为欣赏的是那种错位的东西。因为我觉得，让人物跟社会保持一种错位的状况的话，这个作品的张力就可以一直吸引着读者。而且，人物在这样一种错位之中，更能显出他生命深处的东西。如果说，让人物跟社会达到一种调和，这样也可以，但是这种人物跟社会的和解，最好不要用某种外在的因素。比如政治上的，经济上的，或者道德上的因素，然后使得人物跟社会达到一两种和解。比如《女人是岸》中，人物跟社会处在这样一种错位状态就写得非常好。主人公阿蟹的生存跟社会相矛盾，他本来就是被他所存在的社会抛在后面的。然而在小说结尾的时候，他在特区工作，珊妹去找他，希望他能回去跟他们一起开发海区，他答应了，也就是说人物跟社会的这种矛盾和解了。我看到这里的时候，就觉得写得不太好，不是说这个主人公不能跟社会和解，问题是人物为什么会跟社会和解？按照他本来的生存逻辑，他对于生存的考虑，他是不可能和解的。为什么呢？因为这里面可能要有一种什么东西在推动他，而且这东西不应该是出于一种外在因素的考虑，而是他自身感情发展的一种必然结果。所以说，作者在处理人物转变的时候，稍显得有点草率。

就是说这样处理是比较接近常规，比较能够表现时代发展给人的内心所带来的一种变化。但是我们在读作品的时候，我们所感到的那种小说的张力，在突然间松弛了下来。相对来讲，《箜篌》和《赵林一个人的兴奋》在这方面就处理得好，他们一直让人物处于这样一种错位的状态里面，按照人物自身生存的一种逻辑，造成一种或悲或喜的效果，让人们可以从中得到更为丰富的启示。

第三点就是语言。我觉得新一代小说家跟老一代小说家一个不同的地方，就是非常注意语言。因为文学跟其他艺术不同的地方，就是语言。所以，这点应该引起我们的注意。比如《女人是岸》，采用较为生活化的一种语言。作家在描写生活的时候是那样的体察入微，这是非常成功的。而其他两部作品，则不是那种生活化的语言，而是另一种感觉化的语言。特别是《箜篌》，我个人非常欣赏。在《赵林一个人的兴奋》中，这样的描写也存在，但是还不是很强。他更主要的是要体现一种对个人幻想非常生动、夸张的描写，但是《箜篌》则不同。古代小说是通过人物的语言、行为来表现人物的；现代小说则是通过一种感觉，就是作者在写作的过程中，通过自己心灵的一种变异写出来的一种东西，所以，这种语言对于读者就很容易产生一种冲击力，所要传达的是作家对于社会的一种内心体验的东西。如《赵林一个人的兴奋》中，赵林最后并没有破案，而他的儿子却死了，当他回到家里看到他的妻子，已经由一个非常有生命力的女人变成一个没有多少生命气息的女人。然后作者写到赵林重新回到新区的时候，重新让赵林升起希望的是，"那炊烟很像赵林老婆的头发，软软的，忽忽的，并且带着玫瑰香皂的味儿……"这一段描写就是一种感觉化的语言。很好地表现了这个时候，他对于妻子所产生的一种怜爱，这种怜爱之情，使他看到了妻子内心的一种悲伤。这种感情就是通过这样一种感觉化的语言传递出来的。

（注：本文根据录音整理而成）

再版后记

2005年，我和学院的几位老师合作通过一家工作室在某出版社出版了一套丛书，其中就有这本《潮汕新文学论稿》。这也是我的第一本学术著作，我当然知道自己的学术水平有限，但其中的一字一句都是自己用心写出来的，所以颇为珍惜。但是，几年前一个偶然的机会，才知道这本书的书号是假的，或者说，我自己颇为珍重的这本书其实并没有注册，是黑户。这让我好长时间觉得郁闷，也让我萌生了重新出版的念头。

这次重新出版，我删去了几篇现在看起来不成熟或不太符合主题的文章，又补充了近年写的一些评论。保留下来的篇目，一些是20世纪90年代的作品，有些观点现在看起来并不太准确，但是我没有再对其中的内容、文字进行修改，还是保留历史的原貌吧。稍为遗憾的是，近年在潮汕文坛又涌现出一批值得书写的作家作品，有一些本来已经列入写作计划，但是，因为行政事务缠身，没有多少自由的时间阅读和写作，计划也就一再搁浅。这批作家作品没有在这本书中出现，是我所耿耿于怀的。但是，转念一想，几乎每隔几年就会有一批新的作家作品涌现，我又怎么能够把他们一一写进书稿里呢？所以，遗憾是注定的。这样一想，也就释然了。

算起来，我自大学毕业在韩山师范学院工作已近三十年了。前十五年时间，我把教学和学术放在第一位；后十五年时间，行政事务耗费了我大部分的精力。这当然是一种遗憾，但是行政工作使我能参与到学校的改革与发展当中去，那也是我获得人生意义的一种方式。当一个人把他的人生与他所从事的工作紧密联系在一起的时候，不管这个工作是什么，总是能够获得一种价值感的。所以，我并不后悔这十五年来走过的道路。且在此期间我尽可能地保持读书的习惯，坚持教学工作，并断断续续地写作，这让我至少在思想上不至于落伍。我想，从现在开始至退休，还有十年的时间，如果允许，我会把更多的时间放在教学和学术上，某种意义上，教学和写作是更自由、更快乐的。

一个人能够在他的职业中找到自由和快乐，这就是幸福了。

黄景忠

2016 年 11 月

后　记

　　大约十年前吧，我和群辉兄想撰写一部《潮汕新文学史》，后来因种种原因致使该课题搁浅。但是，此后我开始有意识地积累一些资料，并把潮汕文学作为自己的一个研究方向。现在回想起来，当初涉足这个课题大约是出自这样的考虑：那时区域文学研究开始热闹起来了，潮汕是一个有独特文化形态的地区，我想在这片文化土壤上成长起来的文学应该有自己的发展特征。自己才疏学浅，不可能在全国性的热点现象、热点作家研究上和别人对话，那么就捡拾别人不太注意的身边的题材吧。但是，深入研究之后，我才发现其实题材无大小之分，小的题材把它置于大的背景下也可以提取大的意义，也可以和别人对话，更何况潮汕文学还有不少有全国意义的重要作家，如洪灵菲、钟敬文、丘东平、秦牧等。所以，对这个课题，我是越做越觉得有信心。十年过去了，如今回过头去检视，很羞愧于未能留下更多的文字，一些观点也还欠稳妥。但是我不想做改动，还是保留过去的全貌吧，从中也可以看出自己走过的踪迹。

　　这些论文大都在《文艺理论与批评》《文艺争鸣》《小说评论》《海南师范学院学报》《韩山师范学院学报》等刊物上发表过。其中，《潮汕新文学的发展过程及其艺术特征》《洪灵菲论》是和群辉兄合作的，《王杏元论》是和培亮兄合作的，谢谢群辉兄和培亮兄。另外，《重新面对一代大师　秦牧散文座谈会》是我主持的一次学生课堂讨论的摘要，我把这一篇看得比我自己的文章还重要，也一并收集了。有一段时间我非常喜欢和学生共同就某个文学问题进行讨论，和他们在一起我觉得我的思想才是常新的。

　　感谢我的学生们，感谢生活。

黄景忠

2005 年 5 月